Keltâ

Alveradis

[die das Geheimnis der Elfen kennt]

Yvonne Taddeo

bearbeitet und herausgegeben von der
Geschichtswerkstatt Büdingen
Joachim Cott
Am Wildenstein 11, 63654 Büdingen
Tel. 06042/952334
info@geschichtswerkstatt-buedingen.de
www.geschichtswerkstatt-buedingen.de

Titelbild: Pascal Rohe

Kapitel 1

Farbenprächtige, leuchtende Hyazinth-Aras öffneten freudig schreiend ihre eindrucksvollen Flügel und verschwanden im Grell der Sonne. Doch sie hinterließen keine Stille am Amazonas. Der Dschungel schwieg nie.

Welch schöner Traum. Nur widerwillig löste ich mich davon, als ich ganz langsam wieder ins Bewusstsein driftete. Seltsam. Sonst war es allein Daniels verblüffendem Duft vorbehalten, mich so real erscheinend an einen dieser wundervollen Orte zu entführen. Und da ich gerade erwachte, konnte er ja wohl kaum...

„Hmmm ..."

Ein wohliges Summen ließ mich von einer Sekunde auf die andere kerzengerade auf meinem Bett sitzen. Ungläubig rieb ich mir erst einmal die Augen, nachdem ich mich zur Ursache meiner lebhaften Träume – und Quell des summenden Geräuschs – umgedreht hatte. Doch das änderte nichts. Er war wirklich da! Neben mir in meinem Bett, während aus dem Erdgeschoss bereits das Klappern von Geschirr erklang, weil Tante Ida den Frühstückstisch deckte.

Warum ... ? Wie ... ?

Ich konnte mir beim besten Willen nicht erklären, wie Daniel in meinem Bett gelandet, geschweige denn, wie ich überhaupt vom Glauberg nach Hause gekommen war. Oder warum Aleke Daniel nicht aus Wut einen Pflock durchs Herz gejagt oder ihn anderweitig umgebracht hatte. Dieser wirre Gedankengang war dann wohl auch der Grund für meine nächste Aktion: Ich riss Daniel die Decke herunter und schob ihm das Shirt hoch, um mich auch optisch von dem zu überzeugen, was ich aufgrund des Summens und der gleichmäßigen, ruhigen Atmung längst wusste. Erleichtert atmete ich auf. Kein Pflock, kein Messer. Nichts. Mein Freund war völlig unversehrt ... und das in seiner ganzen Perfektion ... ohohohohoh ...

„Zufrieden mit dem, was du siehst?", erwischte mich mein aus dem Schlaf gerissener Bettgenosse beim Anschmachten seines Oberkörpers. Wahrscheinlich war bis dato noch niemand so schnell purpurrot geworden wie ich in diesem Augenblick. Verlegen biss ich mir auf die Unterlippe, schaffte es irgendwie, meinen Blick von diesem Torso gleich einer griechischen Götterstatue abzuwenden und sah in Daniels ziemlich amüsiertes Gesicht.

„Ich ... ähm ... ich wollte nur sicher gehen, ob ...“, stammelte ich und spürte, wie das Glühen meiner Wangen lavaähnliche Temperaturen annahm. Der Grund, aus dem ich ihn angestarrt hatte, schien mir mit jeder Sekunde, die verging, abstruser zu sein.

Mit hochgezogenen Augenbrauen sah Daniel mich auf eine Erklärung wartend - und dennoch nicht minder amüsiert - an. „Du wolltest sicher gehen, ob WAS?“

Um meine Röte zu verstecken – zugegebenermaßen ziemlich blöd, weil sie ihm gewiss nicht entgangen war – schnappte ich mir den großen Bären, den Magnus mir mal auf dem Kalten Markt geschossen hatte, und hielt ihn mir vors Gesicht. „Ich wollte sicher gehen, dass Aleke dir keinen Pflock durchs Herz gejagt hat oder so etwas.“ Als auf dieses verrückte Geständnis keine Reaktion folgte, senkte ich den Bären und blinzelte darüber.

„Bist du immer so süß und verwirrt, wenn du aufwachst?“, fragte Daniel stirnrunzelnd, nahm mir das Kuscheltier aus der Hand und legte es zur Seite. „Daran könnte ich mich wirklich gewöhnen.“

Endlich spürte ich, dass meine Haut wieder zur normalen Farbe zurückkehrte. Wow. Er könnte sich daran gewöhnen, mit mir aufzuwachen. Was mich zurück zum Ursprung meiner Verwirrung brachte. „Nein, aber normalerweise wache ich ja auch nicht in einem von meinem Freund hervorgerufenen Rauschzustand auf.“

Daniel lächelte und rückte etwas nach oben, um sich mit dem Rücken an den Bettrand zu lehnen. „Interessante Reaktion“, bemerkte er schmunzelnd wie damals, als ich ihm auf der Lißburg zum ersten Mal seine Wirkung auf mich gestanden hatte.

„Interessante Ausstrahlung“, entgegnete ich ebenso wie damals. Daniel gluckste. Seine seidigen Haare fielen ihm zerzaust ins Gesicht, als er gähnte und sich den Schlaf aus den Augen rieb. Ich musste gestehen, dass dieser morgendliche Anblick etwas war, woran ICH mich gewöhnen könnte.

„Musst du nicht zur Schule?“, fragte er mich mit einem Blick zum Wecker.

Verdammt! Heute war der erste Schultag nach den Sommerferien und es war schon fast 7.00 Uhr. „Oh Mist! Ich verpasse den Bus!“, rief ich erschrocken aus und sprang mit einem Satz aus dem Bett. In zwanzig Minuten würde er abfahren. Wie sollte ich das schaffen? Perplex stellte ich fest, dass ich noch immer die Sachen trug, in denen ich am Abend zuvor das Haus verlassen hatte.

„Du warst wirklich verdammt müde“, kommentierte Daniel meinen fragenden Blick. „Mach dir keine Gedanken um den Bus. Ich fahre dich. Was hältst du davon, dich fertig zu machen während ich dir erzähle, warum ich keinen Pflock im Herzen habe?“

„Gute Idee“, stimmte ich zu. Es gab Einiges, was mir unklar war. Wie hatte er mich zum Beispiel nach Hause gebracht? Ich konnte mich ja wohl kaum schlafend auf dem Sozius gehalten haben. „Aber dreh dich um!“

Daniel sah mich verständnislos an. „Ich soll mich umdrehen?“

„Natürlich. Ich will mich umziehen.“

Ein lausbübisches Grinsen huschte über Daniels Gesicht, als er stattdessen die Arme vor der Brust verschränkte und den Kopf zur Seite neigte. Ob ihm klar war, wie sehr seine Körpersprache auf mich wirkte? Wahrscheinlich schon und genau darum setzte er sie ein. Nicht zu fassen, dass mir dabei unwillkürlich der Gedanke durch den Kopf schoss, ihm den unausgesprochenen Wunsch zu erfüllen und mich zu seinem Vergnügen vor ihm umzuziehen. Oh nein, so einfach war dieser Wunschtraum nicht zu erfüllen, mein Freund.

„Hey, du hattest monatelang die Chance. Jetzt wirst du so leicht keinen Blick auf diesen Körper werfen können“, fügte ich keck hinzu, um meinen Willen zu unterstreichen ... auch wenn es zugegebenermaßen bei dem Gedanken ihn zusehen zu lassen, schon zu kribbeln begann.

Daniel lachte kopfschüttelnd, setzte sich auf die Bettkante und sah zum Fenster. Es war ja auch irgendwie zum Lachen. Nachdem ich mich ihm ständig an den Hals geworfen hatte, trat ich nun auf die Bremse. Aber andererseits war das sehr schön. Denn nachdem ich vergebens versucht hatte, ihn zu erobern, fühlte es sich ziemlich gut an, dass er etwas wollte, was er nicht so leicht bekam. Ich lächelte. Mich erobern lassen ... das könnte sehr, sehr schön werden.

Ich schlüpfte aus meinen Klamotten und Daniel verschaffte mir einen Überblick über den Ausgang des letzten Abends. Erstaunt musste ich feststellen, dass ich wirklich einen totalen Filmriss hatte. Daniel war seit einigen Tagen im Besitz eines Autos. Längst bestellt, als wir begannen uns zu treffen, hatte er es jedoch erst jetzt abholen können.

„Welcher Hersteller braucht so lange, um ein Auto auszuliefern?“, fragte ich verdutzt. Schließlich lebten wir nicht in der DDR, wo man den Trabbi für sein Kind am besten gleich nach der Geburt bestellte.

Daniel erzählte mir mit unübersehbarem Stolz, dass er einen Melkus fuhr.

„Einen was? Was ist das?“, fragte ich, während ich meinen Schrank nach der taubenblauen Bluse durchwühlte, die ich tragen wollte.

„Na, ein Melkus!“, gab er zurück, als müsste ich das Auto doch kennen. „Lass dich einfach überraschen, O.K.?“

Überraschen? Es war nur ein Auto, oder?

Nachdem ich direkt auf dem Grabhügel eingeschlafen war – makaber, ich weiß – hatte Daniel mich zu seinem Wagen getragen und nach Hause gefahren. Er machte der aufgebrachten Aleke weiß, ich hätte die Latène in die Flucht geschlagen! Ob Tante Ida ihm das abgenommen hatte, konnte er nicht sagen. Er war nicht sicher. Nun, dass die Latène den Glauberg verlassen hatten, war nicht von der Hand zu weisen, doch in Wirklichkeit hatte ich damit ja wenig zu tun. Den Entschluss zu gehen, hatte Ariax bereits vorher gefasst. Jedenfalls war ich damit so etwas wie eine Heldin – auch wenn ich mit diesem Alleingang Alekes Mordpläne vereitelt hatte.

Versuche mich zu wecken waren erfolglos geblieben. Unglaublich, wie erschöpft ich gewesen sein musste. Doch mir war bewusst, dass ich nicht um das Thema herumkommen und Aleke mich über die letzte Nacht noch ausquetschen würde. Ganz zu schweigen von meiner Tante, gegen deren ausdrückliche Ermahnung ich gehandelt hatte. Das würde noch ein Donnerwetter geben. Umso erstaunlicher, dass ich neben Daniel erwachte. Ich muss mich wohl an ihn geklammert haben, als würde mein Leben davon abhängen, denn Ida hatte zu Alekes Entsetzen entschieden, dass er bei mir bleiben könne, nachdem sie es nicht geschafft hatten, mich von ihm zu lösen.

Umgezogen und nach einer spärlichen Katzenwäsche am Waschbecken ging ich mit Daniel im Schlepptau und einem sehr sehr mulmigen Gefühl die Treppe hinunter. Runa kam gerade aus der Küche und kicherte, als sie uns sah. Ein seltsames Gefühl von Verlegenheit überkam mich. Ich schaute zurück zu Daniel, der ebenso wie ich versuchte, das verlegene Grinsen zu unterdrücken. Doch Runa sagte nichts, sondern schnappte ihre Schultasche und verließ das Haus. Ich fragte mich, ob sie inzwischen wirklich so rücksichtsvoll war oder die Gelegenheit mich zu necken nur versäumte, weil sie den Bus nicht verpassen wollte, der jede Minute kommen würde. Etwas unschlüssig stand ich auf der letzten Stufe, als wagte ich nicht, den nächsten Schritt zu tun. Verdammt. Ich konnte Ariax, einem Menschen, der gefährlicher nicht sein konnte, die Stirn bieten und hatte Angst vor den beiden Elfen in der Küche? Doch so war es nun mal. Erleichtert registrierte ich, dass Daniel seine Finger mit meinen verschränkte. „Komm“, flüsterte er in mein Ohr und erinnerte mich damit der Gewissheit, dass er mir zur Seite stehen würde.

Erstaunlicherweise war von Aleke nichts zu sehen, als Daniel mich mehr oder weniger in die Küche schob. Ida stand mit dem Rücken zu uns am Waschbecken und säuberte das Frühstücksgeschirr. Da sie uns aufgrund der knarrenden Treppenstufen zweifellos gehört hatte, ignorierte sie uns wohl absichtlich, was mir zugegebenermaßen einen Stich versetzte. Ich verletzte sie nicht gern, doch war mir gestern etwas anderes übrig geblieben?

„Guten Morgen“, fiepte ich kaum hörbar und wartete auf eine Reaktion.

Tante Ida senkte seufzend den Kopf und legte das Geschirrtuch beiseite. „Ziemlich zartes Stimmchen für eine Frau, die gestern eine ganze Horde Latène vertrieben hat.“ Endlich wendete sie sich zu mir um. Oh, da hatten wir es. Sie nahm Daniel diese Version nicht eine Sekunde ab. „Oder bin ich etwa furchteinflößender als Ariax?“

„Nein, natürlich nicht“, entgegnete ich. Nur war es mir ungleich wichtiger, was sie von mir hielt, als die Meinung des Keltenfürsten. Erst als die Farbe aus Idas Gesicht wich, wurde mir bewusst, dass ich ihr gerade etwas verraten hatte, was sie zuvor nur vermutete.

„Ariax war dort?“ Ihre Stimme ließ einen Anflug von Panik erkennen, etwas, das ich bei meiner Tante noch nie vernommen hatte – jedenfalls nicht so weit ich mich erinnern konnte. Sie rückte den Stuhl vom Tisch und ließ sich darauf plumpsen, als wäre sie ohne ihn in Ohnmacht gefallen.

„Ähm ... ja, war er“, bestätigte ich und setzte mich zu ihr an den Tisch. Daniel tat es uns gleich. Meine Tante stellte ihre Ellenbogen auf den Tisch, stützte ihr Kinn in die Fäuste und blickte mich erwartungsvoll an.

Nun gut. Ich schuldete ihr eine Erklärung. Und ich war heilfroh, dass sie mich nicht dauerhaft ignorierte wie das letzte Mal, als ich heimlich nachts zum Glauberg gefahren war. Doch andererseits konnte das ja noch kommen. Ich erkannte, dass dies hier womöglich die einzige Chance war, das zu vermeiden und gab mir endlich einen Ruck.

„Tante Ida, ich ...“, setzte ich an, doch sie unterbrach mich sofort mit einer stoppenden Geste.

„Bevor du anfängst: Aleke ist nicht da. Komm mir also bitte nicht mit Daniels Heldinnenversion. Das hat sie vielleicht beeindruckt, doch ich kenne dich besser. Und ich will die Wahrheit.“

Ich nickte. Ich hätte ihr ohnehin die Wahrheit gesagt, doch jetzt, da ich wusste, dass Aleke nicht mithören konnte, war es einfacher. Wo sie wohl so früh hin musste?

„Auf gar keinen Fall wollte ich dich enttäuschen oder verletzen“, begann ich erneut und sah in ihren Augen, dass genau das geschehen war. „Es tut mir leid.“

„Dass du dorthin gefahren bist? Schon wieder?“, hakte sie nach, doch ich schüttelte den Kopf.

„Nein, Tante Ida. Es war die richtige Entscheidung – auch wenn sie schlimme Konsequenzen hatte.“ Betreten senkte ich den Kopf und schielte zu Daniel hinüber. War es wirklich die richtige Entscheidung gewesen? Es war nur meine Schuld, dass er den Eid ablegen musste.

Daniel lächelte mich aufmunternd an und ergriff meine Hand. „Du hast nichts falsch gemacht, Leelee, und das weißt du auch. Fang jetzt nicht an daran zu zweifeln.“

Ich nickte und wendete mich wieder meiner Tante zu, die diesen kleinen Austausch neugierig verfolgte. „Was mir leid tut ist nur, dass ich dich damit verletzt habe. Natürlich ist es nicht mein Verdienst, dass die Latène abgezogen sind. Sie wären auch so gegangen, weil ihnen bewusst war, dass es einige E.L.F. in der Umgebung gab. Jedenfalls dachten sie das aufgrund der Sache beim Turnier. Gerade ihr Abzug war einer der Gründe sie aufzusuchen.“

„Du wolltest nicht, dass Daniel geht“, stellte sie verständnisvoll fest, was mir sehr gut tat. Ich lächelte. Es war gut, dass sie mich verstand. Schön, dass sie erkannte, dass ich diese Liebe nicht einfach aufgeben konnte. Ich fragte mich, ob sie das einst musste. Über ihr Leben, bevor sie uns zu sich nahm, wusste ich nichts und seitdem hatte es nie einen Mann in ihrem Leben gegeben – mal abgesehen von der neuerlichen Schwärmerei für meinen Trainer. Endlich entspannte sie sich. Während sie uns eine heiße Schokolade machte, erzählten wir ihr alles. WIRKLICH alles. Ich gab sogar zu, Ariax mit Hilfe der Schattenseite von mir ferngehalten zu haben und – was mir vor allem wegen Daniels Anwesenheit schwer fiel – welche Wirkung Ariax auf mich gehabt hatte und wie schwer es mir gefallen war, meine Gefühle von denen Alveradis zu unterscheiden. Auf die Frage, was das Geheimnis der Elfen sei, wusste sie jedoch ebenso wenig eine Antwort wie Daniel. Er konnte uns nur sagen, dass Ariax es seit Ewigkeiten suchte – und dass er früher oder später IMMER bekam, was er suchte. Wenn nicht freiwillig, dann mit jeder Art von Gewalt, die ihm einfiel.

„Was war der andere?", hielt Tante Ida mich auf, als ich die Küche verlassen wollte, damit Daniel mich zumindest zur zweiten Stunde noch rechtzeitig zur Schule bringen konnte. Die erste hatte ich bereits verpasst.

Ratlos wandte ich mich noch einmal um. „Der andere?"

„Du sagtest, Daniel zu verlieren, war einer der Gründe, die Latène aufzusuchen. Was war der andere?"

Lächelnd seufzte ich, froh, dunkle Schatten von meiner Tante ferngehalten zu haben. „Du, Tante Ida. Und der fürchterliche Plan, in den du involviert wurdest. Ich konnte nicht zulassen, dass du dich in einen Mord hineinziehen lässt."

Meine Tante nickte verstehend, wenn sich auch nachdenkliche Falten auf ihrer Stirn bildeten. Sie wusste wie ich, dass diese Fehde eines Tages enden musste – so oder so. Doch niemals würde ich zulassen, dass sie davon befleckt würde. Niemals.

„Was meintest du damit, dass du nicht zulassen konntest, dass Ida sich in einen Mord hineinziehen lässt?", wollte Daniel wissen, kaum dass die Haustür hinter uns ins Schloss gefallen war. Schon als ich es gesagt hatte, war mir sein stutziger Blick aufgefallen. Mir war klar gewesen, dass er deswegen nachfragen würde. Ich blieb stehen und sah ihm in seine wunderschönen, tiefblauen Augen. Was sollte ich ihm sagen? Und wem? Meinem Freund, den ich liebte, oder dem vereidigten Latène, der dazu verpflichtet war, Ariax Bericht zu erstatten? Kaum eine Millisekunde später ärgerte ich mich über diesen Gedankengang. Ich vertraute Daniel! Ich schwor mir, dass diese uralte Fehde nie zwischen uns stehen würde. Er war ein Latène und ich eine Elfe. Na und?

„Weißt du, die E.L.F. vermuteten Ariax am Glauberg", entschied ich mich, ihm einfach die Wahrheit zu sagen. „Und somit sahen sie eine Chance ..."

„Die Sache ein für alle Mal zu erledigen." Etwas blass um die Nase und mit ungläubigem Kopfschütteln vervollständigte er diesen Satz. Ich nickte.

„Das hätte sie das Leben gekostet!"

In Anbetracht der Anzahl vor Ort anwesender Latène hatte Daniel damit gewiss Recht. Entweder hatten die E.L.F diese Zahl unter- oder den Wert eines Überraschungsangriffs überschätzt ... oder aber es waren tatsächlich noch einige Elfen mehr in der Umgebung als ich wusste, was mich wieder zu der Frage brachte, wo Aleke eigentlich abgeblieben war. Ich würde Ida später fragen.

„Vermutlich." Seufzend hakte ich mich bei ihm unter, als wir den Schotterweg entlanggingen. Ich hoffte, dass wir es wirklich schaffen würden, diese ganze Elfen-Latène Sache zumindest aus unserer ganz privaten Zweisamkeit herauszuhalten.

Wir erreichten die Straße und ich erkannte, dass auf dem Marktplatz irgendetwas los sein musste. Eine kleine Traube von Menschen hatte sich um irgendwas gebildet. Ich hoffte, dass niemand angefahren worden war.

„Was kann da los sein?", fragte ich und wunderte mich über Daniels Grinsen, dessen ich sofort gewahr wurde, als ich wegen einer fehlenden Antwort zu ihm rüber schaute. „Und warum grinst du jetzt?"

Er schluckte und versuchte es zu unterdrücken – ein misslungener Versuch. Mir schwante Böses, als Daniel mich direkt auf die Menschengruppe zu führte.

„Oh Mann", entfuhr es mir. Ob ich mich irgendwie davor drücken könnte, mitten in diese Traube hineingehen zu müssen? „Das ist wegen diesem Markus, oder?"

Daniel gluckste und schob mich sanft weiter, als ich mehr und mehr das Tempo drosselte. „Wer ist Markus?"

„Na, dein Auto!" Hatte er nicht gesagt, es sei ein Markus ... oder so ähnlich?

„Entschuldigung, darf ich?", schob Daniel einen älteren Herrn zur Seite, der neugierig mit der Nase an der Scheibe klebte. Seufzend registrierte ich, wer das war. Wenn es so etwas wie eine *verbale Stadtzeitung* gab, dann war er es ... Spezialisiert auf Klatsch und Tratsch. Er schaffte es spielend, sogar die Tratschweiber vom Gemüsestand zu übertrumpfen. War es mir bisher recht gut gelungen, einfach unauffällig zu sein, würde sich das mit dem heutigen Tage garantiert ändern.

Daniel betätigte die Zentralverriegelung, öffnete die Beifahrertür und hielt sie mir auf – worauf dem Klatschkolumnisten die Kinnlade herunter fiel. Während alle Übrigen etwas zurücktraten, kam er – ganz in seiner aufdringlichen Art - noch ein Stück näher.

„Guten Morgen, Herr Sittich", beschloss ich ihn einfach so gewöhnlich wie immer zu grüßen. Sein verdutzter Gesichtsausdruck zeigte mir, dass er sich meiner Anwesenheit gerade erst bewusst geworden war.

„Guten Morgen, Fräulein ...", forderte er mich auf, ihm meinen Namen zu nennen. Doch statt ihm zu antworten lächelte ich nur und stieg ein. Wenn er ihn bisher nicht wusste, musste er ihn nun auch nicht erfahren ... wenn mir auch klar war, dass er herausfinden würde, wie er lautete. Ich musste zugeben, es tat ziemlich gut, ihn mit dieser Unwissenheit einfach so stehen zu lassen.

Daniel schlug die Tür zu – besser gesagt: Er schubste sie sanft an, denn es schien, als zöge sie sich von selbst richtig zu – und ging um die Front des Wagens herum zur Fahrerseite. Sein mühsam unterdrücktes, dennoch unbestreitbar stolzes Grinsen amüsierte mich. Es schien ihm ziemlich zu gefallen, dass sein neues Spielzeug die neidvollen Blicke anderer auf sich zog. So viel zu dem Thema, unauffällig zu bleiben. Na ja, da sowohl die E.L.F als auch die Latène nun über uns voll im Bilde waren, machte das die Geheimnistuerei zugegebenermaßen überflüssig. Ich hätte nur nicht gedacht, dass sich diese *Freiheit* nun ins Gegenteil kehren würde. Obwohl, wenn ich darüber nachsann, traten bei Daniel als Kind ähnliche Züge zum Vorschein, als er mächtig stolz auf sein cooles Crossrad war. Ich kicherte, als mir wieder einfiel, dass außer dem kleinen Herzen, das ich ihm damals geschenkt und er an seinem Lenker befestigt hatte, nichts, aber auch rein gar nichts, daran verändert werden durfte.

„Amüsiert?", fragte Daniel, als er sich auf dem Schalensitz niederließ, sogleich den Motor anmachte und die Umherstehenden mit einem kurzen, durchdringenden Brummen in die Flucht schlug. Er legte den Gang ein und schaute mich erwartungsvoll an. Mir war klar, dass er mehr wissen wollte als den Grund meines Amüsements. Ihn interessierte, was ich von seinem Auto hielt.

„So, so, du hast also ein neues Crossrad", bemerkte ich so gleichgültig wie möglich und schnallte mich dabei an, um mich nicht durch meine Mimik zu verraten. Seine in Falten gelegte Stirn machte meine Beherrschung jedoch sogleich hinfällig, als ich ihn wieder ansehen musste.

„Crossrad?“

Er klang *etwas* beleidigt. Ich gluckste. „War nur ein Spaß. Du hast ähnlich stolz ausgesehen wie damals mit deinem Rad, weißt du.“

Ein zauberhaftes Lächeln wischte die Falten einfach weg. „Das war ja auch ein ziemlich cooles Rad.“

Ich nickte. „Dein Markus ist aber auch nicht schlecht.“

Daniel schüttelte lachend den Kopf, blickte über seine Schulter nach hinten und navigierte aus der Parklücke. „Melkus, Leelee. Es ist ein Melkus.“

„Aha. Und das ist ... was?“, beschloss ich, ihn in seinem absolut niedlichen Stolz ein wenig baden zu lassen.

„Melkus ist eine deutsche Sportwagen-Manufaktur. Absolut geniales Design. Das hier ist ein RS2000 Black Edition.“ Daniel geriet unübersehbar ins Schwärmen. Es war schön, an dieser Begeisterung teilzuhaben. „Klavierlack, in sechs Schichten aufgetragen. Volllederausstattung. Alcantara-Dachhimmel. Zweiliter Turbomotor mit 6-Gang-Schaltgetriebe. 325 PS. In 4,5 Sekunden von 0 auf 100 km/h. Geil, oder?“

Ungläubig schüttelte ich erst einmal den Kopf, ehe ich zu lachen anfing. „Geil?“

Daniel zuckte mit den Schultern. „Hast du eine treffendere Beschreibung?“

„Wie wäre es mit: beeindruckend, bemerkenswert, phänomenal, oder überwältigend?“, zählte ich auf.

„Du hast Recht. Das ist treffend.“

„Welches davon?“

„Alle.“ Ooohhh ... am liebsten hätte ich dieses anbetungswürdige freche Grinsen von seinen Lippen heruntergeküsst und ihm gezeigt, was man auf einer Motorhaube ... halt, Moment ... wie war das noch mit dem *sich erobern lassen*?

Ich räusperte mich und lenkte meine Gedanken in andere Bahnen. Das spannungsgeladene Kribbeln, das den Innenraum des Wagens nun erfüllte, wollte sich jedoch partout nicht verflüchtigen. Meine Annahme, nur ich könne sie spüren, da es ja in meinem Kopf entstand, wurde revidiert, als Daniel mich beim Aussteigen an der Hand nahm und noch einmal zurück ins Auto zog. Es schien, als züngelten Flammen in den Saphiren, mit denen er mich unerbittlich durchdrang.

„Eines Tages werde ich dich in diesem Auto verführen, Leelee.“ Die geraunten Worte und sein warmer Atem auf meiner Haut ließen mich automatisch geräuschvoll einatmen. Oh Himmel, mir war wahrscheinlich die Schule nie gleichgültiger als in diesem Augenblick. Ein einziges Wort und ich hätte die Tür zufallen lassen und wäre mit Daniel ans Ende der Welt gefahren. Doch der setzte – nachdem er sich der Wirkung seines Tuns sicher war – sein lausbübisches Grinsen auf (und ich könnte schwören, dass ein Hauch von Triumph darinnen lag) und verabschiedete mich!!!

„Bis später, Leelee. Ich wette, du wirst heute an mich denken.“

Noch ehe ich mir überhaupt darüber klar war, irgendwie aus dem Wagen gestiegen zu sein, brauste er davon und ließ mich mit wackligen Beinen und einem widersprüchlichen Gefühl von *Ich-bin-gerade-so-was-von-sauer-auf-dich-und-würde-trotzdem-alles-tun-was-du-willst* zurück.

Ein paar Schüler, die mit Müllzangen bewaffnet gerade die große Treppe vor der Schule herunterkamen, riefen mir ins Gedächtnis zurück, weshalb ich hier war. Ach ja ... Unterricht ... Ich fragte mich, ob es mir möglich sein würde, Daniel bis heute Nachmittag aus meinem Kopf zu verbannen. Doch kaum huschte diese Frage durch meinen Kopf, kribbelte es schon wieder in meinem Rückgrat. So ein Schuft. Ich würde mir dafür definitiv eine Revanche einfallen lassen.

„Und wie willst du nun herausfinden, was dieses *Geheimnis der Elfen* überhaupt ist?“, flüsterte mir Cat über den Tisch hinweg zu, nachdem ich ihr und Magnus in Stenoversion einen Überblick über meinen kleinen Ausflug vermittelt hatte. Die neue Anordnung der Tische in Gruppen war zum Tuscheln wirklich wie gemacht. Ich konnte meine Freunde in Kenntnis setzen, ohne dass es jemand anderes mitbekam ... Gut, wenn Alex nicht krank gewesen wäre, hätte er ebenfalls am Tisch gesessen und ich hätte mir die erwähnte Stenoversion für die Pause aufheben müssen. Doch im Gegensatz zu mir war Cat unabsichtlich eine Spur zu laut. Savannah, die hinter mir an der Nachbartischgruppe saß, lehnte sich zurück, so, dass sie unmittelbar neben mir war und fragte: „Hat sie eben *Geheimnis der Elfen* gesagt?“

Etwas in ihrem Blick sagte mir, dass ihr dieser Begriff nicht unbekannt war – eine Beobachtung, die mich stutzig machte: Weshalb sollte ausgerechnet Savannah wissen, worum es sich handelte, wenn es nicht mal Tante Ida wusste? Doch ehe ich etwas sagen konnte, kam Cat mir einer Antwort zuvor – auf ihre Weise.

„Hast du keine Nägel zu lackieren? Das hier geht dich nichts an!"

Nicht auf den Mund gefallen, giftete Savannah selbstverständlich in gewohnter Manier zurück: „Fahr die Krallen ein und chill deinen Arsch, CATzchen. Wer hat mir dir geredet?"

Cat kniff die Augen zusammen und setzte zu einem ihrer schlagfertigen Konter an, doch eine Diskussion zwischen den beiden war das Letzte, was ich gerade hören wollte. Ich wollte viel lieber erfahren, was Savannah wusste. Also gebot ich meiner Freundin ganz in Tante Idas Stil mit einem Fingerzeig Einhalt, womit ihr angriffslustiger Blick offensichtlicher Verblüffung wich. Diese Aktion verfehlte ihre Wirkung nicht. Cat schwieg, stützte das Kinn auf ihrem Handballen ab und wartete neugierig, was nun kommen würde. Auch Magnus rutschte mit dem Stuhl ein wenig näher an mich heran, um nichts zu verpassen.

„Du hast das schon einmal gehört?" Eigentlich hätte ich das nicht zu fragen brauchen. Es war offensichtlich, dass dem so war. Ich fragte mich nur, wo und wie. Seltsam, dass ausgerechnet Savannah den Schlüssel liefern sollte, doch ich spürte ganz deutlich, dass sie mich auf der Suche nach dem Geheimnis meiner Urahnin ein ganzes Stück weiterbringen würde.

„Nein, aber gelesen", ließ sie mich wissen. „Es stand in den Aufzeichnungen meines Großvaters."

Ich nickte verstehend. Savannahs Großvater, Alfons Braun, war seinerseits eifriger Heimatforscher gewesen. Wenn seine Enkelin in seinen Aufzeichnungen auf *das Geheimnis der Elfen* gestoßen war, musste des Rätsels Lösung in unmittelbarer Nähe zu finden sein, denn Herr Brauns Forschungen beschränkten sich auf den lokalen Raum.

„Darf ich es sehen?" Leider gelang es mir nicht besonders gut, die aufflammende Hoffnung zu verbergen, die sie mit ihrer Aussage entzündet hatte. Mein Tonfall ließ das Interesse nur allzu deutlich werden und Savannahs drauf folgender Gesichtsausdruck sagte mir, dass sie im Begriff war, die Oberhand zu gewinnen und vorhatte, dies auszunutzen. Meine Intuition sollte mich nicht trügen.

„Natürlich. Unter einer Bedingung." Da war sie wieder, die gut bekannte, vor Arroganz strotzende Überlegenheit, in der sich zu suhlen Savannah so liebte. Immer, wenn sie sich so gab, konnte sie einen verdammt guten Ariax abgeben, schoss es mir durch den Kopf. Oder eine Kyla. Oder eine ... wie hieß noch gleich diese Latène vom Turnier? Ach, das war ja auch im Grunde nicht wichtig.

„Und die wäre?“, verlangte Cat zu wissen und holte mich damit aus meinen abschweifenden Gedankengängen. Da konnte man mal wieder sehen, mit welcher Leichtigkeit es diese Ziege noch immer schaffte, mich zu provozieren – wenn man mir das auch äußerlich nicht anmerkte. Seltsam. Dabei war es mir bei unserer Zusammenarbeit recht gut gelungen, darüber zu stehen. Vielleicht hätte ich ihr Getue ignorieren sollen, um mich an den Menschen zu erinnern, den sie tief in sich versteckte ... ja, vielleicht hätte ich das tun sollen. Allerdings konnte nichts auf der Welt verhindern, dass mich Savannahs siegessicheres Lächeln sogleich wieder an Ariax erinnerte.

„Ich bin mit von der Partie“, gab sie triumphal ihre Bedingung preis. „Von Anfang an!“

Obwohl ich so etwas in der Art schon befürchtet hatte, verschlug es mir im ersten Moment die Sprache. Savannah mit von der Partie? Wie sollte das gehen?

„Am Arsch!“, rief Cat, außer sich von dieser Forderung, viel zu laut aus und lenkte damit die Aufmerksamkeit unseres Klassenlehrers auf unser Getuschel.

„Catheriné?“, fragte er und kam herüber an unseren Tisch. „Gibt es ein Problem?“

„Nein“, erwiderte sie. „Kein Problem. Ich kommentierte nur gerade das Gerücht, wir hätten heute sieben Stunden Unterricht. Dabei weiß doch jeder, dass es am ersten Schultag nach den Ferien nur vier Stunden sind.“

„Das ist richtig“, stimmte Herr Sterning zögernd zu, kratzte sich am Hinterkopf und ging schließlich kopfschüttelnd zurück zur Tafel. Ihm war klar, dass es sich um etwas anderes handelte, doch er wusste ebenso, dass er die richtige Antwort nicht bekommen würde – schon gar nicht von Cat. Und sie weiter zu befragen hätte eine endlose Diskussion mit ihr bedeutet, in der sie mit ihrer ganz eigenen Logik plausibel erklärt hätte, weshalb es unabdingbar war, *am Arsch* zu rufen. Also beließ er es dabei und fuhr mit dem Unterricht fort.

„Einverstanden“, flüsterte ich und schuf damit einen schier fassungslosen Ausdruck auf dem Gesicht meiner Freundin. Sie verstand die Welt nicht mehr und brannte mit Sicherheit auf eine

Erklärung. Innerlich schüttelte ich den Kopf. Als ob ich die Welt noch verstehen würde. Savannah. Es war kaum zu glauben, dass des Rätsels Lösung ausgerechnet aus dieser Richtung kommen sollte. Manchmal ging das Leben seltsame Wege. Ich konnte nicht gerade behaupten, mich auf diese Zusammenarbeit zu freuen, doch der Mangel an anderen Optionen ließ mir keine andere Wahl als zuzustimmen. Ich musste Ariax das Geheimnis der Elfen bringen, bevor Daniels Befürchtung sich bewahrheitete und Ariax sich mit Gewalt holte, was er begehrte.

Daniel war sehr beunruhigt wegen der ganzen Sache. Er meinte, wenn Ariax etwas wolle, dann bekomme er es auch – unerheblich auf welche Weise. Er schrecke vor nichts zurück. Gar nichts. Erpressung, Entführung, Folter – um nur einiges zu nennen. Jedes Mittel war ihm Recht, um zu erreichen was auch immer er wollte. Mich schauderte bei dem Gedanken, er könnte ungeduldig werden und zu diesen Mitteln greifen. Ich musste herausfinden, was das Geheimnis der Elfen war. So schnell wie möglich.

Die letzten beiden Unterrichtsstunden zogen sich wie Gummi in die Länge. Furchtbar, wenn man auf etwas wartete. Wenn sie mir doch wenigstens einen Hinweis gegeben hätte! Seufzend malte ich sinnlos Kringel auf das Blatt vor mir. Wunschdenken. So dumm war sie nicht. Sie wusste genau, dass ich sie nie im Leben bei der Suche einbezogen hätte, wenn sie mir einfach gesagt hätte, was sie über das Geheimnis wusste. Also setzte sie ihren Trumpf gezielt ein, um mit von der Partie sein zu können. Wie sollte ich es nur anstellen, bei der Recherche in Sachen GdE – so kürzte ich das Geheimnis der Elfen im Geiste der Einfachheit halber ab – meine eigene, *elfische* Identität nicht zu verraten? Ich konnte mir nicht vorstellen, dass diese stets auf den neuesten Tratsch bedachte, schnatternde Gans den Schnabel darüber halten würde.

„So, und jetzt mal Klartext“, verlangte Cat energisch offene Karten, kaum dass der Unterricht für diesen Tag beendet war. Ihr war anzusehen, dass sie bereits in der Pause fast explodierte, weil wir in keinem Moment so ungestört waren, dass wir hätten reden können.

„Wenn du ihr nach der Schule nicht reinen Wein einschenkst“, feixte Magnus bei dieser Gelegenheit und knuffte mir grinsend in die Seite, als Cat zum wiederholten Male ein unterdrücktes Grollen von sich gab, weil sich wieder jemand zu uns gesellte, „dann wird sie mit Sicherheit einfach platzen. Peng, und das war es. Wandanstrich à la Cat." Hätten in diesem Augenblick giftgrüne Pfeile aus ihren Augen schießen können, sie hätten Magnus mit Sicherheit nicht verfehlt.

So zog meine Freundin mich deshalb auch nach dem Unterricht zur Seite und verlangte, wie gesagt, Klartext. Nun ja, dann würden wir wohl den nächsten Bus nehmen. Auch nicht schlimm. Der erste war erfahrungsgemäß ohnehin immer restlos überfüllt, wenn die gesamte Schule zur gleichen Zeit Schluss hatte.

„Warum lässt du dieses Möchtegernmodel auf Egotrip dabei sein? Hast du Lust, dass sich morgen die ganze Schule das Maul über dich zerreißt? Die behält doch eh nichts für sich. Und WARUM verbietest du mir VOR DIESER SCHNEPFE den Mund? Tu das nie wieder, verstanden? Dein Selbstbewusstsein in allen Ehren, aber nutze es nicht, um so eine Sumpfkuh vor deine Freunde zu stellen!", donnerte Cat los.

Uuuuups ... da hatte ich wohl etwas gründlich verkannt. Cat war nicht nur neugierig, sondern auch sauer auf mich. Die Sache mit dem Fingerzeig ... oh ... im Nachhinein betrachtet konnte ich verstehen, wie das bei Cat angekommen sein musste. Sofort versetzte mir mein schlechtes Gewissen einen heftigen Stich. Dass sie sich im Gegensatz zu mir absolut vorbildlich verhalten hatte und ihrem Ärger erst Luft machte, als wir allein waren – bzw. zu dritt, denn Magnus blieb ebenfalls mit uns zurück – verstärkte dieses Gefühl noch.

„Oh Mann ...", stammelte ich schuldbewusst. „Tut mir ehrlich leid, Cat. Das wollte ich nicht. Du bist mir tausend Mal wichtiger als sie. Aber wenn sie etwas über das GdE weiß, dann muss ich diese Chance einfach nutzen. Ich glaube, in dem Moment habe ich einfach nicht nachgedacht."

„Ist schon O.K., Sweety. Mach dir keinen Kopf", schaltete sich Magnus ins Gespräch ein und klopfte mir auf die Schulter.

Cat nickte. Nach meiner Entschuldigung sah sie besänftigt aus. „Magnus hat ausnahmsweise mal Recht. Es ist O.K. Aber mach so etwas bitte nicht mehr, ja?"

Ich nickte lächelnd, woraufhin sie mich stürmisch in den Arm nahm und drückte. „Mann, wie sehr ich es hasse, sauer auf dich zu sein! Und jetzt spuck endlich aus, warum Savannah mit an Bord ist!"

„Und was GdE bedeutet!", fügte Magnus hinzu.

„Das ist meine Abkürzung für Geheimnis der Elfen“, ließ ich die beiden wissen und nahm auf einer der großen Bänke in der Pausenhalle Platz, die wir inzwischen erreicht hatten. Meine Freunde setzten sich links und rechts neben mich und harrten erwartungsvoll meiner Erklärung.

„Savannahs Großvater war ein angesehener Heimatforscher. Ich habe mit Savannah zusammen an der Hausaufgabe wegen der Sagen gearbeitet und dabei erfahren, dass ...“

„Moooooment, Lilly!“, unterbrach Cat mich ungläubig. „Du hast die Hausaufgabe mit Savannah gemacht?“

„Ja, das hatte sich so ergeben und war nicht so schlimm, wie es sich anhört.“

„Aber du hast es gehasst, wenn man euch zu einem Team verdonnerte!“

„Stimmt, aber das hat sich irgendwie geändert. Weißt du, ganz tief innen drin versteckt ist Savannah gar nicht so übel.“ Hätte mir vor ein paar Wochen jemand prophezeit, dass ich diesen Satz von mir geben würde, hätte ich zweifellos an seiner Zurechnungsfähigkeit gezweifelt. Doch so war es nun mal. Unter ihrem boshaften Mantel verbarg sich ein ganz normaler Teenager.

Magnus lachte. „Im Ernst? Das muss aber scheiß-tief versteckt sein. Ich habe es jedenfalls noch nie gesehen.“

„Ich auch nicht“, pflichtete Cat ihm bei. „Aber wer weiß. Wenn wir jetzt zusammen rumhängen ... vielleicht blitzt ja was durch.“

Zu meiner Verwunderung dachte ich bei mir, dass das schön wäre. Auch wenn ich vor meinem geistigen Auge die fetzigen Wortgefechte zwischen den beiden jetzt schon erahnen konnte.

„Also:“, fuhr ich mit einem Blick auf die Uhr fort. Wir hatten noch ein paar Minuten, ehe wir zum Bus mussten. „Die Brauns haben eine umfangreiche Bibliothek, in der sämtliche Aufzeichnungen von Savannahs Großvater aufbewahrt werden. Savannah kennt sich mit seinen Forschungsergebnissen wirklich gut aus. Wenn sie sagt, dass sie in seinen Aufzeichnungen über das GdE gelesen hat, dann ist das auch so. Ich brauche diese Aufzeichnungen. Und wenn ich nur durch ihre Mitarbeit da ran komme, dann müssen wir eben irgendeine Möglichkeit finden, dabei vor ihr zu verheimlichen, was ich bin.“

So klang es ganz einfach. Doch es spiegelte nicht im Mindesten die Sorgen wieder, die ich deswegen hatte. Was, wenn uns das nicht gelingen würde? Was, wenn Savannah anderen von meinen elfischen Begabungen erzählen würde? Was, wenn sie, ganz Savannah, ihr Wissen nutzen würde, um mich auf irgendeine Weise zu erpressen? Tat sie nicht genau das, indem sie die Aufzeichnungen nutzte, um dabei sein zu können?

Es würde sich zeigen, doch trotz all der Sorgen verspürte ich im Augenblick zumindest keine innere Warnung wegen meiner Entscheidung.

Kapitel 2

Der unwiderstehliche Geruch von Tante Idas selbstgebackenem Kirschkuchen schlug mir schon entgegen, als ich die Haustür aufschloss. Und tatsächlich erwartete mich eine große Portion der noch dampfenden Leckerei mit frisch aufgeschlagener Sahne, die Tante Ida just in dem Augenblick auf den Kuchen gab, in dem ich zur Küche herein stürmte. Runa stopfte schon kräftig in sich hinein. Sie war mindestens genauso verrückt danach wie ich ... na ja, den roten Spuren um ihre Mundwinkel und dem Sahnebärtchen zufolge vielleicht sogar noch ein wenig mehr.

„Hi, Lilly!“, rief sie mir fröhlich zu und leckte sich ihr Bärtchen genussvoll herunter. „Es gibt Kirschkuchen!“

Ich lachte, „Hab ich gesehen. Hi, Runa.“, stellte meine Schultasche neben der Tür ab und begrüßte meine Tante mit einem Kuss auf die Wange. „Du weiß echt immer genau, was ich gerade brauche, oder?“

Sie grinste und zwinkerte mir zu. „Kräuterweiblein, weißt du noch?“

Ich schob den Stuhl zurück und setzte mich, den unwiderstehlichen Geruch einatmend, an den Tisch. Der erste Bissen war so himmlisch wie erwartet. Erst als Ida sich zu uns setzte fiel mir auf, dass nur für Drei gedeckt war. „Ist Aleke noch nicht wieder da?“ Ihre Abwesenheit heute früh war mehr als passend, doch nun wunderte ich mich doch ein wenig, dass sie noch immer nicht zurückgekehrt war. Statt mir zu antworten, warf meine Tante einen kurzen Blick auf Runa, was mir zu verstehen gab, dass ich mich gedulden sollte – was natürlich augenblicklich kleine Alarmglöckchen auslöste. Wenn Aleke bloß zum Shoppen gefahren oder meinetwegen auf Sightseeingtour wäre, hätte Ida das einfach gesagt. Dass sie schwieg deutete auf erneute elfische Verwicklungen hin, und ich akzeptierte abermals seufzend den Fakt, dass diese von nun an mein gesamtes Leben begleiten würden. Oh ja, das würden sie. Begleiten konnten sie mich ja, doch ich hatte mir vorgenommen, mir mein Leben niemals von ihnen bestimmen zu lassen.

Runa zog sich nach ihrem dritten – mit Sicherheit Bauchschmerzen verursachenden – Stück Kuchen in ihr Zimmer zurück, um ihre Hausaufgaben zu machen.

„Aleke hat dich wirklich sehr gern, weißt du das?“, überraschte mich Tante Ida mit dieser in Frageform gepackten Feststellung und reichte mir einen Teller, den ich abtrocknen sollte.

„Ja?“, fragte ich skeptisch zurück. Sicher, ich ging davon aus, dass sie mich mochte, doch eher auf Schüler-Lehrer Basis. Eine freundschaftliche Schüler-Lehrer Basis. Ich mochte sie auch ... irgendwie ... aber ich war auch oft genug wütend auf sie, weil sie sich in Dinge einmischte, die sie nichts angingen.

„Ja. Sie reiste deinetwegen ab.“

„Meinetwegen?“ Ich öffnete den Hängeschrank über mir, stellte den abgetrockneten Teller hinein und nahm den nächsten vom Abtropfgestell. „War sie sauer wegen gestern? Daniel meinte, sie wäre stolz auf mich gewesen, weil ich quasi im Alleingang die Latène vertrieben habe.“

„Sie ist nicht dumm, mein Kind. Und sie ging nicht, weil sie sauer auf dich war – das war sie nicht – sondern, um dich zu schützen. Sie vermutete genau wie ich, dass etwas anderes hinter deiner Aktion steckte, als eine heldenhafte Elfe. Als Mitglied des hohen Rates kann sie den Rat nicht belügen. Also ging sie, um zu berichten, was sie weiß – nämlich, dass du mitten in der Nacht zum Glauberg gefahren bist und die Latène im Alleingang vertrieben hast. Wäre sie geblieben, hätte sie mehr erfahren und mehr berichten müssen. Doch das wollte sie nicht, da sie der festen Überzeugung ist, dass du trotz all der Umwege, die du gehst und trotz all der Widrigkeiten, die sich dir noch in den Weg stellen werden, in der Lage bist, damit fertig zu werden. Im Laufe der Zeit ist Aleke bei uns zu einem Schluss gelangt, den ich schon zu Zeiten ihrer Mutter verinnerlicht hatte. Nämlich, dass die Einmischung des Rates ein Individuum in seiner Entwicklung beeinflusst. Sie sah, dass dies bei dir zu Trotz und gegenteiligem Effekt führte und will dir mit ihrem Rückzug den Raum geben, den du brauchst. Sie möchte uns gerne wieder besuchen, doch erst dann, wenn du selbst dazu bereit bist, dem Rat deine Entscheidungen und Taten offen zu legen, denn sie möchte dich nicht verraten.“

Sprachlos und mit offenem Mund ließ ich mich auf einen der Küchenstühle sinken. „Wow.“ Wie oft hatte ich mir gewünscht, sie würde einfach wieder verschwinden? Wie oft hatte ich ihr misstraut? Gerechtfertigt misstraut, sicher, doch hatte sie wirklich die Wahl? Sie brachte mir so viel bei. Nun war sie weg. Und erst jetzt begriff ich, dass sie trotz allem, was zwischen uns stand, meine Freundin gewesen war – nein, auch weiterhin meine Freundin sein würde. Ich hoffte, sie eines Tages wiederzusehen. Doch dafür müsste ich bereit sein, den Rat praktisch an meinem Leben teilhaben zu lassen – und ich sah nicht, dass das jemals der Fall sein würde.

Tante Ida ging daran, die Gesindeküche zu schmücken, weil sie zwei Tage später für eine Geburtstagsparty gebucht war. Ich brachte ihr noch die Asterix und Obelix Girlanden aus dem Keller und setzte mich dann an meine Hausaufgaben. Viel war es nicht. Wir sollten nur den neuen Stundenplan übertragen und die erforderlichen Hefte besorgen. Ich schmunzelte, als ich die Liste sah. Es waren genau die Hefte, die ich aus innerer Eingebung heraus eine Woche zuvor besorgt hatte. Somit war ich kaum zehn Minuten später fertig und entschloss mich, mich mit meinen Freunden bei Savannah zu treffen. Alle drei waren einverstanden. Ich schrieb Daniel eine sms, in der ich ihm die Sachlage erklärte. Wenn ich schon nicht viel vermeiden konnte – ein Zusammentreffen zwischen ihm und seinem ehemaligen *Übelkeitsopfer* konnte ich zumindest verhindern. Savannah wäre gewiss weitaus weniger kompromissbereit, wenn ich den Jungen im Schlepptau hätte, der dafür verantwortlich war, dass sie sich mitten auf dem Marktplatz selbst vollkotzte. Wie ich erfuhr, hatte Daniel ohnehin keine Zeit. Er musste etwas für die Latène regeln, das in der Eile ihrer Abreise keine Berücksichtigung gefunden hatte. Seufzend steckte ich das Handy in meine Hosentasche. Ich hoffte, was auch immer Daniel tun musste, war nichts Übles. Um mich von diesem Gedanken abzulenken, entschied ich mich, meiner Tante zu helfen, bis Cat und Magnus auftauchen würden.

„Und du glaubst, Herr Braun war seinerzeit auf das Geheimnis der Elfen gestoßen?“, fragte Tante Ida, während sie auf Zehenspitzen versuchte, die Girlande in das vorgesehene Häkchen einzuhängen. Ich schob ihr kichernd einen Hocker zu. Ida versuchte es jedes Mal zuerst auf Zehenspitzen, nur um dann doch den Hocker zur Hilfe zu nehmen.

„Glaubst du eigentlich, du wächst noch?“, neckte ich, woraufhin ich einen vernichtenden Blick erntete, mit dem sie davon abzulenken versuchte, dass sie im Grunde über sich selbst den Kopf schüttelte.

„Wechsel nicht das Thema!“, versuchte sie eher meckernd als belehrend von ihren Zehenspitzenversuchen abzulenken, nahm den Hocker zur Hilfe und zog schließlich ihre Nase kraus, als sie bemerkte, dass sie die Girlande falsch herum eingehängt hatte. „Herr Braun?

Das Geheimnis der Elfen? Reich mir mal einen der Ballons."

Ich nahm einen der dicken bunten Ballons, die um unsere Füße herumlagen und reichte ihn ihr, nachdem die Girlande endlich zu ihrer Zufriedenheit angebracht war. „Nein, so viel Glück haben wir bestimmt nicht. Aber ich glaube, dass er vielleicht irgendwo einen Hinweis darauf gefunden hat. Irgendwas, das mir wiederum hilft, Erinnerungen wachzurufen. Wenn Alveradis das Geheimnis kannte, kann es mir einfallen. Ich brauche nur den richtigen Auslöser, verstehst du."

„Jetzt bleib endlich da dran, du verd..." Ein lauter Knall übertönte wie bestellt den herausgerutschten Fluch meiner genervten Tante, weil sie mit roher Gewalt versuchte, den Ballon dort zu befestigen, wo sie ihn gerne hätte. Glucksend unterdrückte ich ein Lachen. Tante Ida hasste Luftballons. Alles daran. Vom Geschmack, wenn man sie aufpustete, bis zum Versuch, sie dazu zu bringen, dort zu bleiben, wo sie hin sollten. Auf ihren Events gab es nur Ballons, wenn die Kunden ausdrücklich darauf bestanden.

„Was hältst du davon, dass ich mit den anderen die Deko übernehme, wenn wir wieder da sind?", fragte ich und wurde mit einem erleichterten Lächeln belohnt.

„Super. Ich mache euch dafür eine leckere Limonade." In diesem Augenblick klingelte es an der Tür.

„Wir brauchen nicht aufzumachen", ließ ich meine Tante wissen, als sie sich anschickte, den Raum zu verlassen. Sie lächelte. Wie immer wusste ich nicht weshalb, ich wusste nur, dass es nicht nötig war. Und tatsächlich bestätigte das laute Quietschen meiner durchs Haus jagenden kleinen Schwester, dass sie bereits geöffnet hatte und dass es niemand anderes als Magnus sein konnte, der eingetreten war.

„Ich hoffe, du findest deinen Auslöser, Lioba. Und ich hoffe, was auch immer du findest, genügt Ariax, um dich endlich in Ruhe zu lassen."

Die Besorgnis in ihren Worten war nicht zu bestreiten. Wie ich hoffte sie, fürchtete jedoch zur selben Zeit, dass es weitaus mehr als des gesuchten Geheimnisses bedurfte, Ariax Interesse an mir verebben zu lassen. Es war schwer zu beschreiben, doch was den Keltenfürsten betraf, hatte ich das ungute Gefühl, dass meine Lebenswege sich mit den seinen noch oft kreuzen würden.

Nachdem Magnus Runa erfolgreich gefangen hatte und Cat eingetrudelt war, machten wir drei uns auf den Weg zu Savannah.

„Ach nee", begrüßte diese uns ganz nach ihrer Art von oben herab, als sie uns die Tür öffnete. „Tinker Bell mit Toodels und Wendy. Was für eine Überraschung."

„Halt die Klappe und lass uns rein, bevor wir es uns anders überlegen, Malefiz", konterte Cat spitz mit einer anderen Figur aus der Märchenwelt, woraufhin Savannah tatsächlich, sich ein Lächeln verkneifend, zur Seite trat. Konnte es sein, dass sie den verbalen Austausch mit Cat manchmal sogar genoss? Und wie kam sie darauf, mich als Tinker Bell zu bezeichnen? Spürte sie etwas? Ich würde sehr vorsichtig sein müssen.

„Geht doch schon mal vor in die Bibliothek. Lilly weiß ja, wo es ist. Ich komm gleich." Mit diesen Worten machte sie auf dem Absatz kehrt und verschwand in der nächsten Tür.

„Wow, was ist DAS?", entfuhr es Magnus beim Anblick des unglaublichen Umfangs der Braunschen Buchsammlung. Unwillkürlich kicherte ich, weil seine Reaktion der meinen glich, als ich das erste Mal diesen Raum betreten hatte.

„Das ist eine Bibliothek", erwiderte Cat auf eine Art grinsend, bei der man wusste, dass noch etwas kommen würde. „Bücher, verstehst du. Mir ist schon klar, dass du damit auf Kriegsfuß steht, aber stell dir vor: Die gibt es auch über Sport!" Es war das reinste Déjà-vu. Hatte ich die gleiche Konversation nicht unlängst selbst?

„Echt? Wie schreibt man das?", erwiderte Magnus grinsend, worauf er sich einen Fausthieb auf den Oberarm einfing.

„Blödmann."

„Zicke."

Wie immer waren die beiden ein Herz und eine Seele.

„Das ist die Bibliothek von Savannahs Großvater", beantwortete ich Magnus Frage und lenkte die Aufmerksamkeit der beiden auf das Foto, welches mir noch vom letzten Mal gut in Erinnerung geblieben war. „Er hatte wirklich Ahnung von seiner Arbeit. Es könnte gut sein, dass er irgendwo was über das GdE aufgeschnappt hat."

„Orangensaft oder Wasser. Was anderes haben wir nicht da", verkündete Savannah, die in diesem Augenblick zu uns stieß und stellte ein Tablett mit Gläsern und Getränken auf dem großen Schreibtisch ab, der die Mitte des Raumes dominierte.

„Cool, danke", gab Magnus zurück und schenkte sich ein Glas Saft ein. Ich beobachte diese - überaus surreale Szene mit wachsamem

Auge. Meines Wissens war es das erste Mal, dass zwischen den beiden so etwas wie *Normalität* aufkam. Ungewiss, wie lange das anhalten würde. Aber es gefiel mir.

Da Savannah nicht mehr wusste, wo genau sie auf den Ausdruck *Geheimnis der Elfen* gestoßen war, nahm sich jeder von uns ein anderes Exemplar der Publikationen und losen Blattsammlungen ihres Großvaters vor. Stundenlang saßen und lagen wir auf dem Fußboden und durchforschten akribisch die Unterlagen. Ich konnte wirklich froh sein, solche Freunde zu haben – inklusive Savannah. Nicht auszudenken, wie lange ich brauchen würde, wenn ich mich allein hindurchlesen müsste. Gerade, als Magnus resigniert das Buch zuklappte, das er sich vorgenommen hatte, und zu der Stelle am Regal schlurfte, an der er es entnommen hatte, sprang Cat begeistert auf.

„Ich hab's!", rief sie und verursachte bei ausnahmslos jedem von uns erleichtertes Seufzen. Stolz legte sie die aufgeklappte Doppelseite zwischen uns in die Mitte. Es war eine Zeichnung. Ich erkannte sie. Genau wie die anderen.

„Ist das nicht das Bild von dieser Nonne, die sie mit ihren Kindern im Kloster eingemauert haben?", äußerte Magnus seine Vermutung als erster.

Savannah nickte. „Ja, als Strafe dafür, dass sie Unzucht getrieben und die Kinder heimlich im Kloster geboren hatte. Grausame Geschichte."

„Mag ja alles sein, ist aber nicht der Grund, weshalb ich euch das zeige", fiel Cat ein und deutete auf fast verblasste Randbemerkungen an der rechten Seite. Ich zog das Blatt ein wenig zu mir und las vor.

„Man erzählt, der Abt selbst sei der Vater gewesen. Alles Unsinn, behauptet Waldelse. Sie glaubt, wer die Wahrheit über das Bildnis erfährt, gelangt an das Geheimnis der Elfen."

„Was ist eine Waldelse?", fragte Magnus.

„Die Waldelse war ein altes Weib, das im Wald hauste. Die Leute sagten, sie wäre eine Hexe, aber mein Großvater hat oft mit ihr geredet und Nützliches erfahren, das ihn zu dem ein oder anderen Fundort brachte. Er vermerkte immer, was sie ihm erzählte. Man konnte ja nie wissen, ob man es einmal brauchen würde."

„Eine Hexe?", murmelte Cat und sah mich mit einem Blick an, an dem ich erkennen konnte, dass ihr das Gleiche wie mir durch den Kopf ging. Ob diese Waldelse eine E.L.F. war? Vielleicht hatte Ida schon von ihr gehört. Doch noch viel wichtiger war das, was diese

Waldelse über das GdE zu wissen glaubte. Die Wahrheit über das Bildnis erfahren ... für mich gab es eine Möglichkeit, dies zu tun.

„Das haben die Leute gesagt, ja", antwortete Savannah, erhob sich und zog ein Buch über das Kloster aus dem Regal. „Aber da ist eigentlich nichts. Ihr wisst ja, dass ich mich sehr für das Kloster interessiere, aber ich habe nichts gefunden, was die Wahrheit über das Bildnis erzählen würde. Auch als Lilly und ich nach dem unterirdischen Gang gesucht haben, fanden wir nichts ... na ja ... lange haben wir nicht gesucht. Nur bis Lilly rausgestürmt ist um zu kotzen, weil ..."

„Danke, Savannah!", unterbrach ich sie unwirsch und schüttelte den Kopf. Das war ja wieder typisch. Merkte sie eigentlich gar nichts, wenn sie erst einmal angefangen hatte zu schnattern? Zu meiner Überraschung hielt sie tatsächlich inne. Man sah ihr an, dass ihr das nur herausgerutscht war. Doch wer eine Entschuldigung erwartete, kannte Savannah nicht.

„Der Saft ist alle", wechselte sie stattdessen das Thema und warf Magnus einen scharfen Blick zu. „Teilen ist nicht deine Stärke, was?" Mit diesen Worten schnappte sie die leere Flasche und verließ den Raum, um der Situation zu entgehen.

„Warum hast du gekotzt?", fragte Cat flüsternd und rückte wie auch Magnus ein Stück näher. „Was ist da drin passiert? Hast du was gesehen?"

„Ja, genau. Hast du was gesehen? Vielleicht die Nonne, wie sie in den Mauern verwest?", ereiferte sich Magnus, der das anscheinend ganz toll fand. Ich zog die Brauen hoch und sah ihn an, als käme er von einem anderen Stern.

„Du schaust dir eindeutig zu viel Müll im Fernsehen an. Ich habe gar nichts gesehen. Nur gefühlt, dass da etwas ganz Schreckliches passiert sein musste. Ich hatte richtig Angst und musste da raus."

„Ein guter Grund, wieder hinzufahren. Scheint, als hätte diese Waldelse die Wahrheit erkannt", schlug Cat vor. Da musste ich meiner Freundin Recht geben, doch sich nähernde Schritte rieten mir, dieses Thema jetzt nicht weiter zu verfolgen.

„Wir sollten nochmal rüberfahren", schlug jedoch nun auch Savannah vor. „Zu viert könnten wir das ganze Gebiet so richtig durchkämmen. Vielleicht finden wir ja doch was. Was mich zu der Frage bringt: Warum sucht ihr eigentlich dieses *Geheimnis der Elfen*?"

Das betretene Schweigen zwischen uns war nur allzu verräterisch. Wenn sie bisher nicht ahnte, dass da irgendetwas Besonderes dahinter steckte, tat sie es spätestens jetzt. Warum hatten wir uns auch keinen plausiblen Grund für unser Interesse einfallen lassen?

„Weil ich es jemandem versprochen habe“, gab ich schließlich einen Teil der Wahrheit Preis. „Jemandem, der mich so lange damit nerven wird, bis ich es finde.“

Prüfend schweifte ihr Blick zwischen uns hin und her. Ihr war klar, dass sie heute nicht mehr erfahren würde. Ich würde mir etwas einfallen lassen müssen, wenn ich verhindern wollte, dass Savannah uns begleitet. So leicht würde sie sich gewiss nicht abschütteln lassen. Um vorerst Ruhe zu haben, gab ich ihr Recht damit, dass wir das Kloster nochmals aufsuchen müssten, damit sie nicht den Verdacht schöpfen würde, ausgebootet zu werden – auch wenn dem so war. Wir verabredeten uns für den übernächsten Tag.

„Und wie willst du Miss Perfekt nun davon abhalten, uns auf die Nerven zu gehen?“, fragte Cat, während sie Magnus den x-ten Ballon zur Dekoration reichte.

„Wie wäre es, wenn ihr beide etwas mit ihr unternehmt und ich begleite Leelee zum Kloster?“, antwortete Daniel, der zu Hause schon auf mich gewartet hatte, an meiner Stelle und schuf damit einen schier fassungslosen Ausdruck auf dem Gesicht meiner Freundin. Oh ... das konnte was werden ...

„Sag mal, könnte es sein, dass du den intellektuellen Erwartungshorizont ignorierst?“, konterte sie säuselnd und sah ihn dabei an, als spräche sie mit einem Kleinkind. Ich kicherte.

„Bitte?“

„Sie fragt, ob du blöd bist“, hängte Magnus sich rein. „Cat, Luftballon! Aber sie hat Recht. Wir und Sav? Das wäre fast so, als würden Orgs mit Elben einen drauf machen!“

„Und du bist dann ein ...?“, wollte ich lachend wissen.

„Sehr witzig.“

„Nein, im Ernst“, kam ich auf Daniels Vorschlag zurück und hielt die letzte Girlande hoch, damit Daniel sie befestigen konnte. „Die Idee ist gut. Ich weiß, dass ihr nicht begeistert seid, aber was, wenn sie mitbekommt, wie ich wegtrete? Sie ist nicht so dumm, wie wir immer dachten, wisst ihr?!“

„Haben wir schon gemerkt“, lenkte Cat seufzend ein. „Na da haben wir uns ja ein tolles Ei gelegt. Einverstanden. Ich schlage vor, dir geht es nicht gut und wir kommen darum auf die Idee, mit Sav ...“ Sie warf Magnus einen verständnislosen Blick zu. „ ... ich kann nicht glauben, dass diese Tussi jetzt sogar schon einen Spitznamen von uns bekommt ... also wir kommen auf die Idee, mit ihr rauf an den See zu fahren. Die Aussicht auf Magnus in Badehose wird ihr bestimmt gefallen.“

Magnus grinste. „Da hast du Recht. Wer könnte da schon widerstehen?“

„Ich“, gab Daniel trocken zurück und stieg vom Stuhl, worauf Cat ihm lachend ein High-Fife anbot. „Yeah, ich auch.“

Die Sache war also ausgemacht. Irgendwie war ich froh, dass Daniel mich begleiten würde und nicht die beiden. Nachdem, was ich das letzte Mal dort fühlte, könnte es ein erschreckendes Erlebnis werden und ich war nicht sicher, ob ich sie so tief hineinziehen sollte. Natürlich, ich vertraute ihnen bedingungslos, doch mir war bewusst, dass ich sie, je mehr sie wussten, auch immer weiter einer gewissen Gefahr aussetzte.

Doch wie das im Leben häufig so ist, kommt nicht immer alles so, wie man es sorgsam geplant und sich ausgemalt hatte. So auch am Tag darauf, als wir unser Vorhaben in die Tat umzusetzen gedachten. Meine Freunde waren gerade dabei ihr *heroisches Opfer* zu bringen, wie Magnus es den ganzen Vormittag in der Schule bezeichnete – jedenfalls immer, wenn Savannah nichts davon mitbekam – und ich wartete zu Hause auf Daniel, der mich eigentlich abholen wollte. Doch statt des Motorengeräusches seines Melkus vernahm ich nur das sms Tonsignal meines Handys. Daniel wurde aufgehalten und verspätete sich deshalb. Seufzend antwortete ich ihm, dass ich schon mal mit dem Rad hinüber fahren würde und er mich dann dort treffen könne. Ich wusste, das würde Daniel nicht gefallen, doch ich hatte nicht die Absicht, den ganzen Nachmittag zu warten, bis er irgendwann auftauchen würde. Und außerdem sollte ihm ruhig klar sein, dass es Dinge gab, die ich auch ohne ihn bewältigen konnte.

Ich stieg also aufs Rad und nahm mit jedem Tritt in die Pedale die bestechende Anwesenheit meiner Gabe ausgeprägter wahr – oder besser gesagt ein gewisses Unwohlsein, welches sie hervorrief. Keine Warnung oder desgleichen. Eher ein stetig wachsendes Bedürfnis, einer Situation lieber aus dem Weg gehen zu wollen. Ähnlich dem

Problem mit Konfliktsituationen, das ich noch vor nicht allzu langer Zeit mit mir herumschleppte. Nun wünschte ich, meine Freunde wären doch mitgekommen. Natürlich war ich froh, dass es Cat und Magnus gelungen war, Savannah erfolgreich abzulenken, doch nun stand ich eine halbe Stunde später ganz allein an der Rückseite des ehemaligen Wohntrakts der Prämonstratenserinnen und zu meinem *Unwohlsein* addierte sich dieses beklemmende Gefühl, welches mich bei meinem letzten Besuch hier die Flucht hatte ergreifen lassen. Nachdenklich betrachtete ich das in Stein gehauene Bildnis der Frau mit den beiden Kindern. Ich wusste, welcher Raum sich hinter dem Bildnis befand. Es war jenes Obergeschoss, welches klaustrophobische Ängste und Übelkeit bei mir ausgelöst hatte – ganz zu schweigen von der Todesangst. Mir war bewusst, dass die Antwort auf meine Suche sicher nicht vom Himmel fallen würde – selbst dann nicht, wenn ich das Bildnis noch Stunden betrachten würde. Es war nur ein Symbol und des Rätsels Lösung befand sich dahinter. Also versuchte ich, wie immer, wenn ich mir etwas in den Kopf gesetzt hatte, die nun läutenden Alarmglocken zu ignorieren – zumal ich das seltsame Gefühl hatte, dass dieser Alarm nicht mir schlug, sondern vielmehr vor Jahrtausenden jemand anderem geschlagen hatte – ging um das Gebäude herum und stand kurz darauf mit wackligen Knien von dem gefürchteten Eingang. Alles in mir wehrte sich dagegen, durch diese Tür zu gehen, doch es gab keinen anderen Weg. Ich erwog sogar, ob ich nicht doch auf Daniel warten sollte, verwarf das jedoch wieder. Zum einen würde er ohnehin bald hier sein und zum anderen wollte ich ihn in seinem Glauben, ich bräuchte einen Beschützer, nicht auch noch bestärken. Also hob ich trotz all der inneren Weigerung die Hand und öffnete die knarrende, uralte Holztür. Der muffige Geruch, der mir entgegen schlug und die Dunkelheit im Gemäuer wirkten nicht gerade einladend. Im Gegenteil. Eher feindselig. Sie verstärkten nur noch den dringenden Wunsch, hier so schnell wie möglich zu verschwinden, doch ich kämpfte weiterhin mit aller Macht dagegen an. Hier existierte doch gar keine unmittelbare Gefahr für mich. Ich wusste das. Doch für eine meiner Vorfahren – und ich fühlte, dass es sich dabei um Alveradis handelte – hatte hier eine so große Gefahr bestanden, dass deren Empfindungen einfach zu stark, zu prägnant waren, als dass ich sie von meinen hätte trennen können. Schritt für Schritt steuerte ich bewusst meinen Weg zur Treppe ins Obergeschoss.

Dort oben befand sich das Bildnis der Frau mit ihren Kindern an der Außenmauer. Die enorme Überwindung, die ich nun aufbringen musste, bestätigte mir, den richtigen Schluss gezogen zu haben.

Unglaubliche Furcht überkam mich. Ich fühlte mich eingesperrt, hoffnungslos, verloren. Es war etwas anderes, sich im Sonnenschein an der Krömelbach von der allumfassenden Energie leiten zu lassen und sich ihr hinzugeben, um einen Blick auf die Vergangenheit zu werfen. Etwas völlig anderes. Das gleiche hier zu tun machte mir große Angst. Vielleicht war es vergleichbar damit, sich einer tiefen Depression hinzugeben. Ich hatte jetzt schon, bevor ich mich ihr hingab, das Gefühl, nicht mehr aus diesem Loch heraus zu können. Wie sollte es da erst sein, wenn ich darinnen war? Es fühlte sich an, als müsste ich springen statt umzukehren. Schießen statt zu sichern. Suizidale Gedanken. Todessehnsucht. Wie schwer sie wogen.

Und doch blieb mir nichts anderes übrig, als mich nun auch von diesem Ort, genau wie auf der Lichtung im Wald, integrieren zu lassen, wenn ich Antworten wollte. Ich musste mich hingeben und einfach darauf vertrauen, dass ich auch diesmal den Weg zurück finden würde. Es gab nichts Positives, als ich es zuzulassen begann. Kein Einklang mit der Natur, kein plätscherndes Wasser. Nur dünne Schatten voller Traurigkeit, Wut und Verzweiflung zogen mich, als ich mich mehr und mehr Gefühlen hingab, die kein gesunder Mensch gern freiwillig zuließ. Von Hoffnungslosigkeit erfüllt kroch ich in die Ecke, zog meine Beine an, schloss die Augen und weinte.

Weinte über meine Taten.

Weinte um mein Leben ...

... meine Kinder.

...

Meine ... was? Es war unglaublich, doch ich weinte tatsächlich um meine ... oder besser: Alveradis Kinder. Und über grauenvolle Taten. Taten, für die Reue nie genügen würde. Taten, für die es keine Genugtuung gab. Doch nicht meine. Ich hatte das nicht getan. Ich spürte nur die Reue, die wie brennender Schwefel meine Haut abzuschälen schien. Nicht meine Taten. Nicht meine! Ich rieb meine Arme, wollte mich schützen. Als ich, um mich von dem Schmerz zu befreien und mir meiner selbst wieder bewusst zu werden, an diesen Gedanken festhielt, zogen sich die dünnen Schatten ein wenig zurück und ließen das Licht der Hoffnung hindurchblitzen. Es tat gut, doch es war nicht der richtige Weg. Die Antwort führte über diese Gefühle und ich musste mich ihnen stellen. Nein, nicht nur das. Ich musste mich ihnen vollkommen hingeben. Keine Trennung mehr zwischen mir und meinen Vorfahren. Ich bin sie. Sie sind ich. Erneut rannen Tränen über meine Wangen, als ich an die vielen Menschen dachte, die leiden mussten. Ihre Augen. Ihre Enttäuschung. Nie würde ich die Blicke vergessen. Sie hatten den Glauben an das Gute verloren, den Glauben an etwas, worauf sie ihr gesamtes Leben vertraut hatten. In traumatischer Geschwindigkeit wechselten meine Gedanken in eine andere Richtung und ich gedachte der beiden wundervollen Kinder, die ich nie wiedersehen würde. Wie sehr ich sie vermisste. Und wie dankbar ich ihnen war. Sie retteten mein Leben – auch, wenn ich bald sterben würde.

Der metallene Klang der Kirchenglocke, der sogar die Mauern meines dunklen Gefängnisses durchdrang, ließ mich zusammenzucken. 12 Schläge. Abermals. Längst hätte ich mich an ihr regelmäßiges Erklingen gewöhnen müssen, doch die lange Zeit in vollkommener Dunkelheit führte immer wieder zu dieser schreckhaften Reaktion. Es war das fünftausendachthundertdreizehnte Mal, dass ich die 12 Schläge vernahm. Fünftausendachthundertdreizehn. Nie hätte ich geglaubt, dass die Sehnsucht, diesen Klang nicht mehr hören zu müssen – nie mehr IRGENDETWAS hören zu müssen – so groß sein könnte. Oder die Verzweiflung bei dem Gedanken, es zu müssen. Wie lange noch? Wie viele Schläge, bis es endlich ein Ende findet? Zehn? Siebzig? Tausend?

Mit dem Handrücken wischte ich die Tränen von meiner Wange. Seltsam fühlte sich das an. Knochige Finger mit dünner, rissiger Haut überzogen. Mit den Fingerspitzen ertastete ich die tiefen Furchen in meinem Gesicht. Noch immer schien mir das so fremd. So lange Zeit war ich an die Jugend gewöhnt. Jahre, Jahrzehnte, Jahrhunderte. Verzweifelt schlug ich mit den Fäusten an die unnachgiebige Wand, bis die Haut einriss und blutete und verfluchte den Tag, an dem ich es fand. Den Jungbrunnen. Den Trank des Lebens. *Das Geheimnis der Elfen*, wie es das Volk nannte. Dabei sollte es selbst den Elfen für immer ein Geheimnis bleiben, denn nur mir war die Formel bekannt und ich hatte das Privileg, mich zu den Elfen zählen zu dürfen, längst verwirkt.

Blind vor Liebe braute ich den lebensverlängernden Trank für meinen Fürsten und mich. Nicht ahnend, welche Nebenwirkung er haben würde. Wie hätte ich auch wissen sollen, dass er negative Eigenschaften forcierte? Nein, das hatte ich nicht wissen können. Doch ich hätte die Augen öffnen können – nein MÜSSEN! Hätte erkennen müssen, wie groß die Niedertracht und Machtgier im Herzen des Mannes waren, dem ich die Welt zu Füßen legte. Doch das konnte ich nicht – nein, ab einem bestimmten Punkt *wollte* ich es noch nicht einmal. Und heute? Wäre ich heute ich der Lage? Würde ich die Augen geöffnet halten? Fände er mich und klopfte an den Mauern meiner Verdammnis, würde ich nicht mit den Nägeln den Basalt zu zerkratzen versuchen, um zu ihm zu gelangen? Würde ich mich nicht in seine Arme flüchten und die Welt für ihn zerstören, wenn er es nur verlangte? Würde ich mich nicht erneut der Schattenseite hingeben, um jeden seiner Wünsche Wirklichkeit werden zu lassen? Doch, das würde ich. Die Scham lähmte meinen halbtoten Körper.

Bereits als ich ihrer noch nicht einmal gewahr sein konnte, heilten mich meine Kinder und entzogen mir all das Böse, all die Schatten, die an mir hafteten wie eine zweite, dunkle Haut, deren Existenz ich nur allzu gern leugnete. Sie ließen mich erwachen. Endlich. Doch ich erkannte, dass all ihre Heilung das Band nicht zerstören konnte, welches mich mit Ariax verband. Ich hätte mich ihm nicht mehr entziehen können, sobald die Kinder das Licht der Welt erblickten. Dafür war es Jahrhunderte zu spät. Ich war sein. Für alle Ewigkeit.

So fristete ich nun hier mein Dasein und fluchte voller Dankbarkeit auf das Gefängnis, das mich von ihm fern hielt. Beinahe acht Jahre wartend, der Hungertod möge endlich siegreich sein im Kampfe gegen den Trank, der nichts als Leid und Übel brachte.

Dankbar dem Abt, der mir Obdach gewährte. Auch wenn seine Furcht vor mir so groß war, dass er mich - geschwächt von der Geburt - samt der Zwillinge einmauern ließ.

Dankbar der Nonne, die aus Mitleid die frische Mauer gerade so weit öffnete, dass ich ihr die beiden Kinder überlassen konnte, ehe sie sie wieder verschloss.

Dankbar, dass die beiden in einem Dorf nicht weit von hier aufwachsen konnten – ohne dass ihr Vater je von ihrer Existenz erfahren würde.

Fluchend der Dunkelheit, die mich umgab. Minute um Minute. Stunde um Stunde. Tag um Tag.

Fluchend jedem Stein, der mich festhielt in dieser winzigen Kammer, zu niedrig, sich zu erheben und zu kurz, sich zu legen.

Fluchend dem Geheimnis der Elfen, das ich, Kraft meiner Fähigkeiten, aus meinem Gedächtnis verbannte. Niemand sollte es je wieder nutzen können. Es musste mit mir sterben. Noch ehe man mir die Kinder ansah hatte ich einen Weg gefunden, das vererbte Gedächtnis aufzuhalten. Ariax würde sterben. Eines Tages. So wie ich. Und schon jetzt beweinte ich, was ich herbeiführte. Ich liebte ihn. Unendlich. Diesmal waren es Tränen der Trauer, die meine Augenwinkel verließen. Tränen, vergossen für einen Mann, den zu lieben wider die Vernunft war. Es war alles meine Schuld. Würde dieser Alptraum nur endlich enden! Würde ich nur endlich sterben! Lass mich doch endlich sterben.

Erfüllt von diesem einen, sehnlichen Wunsch legte ich den Kopf schluchzend auf die Knie und hoffte, die Glocke nie wieder schlagen zu hören. Ich hoffte es so sehr. Mit all meiner Kraft. All UNSERER Kraft. Matt und verschwommen registrierte ich, dass sich etwas verändert hatte. Ich wünschte nicht allein. Jeder Atemzug wurde schwerer als der vorhergehende. Ein Lächeln legte sich auf meine Lippen. Frieden. Ich konnte ihn sehen. Zufrieden schloss ich die Augen, als ich sicher war, sie nie wieder öffnen zu können ... und starb.

„Leelee?“, sang eine wundervolle Stimme in den Frieden hinein. „Verdammt, Leelee!“ Nun klang sie besorgt. Doch weshalb sollte man sich im Frieden sorgen? Und wer war diese Leelee, von der die Stimme sang? Mir war, als müsste ich das wissen ... doch es schien nicht wichtig zu sein. Nichts war wirklich wichtig.

„Lioba, atme!“, schrie die Stimme nun verzweifelt. Das Pendel der Glocke, die ich nie wieder zu hören wünschte, schmetterte mitten im wundervollen Frieden gegen meinen Brustkorb. Luft wurde in meine Lungen gepumpt. Und wieder schmetterte der Pendel.

„Atme, verdammt!“ Die süße Stimme weinte. Daniel. Sie gehörte Daniel. Abermals pumpte etwas meine Lungenflügel auf. Hmmm ... wie das roch ... wie das schmeckte ... Einen winzigen Moment konnte ich der Versuchung nicht widerstehen, all das selbst in mich aufzunehmen statt zu warten, bis es mir gegeben würde. Ich atmete ein – und entglitt dem Frieden, der mir just in dieser Sekunde nicht mehr erstrebenswert erschien. Zwei Augen, so blau und tief wie der Ozean, sahen mich an mit einem Blick erfüllt von Liebe und Erleichterung. Wie sanft. Wie schön. Welch ein Moment des Glücks. Doch so beruhigt und geborgen ich mich in diesem Augenblick auch fühlte, so intensiv stürzten die Erinnerungen des gerade Erlebten brachial auf mich ein.

„Oh Gott, Daniel!“, schluchzte ich erschüttert. „Ich bin gestorben! Gerade eben!“ Verwirrt über diese Aussage versuchte ich zu trennen, was ich gerade noch miteinander verschmelzen ließ. „Nein“, widersprach ich mir selbst. „Nicht ich. Alveradis. Sie starb ... oder wir?“

Versuchend zu verstehen, was gerade geschehen war, meiner selbst bewusst zu werden und zu erfassen, wo ich mich befand, stand ich auf und sah mich um. Das Obergeschoss ... es hatte seine Wirkung verloren. Kein beklemmendes Gefühl, kein Fluchtgedanke. Nicht der geringste Anflug von Klaustrophobie. „Wir wollten es, Daniel“, versuchte ich, einerseits erschüttert, andererseits mit Verständnis für meine Urahnin zu erklären. „So sehr. Und es hat sich so richtig angefühlt.“ Es war schwer zu begreifen, wie sehr ich gerade noch sterben wollte ... oder ... dass es wahrhaftig gelungen war.

Daniel nahm mich mit besorgtem Blick in den Arm und streichelte mir einfühlsam den Rücken. Wie gut es tat, diese Sicherheit und Geborgenheit zu spüren.

„Ich bin schon eine ganze Weile hier“, begann er, mir den Eindruck als Außenstehender zu vermitteln. „Als ich hereinkam, hast du einfach dagesessen. Mit dem Rücken an der Wand, die Beine angezogen. Ich wusste nicht, wo du warst, in der Anderswelt, an die unsere Vorfahren glaubten, in der Vergangenheit oder wo auch immer. HIER warst du jedenfalls nicht. Ich dachte mir, dass du schon auf der Suche bist und hielt mich zurück, um dich nicht zu stören.“ Er schüttelte den Kopf, nahm mich fester in den Arm und küsste meine Schläfe. „Meine Güte, wenn ich DAS gewusst hätte, dann ...“

„Dann hättest du trotzdem nichts unternehmen dürfen!“, unterbrach ich seine Selbstvorwürfe und drückte ihn sanft ein wenig weg, um ihm in die Augen sehen zu können. „Ich glaube, ich beginne zu verstehen.“

Daniel harrte der Fortsetzung meiner Erklärung, doch ich war gerade selbst noch dabei, für mich in Worte zu fassen, was mein Innerstes so langsam begriff. Meine Hand mit Daniels verschränkend zog ich ihn zur Fensteröffnung, setzte mich auf die Brüstung und klopfte mit der freien Hand auf den leeren Platz neben mir. Das Sonnenlicht ließ seine seidigen Haare glänzen, als er neben mir Platz nahm und ich war heilfroh und dankbar, noch zu leben, um solche wunderschönen Anblicke genießen zu können.

„Alveradis starb hier, Daniel. Wie Ariax, hatte auch sie ihr Leben mit dem Geheimnis der Elfen verlängert. Doch ihre ...“

Ich stockte. Es war Alveradis Wunsch, dass der Fürst niemals von seinen Kindern erfahren sollte. Ich wusste, dass Daniel zu mir stand, doch hatte Ariax nicht seine Methoden, zu erfahren, was er wollte? Der Zwiespalt, in den er mich dadurch gebracht hatte, dass er Daniel vereidigte, war zermürbend.

„Ihre was?“, fragte Daniel. Er hatte den Kopf zur Seite geneigt und sah mich irritiert an. Selbstverständlich bemerkte er, dass ich mit mir haderte, was dazu führte, dass ich mich wie jemand fühlte, der nicht mit offenen Karten spielte. Hatte ich mir nicht kürzlich noch geschworen, dass diese ganze Latène Sache niemals zwischen uns stehen würde? Weshalb war es so schwer, das einfach herauszuhalten? Die Antwort war einfach: Man konnte nicht etwas, worum sich inzwischen beinahe das ganze Leben drehte, aus unserer Beziehung heraushalten. Also musste es einen anderen Weg geben und der sollte nicht darin bestehen, uns etwas vorzumachen oder zu verheimlichen.

„Ihre Kinder“, beantwortete ich schließlich seine Frage. „Man könnte sagen, sie wirkten als Gegengewicht, als Alveradis sie unter dem Herzen trug. Sie brachten sie zur Vernunft.“

Daniel nickte verstehend.

„Daniel, ich glaube, mir wird gerade einiges klar.“

„Ja? Was?“

„Es ist schwer zu beschreiben. Ich glaube, es ist eine Art Kreis, der geschlossen werden muss. Meine Klaustrophobie ... sie ist weg. Als ich den Grund dafür durchlebte, verschwand sie.“ Ich wusste nicht, wie ich ihm begreiflich machen sollte, was in meinem Innern längst klar vor mir lag.

Daniel legte seine Hand auf meine Wange und streichelte sie zärtlich mit dem Daumen. „Du hast aufgehört zu atmen und dein Puls wurde immer schwächer.“ Ich konnte seinen sorgenvollen Blick verstehen. Von außen betrachtet sah das gewiss übel aus. Doch Daniel sah nicht den, wie soll ich es sagen... den sich schließenden Lebenszirkel.

Ich nahm seine Hand in meine und sah ihm eindringlich in die Augen. Ich musste versuchen, es ihm begreiflich zu machen. „Alveradis wäre ohne mich nicht gestorben – jedenfalls noch nicht. Der Wunsch dazu, die Kraft und Energie von uns beiden war nötig.“

„Du meinst, dass du den Kreis geschlossen hast, den sie einst öffnete?“ Ich nickte. Auch wenn es das noch nicht ganz traf.

„Das heißt aber trotzdem nicht, dass dir nichts passiert wäre“, gab er kopfschüttelnd zu bedenken. „Ich musste dich wiederbeleben, Leelee!“

„Daniel, du bist längst Teil des Puzzles, siehst du das nicht?“

„Ich weiß nicht ...“ Er war sehr skeptisch.

„Der Kreis, den Alveradis einst öffnete, ist mit ihrem Tod noch nicht geschlossen. Das war nur ein Teil des Weges. Es gibt da noch einen größeren. Ich spüre es ganz genau, auch, wenn ich noch nicht sehen kann, was genau dieser Kreis eigentlich ist. Daniel, ich habe das Gefühl, dass ich ihn schließen muss.“ O.K., ich gebe zu, dass das wahrscheinlich der größenwahnsinnigste Satz war, den ich je von mir gegeben habe, doch es traf exakt was ich dachte.

Zu meiner Überraschung reagierte mein Freund darauf nicht im Mindesten geschockt. Er wirkte eher nachdenklich.

„Ich wusste immer, dass in dir mehr steckt als du ahntest. Von Anfang an habe ich diese unglaubliche Stärke in dir gefühlt“, meinte er mit einer Mischung aus Stolz und Bedauern und seufzte. „Ich habe aber – ehrlich gesagt – gehofft, dass deine Aufgabe nicht SO groß sein würde."

„Und so gefährlich?"

Er nickte. Natürlich machte er sich Sorgen. Berechtigt. Der Kreis, den Alveradis einst öffnete, war zu eng mit dem Keltenfürsten verknüpft, als dass ich ihm aus dem Weg gehen könnte.

Gerade als ich nach den richtigen Worten suchte, um Daniel aus den sorgenvollen Gedanken zu reißen, sah er mich plötzlich von unten herauf mit einem Blick an, der mir den Atem raubte.

„Was?", flog es schon beinahe panisch aus meinem Mund, denn eine solche Stimmungsschwankung konnte ich ja nun gerade gar nicht einordnen ... und das verschlagene Grinsen, welches er nicht einmal wie gewöhnlich zu unterdrücken versuchte, ebenso nicht.

„Du weißt schon, dass es – trotz all der Gefahr – wahnsinnig sexy ist, wenn du so stark und selbstbewusst auftrittst?"

Oh, jetzt auch noch die rauchige Stimme ... „Sexy?", fiepte ich und rückte tatsächlich ein wenig weg als er mir näher kam. Ich weiß selbst nicht, weshalb. Doch das hier kam so plötzlich, dass ich mich fühlte, als würde ich gerade meinen ersten Kuss erwarten mit einer Mischung aus Neugierde und angenehmer, prickelnder Furcht. Ich drückte mich geradezu in die Fensterlaibung hinein, als er sich mit den Händen neben meinem Kopf abstützte und sein Atem auf meiner Haut eine Spur wohligen Zitterns hinterließ, während er sich wie eine Raubkatze geschmeidig über mir bewegte, ohne mich ein einziges Mal zu berühren. „Ja, sexy", raunte er mit tiefer, bassiger Stimme in mein Ohr und ließ mich erschaudern. „Sexy und herausfordernd."

Mir wurde schwindelig von den Gefühlen, die Daniel hervorrief. Es war anders als sonst. Kein unschuldiger Kuss, der zu mehr führen könnte, nein, Daniels Augen blitzten wie die eines Pumas, ehe er seine Beute erlegt. Und ich gestehe, dass ich mich in der Rolle seiner Beute äußerst wohl fühlte. Mein Körper schien zu vibrieren und sich nach Berührung zu sehnen, doch gleichzeitig genoss er das Fehlen derselben, weil gerade das es war, was ihn in Vibration versetzte. Mein Atem stockte, als Daniel sanft mit der Nasenspitze an meiner Kehle entlangfuhr und mich in so große Spannung versetzte, dass einzig die winzige Berührung seiner Zungenspitze an meinem Schlüsselbein ausreichte, mich geräuschvoll keuchen zu lassen.

„Ei, ei, ei, was sehe ich da? Ein verliebtes Ehepaar!“, riefen einige Kinder kichernd, als sie auf dem Radweg am Kloster vorbeifuhren und uns beide am Fenster sahen. Oh, ganz ehrlich: Hätte nebenan ein Spaceshuttle gestanden, ich hätte sie samt ihren Rädern ins All geschossen.

Daniel gluckste, ließ von mir ab und setzte sich wieder neben mich auf die Brüstung. Ich weiß nicht, wie ich geschaut habe, doch er schüttelte grinsend den Kopf und räusperte sich. „Das war eine sehr interessante und schöne Reaktion, Leelee.“

„Ähh ... ja“, war so ziemlich das unpassendste und unromantischste, was mir über die Lippen kommen konnte. Doch irgendwie wollte mein Verstand sich nicht so recht einschalten. „Was ... was war das gerade?“ O.K., es ging noch unpassender.

Daniel lachte und beugte sich kurz nach vorn, um mich zärtlich zu küssen. „Das, meine kleine Elfe, war, was geschieht, wenn deine innere Stärke mich fast um den Verstand bringt. Erinnerst du dich noch, als wir damals als Kinder am Fluss spielten und du immer gewinnen wolltest?“

„Du wolltest doch auch immer gewinnen!“, protestierte ich, denn ich konnte mich noch ziemlich genau daran erinnern, dass er wie ich mit allen Mitteln kämpfte. Eine Begebenheit war mir noch besonders gut in Erinnerung. „Ich hatte dich schon klatschnass gemacht und eigentlich gewonnen!“, ließ ich Daniel an dieser Erinnerung teilhaben. „Gewonnen, gewonnen, schon wieder gewonnen!“, sang ich damals.

„Als du endlich auch am Ufer warst, hast du mich mit einem Blick angesehen, dass ich genau wusste, du hattest noch etwas vor.“ Das Funkeln in seinen Augen hatte ihn damals verraten ... hmmm ... es war ähnlich dem Funkeln, welches ich heute bei ihm sah ... Ich erinnerte mich daran, dass sich langsam ein teuflisches Grinsen auf seinem Gesicht ausgebreitet hatte ... ähnlich dem verschlagenen Grinsen von vorhin.

„Ich schüttelte meine triefnassen Haare und kam mit ausgebreiteten Armen auf dich zu“, ergänzte Daniel. Ich lächelte. Er erinnerte sich an die gleiche Begebenheit.

„Wehe!, habe ich dich gewarnt. Aber ich wusste, dass keine Warnung der Welt dich aufhalten konnte. Dann habe ich geschrien und versucht vor dir wegzurennen, aber du fasstest meine Hand und hieltest mich fest. Fast wäre es dir gelungen, mich mit deinem klatschnassen, ausgekühlten Körper zu umarmen. Aber dann kam Aleke.“

„Richtig", pflichtete Daniel mir bei. "Mit einer Ausnahme: Ich wollte nicht gewinnen. Ich weiß nicht, wie ich es erklären soll, aber dich gewinnen zu sehen, deine Siegestänze und deine Selbstsicherheit zu erleben, forderte mich immer dazu heraus, dich zu besiegen. Oder eher: dich zu gewinnen. Als ob du der Preis wärst, verstehst du?"

Ich nickte. Ich verstand sehr gut, was er meinte. Was damals ein Spiel zwischen uns war – ein Spiel, welches wir alle beide nur allzu gern wieder und wieder spielten – war nun zu etwas anderem geworden. Es hatte sozusagen ein neues Ventil.

„Ich habe mich aber gerade eben nicht gefühlt wie ein Gewinn, Daniel. Eher wie Beute", versuchte ich zu formulieren, wie anders es im Vergleich zu damals war.

Daniel lächelte. „Beute? Interessanter Vergleich. Aber ich glaube, das trifft es ganz gut. Vielleicht hört sich das egoistisch oder sogar tyrannisch an, doch gerade wenn ich mir deiner Kraft am meisten bewusst bin, fordert mich das dazu heraus, dich zu ... zu ..." Er wurde nervös, legte die Hand in den Nacken und wich meinem Blick unruhig aus. Ich erkannte, dass es ihm schwer fiel, die richtigen Worte zu nutzen. Verständlich, denn wenn man es so aussprach, hörte es sich schon nach einer Art Unterdrückung an. Doch das war es nicht.

„Erlegen?", half ich ihm ein wenig, worauf er mich erschrocken ansah.

„Ja. Schlimm?"

„Nein, gar nicht schlimm", beruhigte ich ihn wahrheitsgemäß und fügte augenzwinkernd hinzu: „Es war eine sehr interessante und schöne Reaktion."

Daniel nahm mich glücklich in den Arm. „Das war das erste Mal, dass wir so offen über dieses Thema gesprochen haben, weißt du das?" Ich fühlte mich gut damit. Und vor allem: Keine Reaktion meiner frustrierten inneren Elfe!

„Ja. Und ich finde, wir sollten das beibehalten."

„Finde ich auch."

Wir fuhren bald nach Hause und setzten Tante Ida über die Geschehnisse im Kloster in Kenntnis ... die *elfischen* natürlich. Nicht die zwischen Daniel und mir. Daniel wusste ja noch nicht, dass die Kinder nicht mit Alveradis gestorben waren, doch Ida war bewusst, dass es zumindest einen Nachfahren gegeben hatte – schließlich gäbe es uns sonst nicht.

Eine Schlussfolgerung, die dazu führte, dass ich mich an Idas unübertrefflicher, selbstgemachter Limonade verschluckte, woraufhin die beiden mich fragend ansahen.

„Der Vater der Kinder war Ariax!“, rief ich hustend aus.

Das kreidebleiche Gesicht meiner Tante sagte mir, dass die E.L.F. dies nie in Betracht gezogen hatten. Weshalb eigentlich? War es in Anbetracht der Liaison zwischen Alveradis und dem Fürsten nicht die naheliegendste Möglichkeit? Wir beschlossen, den Rat davon vorerst nicht in Kenntnis zu setzen. Nicht nur wegen des Misstrauens, welches der ein oder andere uns nur aufgrund unserer Abstammung entgegenbringen würde, sondern auch meiner Beziehung mit Daniel wegen. Es bestand das Verbot einer Liaison mit den Latène. Ein weiteres untersagte eine Liebesbeziehung innerhalb der Familie Alveradis und ein drittes ohnehin schon meine Liebe zu Daniel. Wenn sie jetzt noch erführen, dass nicht nur Daniel, sondern sogar das Geschlecht der Alveradis von Ariax abstammen, würde das mit Sicherheit zu einem weiteren Verbot führen. Mindestens. Nicht, dass mich das abgehalten hätte, doch es würde zumindest Schwierigkeiten hervorbringen. Und davon gab es ja beileibe schon genug.

Im Laufe des Gesprächs stellte ich die Vermutung an, dass Alveradis Kinder das GdE gekannt haben könnten – selbst wenn ihre Mutter das genuine Gedächtnis irgendwie aufgehalten und dafür gesorgt hatte, dass es bis vor Kurzem über Generationen verschlossen geblieben war.

Ich dachte an das schmutzige Mädchen, das mir an der Krömelbach erschienen war. Sie war ungewöhnlich begabt, schickte mich einfach zurück, als Gefahr drohte. Mir schien, als sei sie nicht in der Lage gewesen zu sprechen, doch vielleicht war dies nur ein Resultat der Bemühungen ihrer Mutter, das GdE zu verbergen. Möglicherweise hatte die Unterdrückung des genuinen Gedächtnisses bei den Kindern unterschiedliche Auswirkungen – schließlich war ja nicht jeder Mensch gleich. Das Mädchen könnte das Geheimnis gekannt haben.

Ich beschloss, den verlassenen Ort abermals aufzusuchen. Am liebsten wäre ich sofort losgefahren, doch Tante Ida meinte, dass es der Nachforschungen für einen Tag genug waren, weil mein Körper sich erst mal von dem letzten Erlebnis erholen müsse. Ich murrte deswegen ein wenig, doch da Daniel diesbezüglich voll hinter Tante Ida stand, gab ich mich schließlich geschlagen. Naja, zugegebenermaßen war ich auch ein wenig müde. Es wäre bestimmt nicht vernünftig, das zu übergehen, um gleich einen weiteren tranceähnlichen Zustand zu erreichen. Dafür sollte ich wirklich im Vollbesitz meiner Kräfte sein.

„Sag mal, Tante Ida, hast du eigentlich schon mal was von einer Waldelse gehört?“, kam ich nun auf die Frau zu sprechen, auf die wir bei unseren Nachforschungen gestoßen waren, worauf Idas Augen überrascht aufsprangen.

„Was?“ quiekte sie, obwohl sie mich ganz genau verstanden hatte.

„Also ja, nehme ich an“, deutete ich ihre Reaktion und fuhr fort. „Herr Braun hatte den Tipp mit dem Bildnis am Kloster von ihr. War sie eine E.L.F.?“

Meine Tante nickte seufzend, als wäre es ihr ein wenig unangenehm, darüber zu reden. „Ja, aber sie war ... sagen wir ... eigen.“

„Inwiefern?“

„Sie brach aus dem Rat aus und ...“

„Sie war Ratsmitglied?“, unterbrach Daniel sie erstaunt. Ich war ebenso verwundert wie er. Weshalb wählte sie ein Leben im Wald?

„Ja, das war sie. Doch wie ihr Kinder selbst herausgefunden habt, wählte sie einen anderen Lebensweg, wurde zur Eremitin und lebte in den hiesigen Wäldern, den Wäldern der Heimat ihrer Vorfahren. Sie war die erste, die hierher zurückkehrte.“

Plötzlich stutzte Ida, schüttelte erst ungläubig kichernd den Kopf und schlug sich schließlich mit der flachen Hand auf die Stirn. „Meine Güte, dass ich nie darauf gekommen bin!“

„Worauf?“ Um diesem Gedankengang folgen zu können fehlte es mir einfach an Informationen.

„Lioba, als Herr Braun Waldelse traf, muss sie bereits an die hundert Jahre alt gewesen sein. Sie war deines Vaters Urgroßmutter.“

„Waldelse war eine Alveradis? Im Ernst?“

„Eleoise Alveradis. Aufgewachsen und viele Jahre wohnhaft in Dhun Gharsain.“

„Oookeey...“, kommentierte ich ihre Ausführung, die meine Frage nicht beantwortete. „Aber das sagt mir immer noch nicht, worauf du nie gekommen bist.“

Tante Ida schenkte sich noch eine Limonade ein und fuhr dann fort. „Wie du ja selbst schon gemerkt hast – und wie Aleke und ich es dir bestätigten – ist die Nutzung unserer Begabungen mit Hilfe eines gewissen Einklangs mit der Umgebung sehr viel einfacher, als über die Energie, die uns durchfließt. Das gilt natürlich nur, wenn man die Begabung hat, diesen Einklang zu erreichen, was sehr wenigen vorbehalten ist."

Ich nickte zustimmend. „Ja, das stimmt. Ich übe noch, aber es ist einfacher. Wie eine Abkürzung sozusagen. Und was hat das mit Waldelse zu tun? Konnte sie das auch?"

„Nein", schüttelte Ida den Kopf, „diese Begabung hatte sie meines Wissens nach nicht. Aber sie vertrat eine Theorie, für die sie im Rat belächelt wurde, weil es ihr nie gelang, den Beweis dafür zu erbringen."

„Welche?", kam Daniel meiner Frage zuvor.

„Der Einklang ist zwar sehr nützlich, legt einem jedoch auch Grenzen auf. Das genuine Gedächtnis zum Beispiel. Aleke kann sich an absolut jede Begebenheit aus dem Leben ihrer Vorfahren erinnern, doch eben nicht mehr. Was jemand tat, der nicht aus dieser Linie stammte, weiß sie nicht – es sei denn, ihre Vorfahren waren Zeugen davon. Waldelse glaubte, dass diese Barriere bei dem Energieband, dem Fluss an Kraft, übersprungen werden könnte. Sie war der Ansicht, dass es möglich sein müsste, auch die Erfahrungen anderer sehen zu können."

„Weil die Energie jeden durchströmt und nicht nur die eigenen Vorfahren", schlussfolgerte ich. Das hörte sich ziemlich interessant an.

„Richtig", bestätigte meine Tante. „Und wenn Waldelse von einem Zusammenhang zwischen dem Bildnis und dem Geheimnis der Elfen wusste ..."

„... dann muss sie letzten Endes doch noch herausgefunden haben wie es geht!" Verblüfft war ich ihr ins Wort gefallen, doch sie nahm es mir nicht übel, sondern nickte nur, ehe sie an ihrer Limonade nippte. Ich tat es ihr gleich, als mir Bedenken kamen. „Aber viel kann sie nicht herausgefunden haben, sonst wäre das verschollene GdE vermutlich damals schon wieder aufgetaucht."

„Eleoise war keine außergewöhnlich begabte E.L.F. Überhaupt etwas herauszufinden, muss sehr viel Übung vorausgegangen sein. Vielleicht wählte sie auch deshalb dieses Dasein – um den Kopf frei zu haben und sich einzig auf das Energieband konzentrieren zu können."

Das könnte sein. Doch wenn sie unsere Vorfahrin war, müsste sie dann nicht ...

„Das würde auch erklären, weshalb sie ihren Mann und ihren Sohn verließ. Sie lenkten sie ab", fuhr Ida fort, als hätte sie meine Gedanken gelesen. „Er hatte eine gute Stellung hier im Schloss. Der Junge wuchs behütet auf und baute schließlich dieses Haus."

„Trotzdem war es bestimmt nicht so toll, von seiner Mutter verlassen zu werden“, machte ich dem faden Beigeschmack Luft, den Waldelses Entdeckungsdrang nun für mich hatte. Es war schlimm für mich, meine Mutter zu verlieren. So viele Jahre war ich nicht darüber hinweggekommen. Ich konnte mir nicht einmal ansatzweise vorstellen, wie schlimm es sein musste, vorsätzlich im Stich gelassen zu werden. Armer Junge.

Doch etwas anderes viel mir plötzlich ein. „Hey, wenn sie Daddys Urgroßmutter war, dann war sie doch auch deine!“

„Ähm ... ja ... du hast Recht“, murmelte sie mehr oder weniger in sich hinein. „Ich ...“, schien sie nach einer Erklärung dafür zu suchen, dass sie nicht einfach *meine Urgroßmutter* gesagt hatte, „... ich empfinde das so ähnlich wie du, Lioba. Ihre Handlungsweise ist nicht zu tolerieren. Und dann das Rumgehause im Wald. Jeder lachte über sie.“

„Sie ist dir peinlich?“ Das passte nun so gar nicht zu meiner Tante und ich nahm ihr diese Erklärung nicht eine Sekunde ab.

Doch sie bekräftigte diesen Schluss hefig nickend, was sogar bei Daniel für Stirnrunzeln sorgte. „Ja, du hast mich erwischt. Unglaublich peinlich ist mir das.“ Und wie von einer Tarantel gestochen sprang sie mit einem Male auf und ließ uns allein, um weiteren diesbezüglichen Fragen zu entgehen.

Daniel und ich sahen uns ratlos an und ich hob überfragt die Schultern. „Ich werde sie bestimmt nicht zwingen, darüber zu reden. Aber irgendwann bekomme ich schon heraus, was da los ist. Verlass dich drauf.“

Daniel grinste, zog mich zu sich und flüsterte an meine Lippen: „Ich liebe es, wie Geheimnisse deine Neugierde wecken, meine Elfe.“

Als er mich küsste spürte ich, dass er mal wieder meiner inneren Stärke erlegen war und erwiderte sein zartes Spiel voller Genugtuung.

Kapitel 4

Um stark genug für einen weiteren Ausflug in die Vergangenheit zu sein, standen die folgenden Tage erst einmal im Zeichen der Erholung. Irgendwer sorgte immer dafür, dass ich mich entspannte, sobald man mir anzusehen schien, dass ich Pläne zu schmieden begann. So spielte ich nach der Schule Backgammon mit Runa oder quatschte stundenlang mit Cat über sie und Jonas, weil sie sich Sorgen darüber machte, dass ihr Freund neuerdings den Proben seiner Rockband mehr Zeit widmete als dem Konservatorium, wo er studierte. Cat war sich nun mal – wenngleich für jeden Spaß zu haben – der ernsten Dinge des Lebens bewusst und konnte es partout nicht nachvollziehen, wie man eine solche Möglichkeit – ein Stipendium – für Kurzweil und Spaß aufs Spiel setzen konnte. Das konnte ich im Übrigen auch nicht und pflichtete ihr bei.

Kam es zu einem der seltenen Momente von Zweisamkeit, dann schmuste ich meist mit Daniel im Garten oder wir beschlossen meiner Tante bei der hingebungsvollen Pflege ihres üppigen Kräutergartens zu helfen. Einmal fuhr ich mit Cat und Sav zum Kloster zurück, um letzterer die Genugtuung zu geben, bei der Suche beteiligt gewesen zu sein. Natürlich fanden wir nichts. Savannah war zwar etwas enttäuscht, doch dass sie sich inzwischen sogar mit Cat besser verstand, schien sie darüber hinwegzutrösten. Ich konnte es kaum glauben, dass Cat sogar einwilligte, mal mit ihr shoppen zu gehen.

Der einzige, der sich überhaupt nicht mehr blicken ließ und wie vom Erdboden verschlungen schien sobald der Bus uns nach Hause gebracht hatte, war mein bester Freund Magnus. Nicht einmal zum Training holte er mich ab, was das Ungewöhnlichste war, das ich mir von ihm vorstellen konnte. Er mied mich direkt. Eine Beobachtung, die mir einen heftigen Stich versetzte. Cat wusste auch nicht, was in ihn gefahren war. Er ging ihr beinahe ebenso gewissenhaft aus dem Weg wie mir. Tante Ida meinte, wir seien ihm vielleicht unbewusst auf die Füße getreten und sollten ihn einfach mal ein paar Tage schmollen lassen. Er würde schon wieder zu sich kommen. Ich beachtete ihren Rat, doch seine Missachtung nagte an mir. Tatsächlich hatte sie Recht und Magnus war schon wenige Tage später wieder der Alte. Dennoch wurde ich das Gefühl nicht los, dass da plötzlich etwas zwischen uns stand. Etwas, das es früher nicht gegeben hatte.

Heftiges Gewitter am Freitagabend setzte dem lauen Spätsommer vorerst ein jähes Ende. Eigentlich hatten wir ausgemacht zu viert zur Krömelbach zu fahren, wie beim letzten Mal mit Picknick und Sonnenbad. Ich hoffte neben den Erkenntnissen, die ich dort zu finden glaubte, in der entspannten Atmosphäre auch auf eine Aussprache mit Magnus. Doch der Wetterbericht, den ich gleich am Samstagmorgen anschaltete, verhieß Dauerregen für das gesamte Wochenende – und das trotz milder Temperaturen. Also wurde es kein Fahrradausflug, sondern Daniel brachte mich mit dem Wagen.

Wir parkten am Waldrand und liefen das letzte Stück. Natürlich waren wir nicht ohne Schirm gefahren, doch ich hatte kaum einen Fuß aus dem Auto gesetzt, da entschied ich mich dagegen, ihn auch zu benutzen. Ich hatte das Gefühl, als würde der Schirm mir einen ganz elementaren Teil der Natur vorenthalten. Und mit den Füßen im matschigen, laubbelegten Waldboden und des Geruches feuchten Mooses und frischer Pilze gewahr, schien mir dieser Teil mit einem Male unabdinglich zu sein. Der Regen gehörte dazu. So wie ich ihn hörte, wenn er die Blätter in ein rauschendes Meer verwandelte, wollte ich ihn auch spüren.

Also legte ich den Schirm zurück in den Wagen, was Daniel lächelnd registrierte und sich die Kapuze über den Kopf zog. Manchmal hatte ich das Gefühl, als hätte er mehr Vertrauen in meine Begabungen und Intuitionen als ich selbst. Vielleicht, weil er es nicht zu verstehen versuchte. Er analysierte nicht. Ich hingegen musste eine Erklärung dafür finden, den Schirm zurückzulassen, statt es einfach zu tun. Doch weshalb? Wenn ich unbewusst Dinge einpackte, die ich später brauchen würde, analysierte ich das doch auch nicht! Vielleicht lag es daran, dass mir dieser Teil meines Selbst einfach nie abhandengekommen war. Es war kindliches Urvertrauen, mit dem ich handelte. Ich wünschte, es gelänge mir, das gleiche Vertrauen in alle Bereiche meiner Begabung zu haben. Sogar Aleke hatte mir zu verstehen gegeben, dass es eben die Analyse war, die mir im Weg stand.

Schwaden aus dünnem Nebel, die es trotz des Regens aufgrund der milden Temperaturen gar nicht geben durfte, schwebten wie Geister über der Lichtung, die sich im nicht nennenswerten Tageslicht wie die unheilvolle Kulisse eines Gruselfilms präsentierte. Daniel zog seine dünne Kapuzenjacke etwas enger um sich. Ihn fröstelte.

„Du kannst das spüren?“, fragte ich erstaunt.

„Die Kälte?"
Ich nickte. „Natürlich!"
Er verstand nicht, weshalb mich das wunderte und sah mich fragend an.
„Daniel, es sind heute fast achtzehn Grad. Mag sein, dass es hier im Wald nur siebzehn sind, doch ganz sicher ist das Wetter kein Grund zu frieren. Was dich hier zittern lässt ist die Nähe zum längst Vergangenen. Direkter Kontakt tut irre weh. Als ob die Stelle augenblicklich erfriert." Er nickte verstehend. Die Narbe, die ich vom letzten Mal zurückbehalten hatte, war ihm nicht unbekannt.
„Aleke wollte hier mit mir üben, weil es an solchen Orten relativ einfach ist. Die Quelle dort hinten öffnet quasi eine Tür in die Vergangenheit und diese Lichtung hat eine lang zurückliegende Geschichte, die sich mit der neueren kaum überlagert. Beim ersten Mal habe ich das noch nicht so intensiv wahrgenommen. Jetzt ist es, als müsste ich nur einen Fuß in den Nebel setzen. Aber ich hätte nicht gedacht, dass du es ebenfalls spüren kannst."
„Leelee, wie du schon selbst festgestellt hast, stammen wir beide von Ariax ab."
„Ja, aber wenn das der Grund ist, dann ist Ariax nicht frei von Begabungen. Auch wenn es vielleicht nicht für jeden offensichtlich ist."
Daniel nickte nachdenklich. „Seine Ausstrahlung ... seine Art, einen Menschen für sich einzunehmen ..."
„Ja. Was mich zu der Frage bringt, was in dir so alles steckt. Immerhin spürst du die Nähe der Vergangenheit. Das ist ziemlich viel."
Weshalb war mir diese Erleuchtung nicht schon wesentlich früher gekommen? Hatte ich mich nicht schon auf dem Kalten Markt gefragt, wie es ihm möglich war, so schnell bei mir zu sein? Dann die anmutige Art zu kämpfen. Oder die Tatsache, dass er mich problemlos wahrnehmen konnte, als ich das Erlebnis mit den Kerzen hatte. Nicht zu vergessen seine Art zu töten: Suggestion – eine Eigenschaft, die er ganz sicher von seinem Vorfahren geerbt hatte. Das alles hätte mich schon lange darauf bringen müssen, dass in Daniel etwas steckte, von dem er anscheinend gar nichts wusste.
„In mir?", fragte er verdutzt, doch ich sah ihm an, dass auch er eins uns eins zusammenzuzählen begann. „Verdammt Leelee, ich glaube, da ist etwas dran."

Es wirkte, als ob ihn diese Erkenntnis gerade ein wenig überforderte. Ich kannte dieses Gefühl. Wenn dir plötzlich klar wird, dass die Eigenheiten, die einem immer vollkommen *normal* erschienen, eher als außergewöhnlich anzusehen sind. Ich lächelte ihm zu und reichte ihm die Hand.

„Komm, lass uns herausfinden, ob du mich begleiten kannst."

Er neigte den Kopf zur Seite und besah mich plötzlich wieder mit diesem Blick, der mir einen Schauer über den Rücken laufen ließ ... O.K., ich trug wohl meine innere Stärke mal wieder nach außen. Wenn das so weiterging, konnte das ja noch heiter werden ... wenn man diese Wirkung mal auf unser ganzes Leben bezog und nicht nur auf den Augenblick. Schließlich hatte ich die Begabungen von Mal zu Mal mehr im Griff und eine gewisse Selbstsicherheit ging damit unweigerlich einher. Ich würde gewiss nicht schwächer werden ... was Daniels Selbstbeherrschung wohl im Laufe der Zeit enorm herausfordern würde. Eine Vorstellung, die mir zugegebenermaßen ziemlich gut gefiel.

Hand in Hand betraten wir die völlig durchnässte Wiese. Wir sanken mit den Schuhen im Matsch ein, die sich regelrecht am Boden festsogen und jeden Schritt erheblich erschwerten. Ohne lange zu überlegen krempelte ich die Hosenbeine hoch, schlüpfte aus meinen Schuhen und warf sie an den Rand des Waldweges. Daniel tat es mir gleich. Wir stapften über den matschigen Untergrund, immer weiter in den Nebel hinein, der uns umhüllte, als wolle er uns von der Umwelt abschirmen und ich spürte, wie es mich mit jedem Schritt, den ich tat, forttrug. Ähnlich dem Erlebnis, als ich das letzte Mal hier war, fühlte ich, integriert zu werden. War es der Regen, der mich satt überzog und an mir heruntertropfte? Der feuchte Schlamm, der zwischen meinen Zehen hinaufquoll? Ich wusste es nicht und es spielte auch keine Rolle. Es machte mich ein wenig stolz, dass es diesmal einfach geschah. Einiges hatte sich verändert und nur in solchen Momenten, die mir eine Vergleichsmöglichkeit boten, konnte ich auch selbst erkennen, wie immens diese Veränderungen inzwischen waren. Der Einklang, dieses Gefühl Teil von etwas zu sein ... es war ganz nahe. Jeden Tropfen, der auf mich herniederregnete, fühlte ich, als wäre er ein Solist und nicht begleitet von hunderten seiner Brüder. Doch da war noch viel mehr. Neben der Natur, die mich so beeindruckend an sich teilhaben ließ, spürte ich Daniels Anwesenheit auf eine völlig neue, unvergleichbare Weise. Ich fühlte nicht nur seinen Puls durch jede Pore seiner Hand pochen, konnte nicht nur jede Rille seiner Finger fühlen, nein, so profan war es nicht. Es ging tiefer. Ich vermochte seine Gefühle zu spüren, erfasste sie, als wären es die meinen. Vor Rührung stiegen mir unwillkürlich Tränen in die Augen. Es bestand ein eklatanter Unterschied dazwischen, zu wissen, was jemand fühlt oder es tatsächlich zu spüren. Ich wurde der unglaublichen Liebe gewahr, die er für mich empfand und allem, was damit einherging. Seiner Furcht, mir könnte bei all den Gefahren, denen ich noch ausgesetzt sein würde, etwas geschehen. Seinem Stolz und seiner Beruhigung, weil er sich des stetigen Wachstums meiner inneren Stärke bewusst war und darum die Sicherheit empfand, dass ich den Bedrohungen zu trotzen vermochte. Seinem unglaublichen Verlangen nach mir und den verborgenen Sehnsüchten, die er meinetwegen hegte. Seiner Bereitschaft, alles für mich zu geben – sogar sein Leben. Und letzten Endes auch einer winzigen, nicht von der Hand zu weisenden Befürchtung, die - sorgsam versteckt und wegargumentiert - immer wieder an die Oberfläche drang und ihn quälte: Die leise Sorge, ich könnte Ariax eines Tages erliegen. Eine Sorge, nicht begleitet von Vorwürfen, nein, eine Sorge, was das aus mir machen würde. Sorge um mich.

Nur widerwillig entsann ich mich dem Grund unseres Hierseins und löste meine Hand von Daniels.

„Das ist sehr ablenkend“, ließ ich ihn lächelnd wissen. Er nickte und schwieg. Ich glaube, er verstand, dass ich dieses Leben ausblenden musste, um in das Vergangene sehen zu können. Angekommen war ich längst, das spürte ich.

Daniel deutete auf den Nebel vor mir um mich aufzufordern, meinen Blick dorthin zu richten statt auf ihn. Ich atmete noch einmal tief durch und tat, wie mir geheißen. Der Nebel lichtete sich vor mir wie ein Gang, der mich einlud zu folgen – und schloss sich hinter mir, sobald ich der Aufforderung nachkam. Umrisse einiger Häuser wurden sichtbar. Ich sah Menschen, die ihrer täglichen Arbeit nachgingen und sich meiner Anwesenheit nicht bewusst waren. Ein Mann mit langen, filzigen Haaren spaltete Holz mit seiner Axt und eine junge Frau, die ihn mit ihrem von faulen Zähnen entstellen Mund anlächelte, schöpfte mit einem Krug Wasser aus dem Brunnen. Der Schmied mit den Zöpfen, dem ich schon einmal begegnet war, hämmerte unermüdlich ein Eisen auf seinem Amboss und die Gruppe von Kindern, nach denen ich suchte, war mit ihrem Spiel beschäftigt. Doch wieder vernahm ich nicht ein einziges Geräusch. Nichts außer meinem Atem und unseren eigenen Schritten. Meinen und Daniels, was mir seine Anwesenheit akustisch versicherte – auch, wenn der Nebel mich längst von ihm getrennt hatte.

Das schmutzige Mädchen hatte mich wieder bemerkt und besah mich mit dem klugen, wissenden Lächeln, wie man es von einer sehr alten, weisen Frau erwarten würde. Sie wusste, weshalb ich gekommen war. Ein Blick zu ihrem Bruder und er schenkte mir ebenfalls seine Aufmerksamkeit – wenn auch mit besorgtem Gesichtsausdruck. Seine Schwester lächelte ihm zu und reichte ihm aufmunternd die Hand, an der er sich zu mir ziehen ließ. Es war unschwer zu erkennen, dass er das nicht wollte, doch es war, als sei ihm völlig bewusst, dass er diesen Weg beschreiten musste. Als hätten sie auf mich gewartet. Als wüssten sie, was kommt.

„Ihr seid ihre Kinder, nicht wahr, Alveradis Zwillinge?“, fragte ich und ging in die Hocke, um mit ihnen auf Augenhöhe reden zu können. Das Mädchen neigte den Kopf zur Seite und lächelte als Antwort. Konnte sie mich hören? Oder wusste sie einfach, was ich fragte? Der Junge sagte etwas zu ihr, doch sie lehnte kopfschüttelnd ab. Ein weiterer Blick und er nickte verstehend. Im Gegensatz zu ihrem Bruder kommunizierte das Mädchen absolut nonverbal. Auch beim letzten Mal hatte ich schon den Eindruck gehabt, sie sei stumm, doch vielleicht war das ein Irrtum. Mag sein, dass ihr Sprachvermögen durch Alveradis Bemühungen, das genuine Gedächtnis nicht weiterzugeben, blockiert war, doch zweifellos verfügte sie stattdessen über telepathische Fähigkeiten und war absolut in der Lage, alles weiterzugeben, was sie weiterzugeben gedachte. Eine Beobachtung, die mich hoffnungsvoll stimmte – doch auch in Sorge versetzte.

Müsste das vererbte Gedächtnis nicht verloren gegangen sein? Mit Ausnahme von Waldelses Versuchen, doch darüber konnten wir ja im Grunde auch nur Vermutungen anstellen. Und die betrafen nicht wirklich das genuine Gedächtnis, wie es von Generation zu Generation vererbt wurde. Denn das musste verloren sein. Verloren bis heute, bis zu mir. Wenn das Kind es aber besaß, dann hatte es doch überlebt, oder nicht? Wie immer, wenn ich einen Schritt weiter kam, gesellten sich neue Fragen zu all den Rätseln, die es ohnehin schon zu lösen galt. Wie ein endloser Kreis, indem eines das andere ergab.

Das Mädchen trat nah an mich heran und sah mich mit ihren regenbogenfarbenen Augen an, als wolle sie mir in die Seele blicken. Diese Augen! Wie wunderhübsch sie waren. Mehr und mehr hatte ich das Gefühl, mich in ihrem Farbspiel zu verlieren und mir huschte der Gedanke durch den Kopf, dass dieses Kind genau das beabsichtigte.

Nur am Rande registrierte ich, wie sie ihre kleine, schmutzige Hand nach mir ausstreckte und mit dem Zeigefinger die Haut zwischen meinen Augen berührte. Einzig der Schmerz, den ich schon beim letzten Mal bei einer Berührung mit der Vergangenheit erfuhr, ließ mich kurz zusammenzucken. Doch es war nicht so schlimm. Mir war, als würde sie es dämpfen. Ich erkannte, dass sie Kontakt herzustellen versuchte und ging meinerseits darauf ein, indem ich ihr innerlich alle Türen öffnete.

Was dann geschah, war nicht in Worte zu fassen.

Das Mädchen – Iris, ein Name, den ihr die Nonne gab, nachdem sie in den Regenbogen ihrer Augen blickte – versuchte nicht, mir eine Botschaft mitzuteilen, nein, das wäre all dem, was ich wissen musste, nicht gerecht geworden. Sie gab mir stattdessen alles, was sie wusste. Alles, was sie je erfahren und durchlebt hatte. Iris ließ mich in ihren Geist, als wäre es der meine.

Ich erinnerte mich, wie alles begann. Wie traurig sie über den dunklen Schleier war, der ihre Mutter vergiftete. Und wie sehr sie sich freute, als sie erkannte, dass sie und ihr Bruder Gem den Schleier zu vertreiben vermochten.

Ich hatte Recht, was die Stummheit betraf. Es war ein Nebeneffekt von Alveradis Bemühungen, das angestammte Gedächtnis zu blockieren. Was Gem betraf, gelang das auch vollkommen. Nur bei ihrer Tochter, die über ebensolche außergewöhnliche Begabungen wie sie selbst verfügte, konnte Alveradis nicht vollkommen erfolgreich sein. Zwar ging die Rezeptur für das GdE verloren, doch Iris wusste, wie man diese wiederfinden konnte.

Eine Rezeptur ... ja, ich verstand, dass es sich bei den GdE um etwas handelte, was hergestellt werden musste. Es gab noch einen Ort, einen einzigen, an dem Alveradis niedergeschrieben hatte, woraus es bestand. Dhun Gharsain. Das alte Dhun Gharsain. Ich sah, wo es sich befand, doch ich erkannte keinen der Bezugspunkte. Die Erinnerung, die Iris von ihrer Mutter übernommen hatte, war schon zum Zeitpunkt ihrer Geburt mehr als tausendvierhundert Jahre alt – denn so lange war es her, seit Alveradis das letzte Mal einen Fuß in die Elfenburg gesetzt hatte. So lange war es her, dass die E.L.F. sie verlassen und Alveradis den Rücken gekehrt hatten. Die Umgebung hatte sich verändert – erst Recht in der Zeit, in der ich lebte.

Iris erkannte mein Dilemma. Ich spürte, dass sie etwas anderes versuchte. Ähnlich wie sie mir alles mitteilte was sie wusste, suchte sie in meinen Erinnerungen und Erfahrungen etwas, das mir helfen könnte Dhun Gharsain zu finden. Wie im Schnelldurchlauf spielten sich unzählige Erlebnisse vor meinem geistigen Auge ab. Als ob mein Leben nochmal an mir vorbeiziehen würde. Doch es war verzerrt. Dinge, die das Mädchen nicht verstand, weil sie ihnen nie begegnet war – nie begegnen würde – verschwanden oder wurden durch etwas ersetzt, das sie kannte. Technik, riesige, moderne Gebäude, Autos ... all das erschien gar nicht – vermutlich, weil sie es nicht verstehen konnte. Mein stets aufs Neue zerstörter Radiowecker zum Beispiel wurde zu einem Stein – ich erkannte es nur durch die gesamte Szene.

So war ich dann auch etwas irritiert und ziemlich ratlos, als mich die Kleine schließlich – sichtlich glücklich, weil sie gefunden hatte, wonach sie suchte – das Wort Swastika erkennen ließ. Es schien eine Internetseite zu sein, auf der ich es mal irgendwann gelesen haben musste. Ich konnte mir ein Grinsen kaum verkneifen. Jahrhunderte in der Vergangenheit und das Mädchen *googelte*. Aber das Wort an sich sagte mir erst einmal gar nichts – na ja, so wie sich das darstellte, würde ich es mit ein paar Klicks im Netz finden. Plötzlich sah ich so etwas wie ein Kreuz ... oder ... eine Art X mit Beulen ... auf grünem Hintergrund. Ich verstand es nicht. Dieses Kreuz stammte aus meinen Erinnerungen? Wieder kam mir Swastika in den Kopf. Hatte das etwas miteinander zu tun?

„Tut mir leid“, versuchte ich zu erklären. „Ich weiß nicht, was du mir sagen willst. Swastika ... ein Kreuz auf grünem Hintergrund ... das kommt mir nicht bekannt vor.“

Doch Iris nickte eifrig um mir zu verstehen zu geben, dass ich es sehr wohl kannte. Sie hatte all das aus meinen Gedanken und versuchte, es mir mit ihrem Wissen wiederzugeben. Wahrscheinlich war es einfach zu verzerrt, um es erkennen zu können. Oder es fehlten zu viele Komponenten.

Nun geschah etwas, das Ähnlichkeit mit einer Art Sehtest zur Feststellung einer Rotgrünschwäche hatte. Bei manchen Bildern erkannte man erst um welche Zahl oder welches Symbol es sich handelte, nachdem eine Folie zur Auflösung aufgelegt wurde. Ganz langsam – als müsse sie störende Elemente herausfiltern – legte dieses unglaublich begabte Mädchen die *Folie* der Gegenwart über die Vergangenheit und ließ ein klares Bild entstehen.

Schließlich markierte ein riesiges Kreuz die Stelle einer Landschaft, die sie kannte. Inmitten satter grüner Wiesen und fruchtbarer Felder durchschnitt es die Natur wie ein Fremdkörper und überragte von seiner erhöhten Position aus die Umgebung. Noch immer erkannte ich den Ort nicht, wenngleich er mir auch nicht mehr so fremd vorkam. Ich war hier schon mal ... irgendwann ... da war ich ganz sicher. Die Erleuchtung kam, als das Kind mich vom Kreuz aus eine Art Rundblick erleben ließ. Vor Überraschung klappte mir glatt der Mund auf, als ich keine 100 Meter von uns entfernt die Pfeilerbasilika des Klosters entdeckte.

„Hier ist es?", fragte ich gleichermaßen verblüfft wie auch verstehend. „Hier finde ich einen Hinweis auf die Elfenburg?"

Unweigerlich drängte sich der unterirdische Gang, den ich gesucht hatte, in meine Überlegungen. Doch nicht nur das. Endlich hatte ich genug Anhaltspunkte, um eins und eins zusammenzählen zu können. Natürlich! Jetzt verstand ich es! Das Kreuz war unsere Schule. Es war der Grundriss der Gesamtschule Konradsdorf. Ich erinnerte mich, es mal mit Magnus gegooglelt zu haben, weil in der Pause jemand meinte, der Grundriss sei ein Hakenkreuz. Eine Swastika! Das war unser damaliges Suchergebnis. Der Grundriss der Schule sah aus wie die abgewandelte Form einer Swastika. Ein Glückssymbol, welches schon seit über 6000 Jahren in verschiedenen Formen immer wieder auftrat.

War es so einfach? Ein Kreuz markierte die Stelle des Eingangs? Aber dann lag der Eingang ja ... in der Schule! Kindliches Nicken bestätigte meine Vermutung, doch plötzlich schwand die Aufmerksamkeit des Mädchens. Ich sah auf, doch was sie ablenkte war im Nebel nicht auszumachen. Das angstvolle Gesicht ihres Bruders verhieß jedoch nichts Gutes und gebot äußerste Wachsamkeit. Der kurze Ausdruck des Bedauerns, der über das kleine schmutzige Gesichtchen meiner Verwandten huschte, entging mir nicht. Fast zeitgleich verschloss sie ihre Gedanken fast vollständig vor mir, als wolle sie nicht, dass ich erkenne, was sie vorhatte.

„Es ist soweit!“, erklang es in prophetischem Mehrfachklang in meinem Geiste. „Das genuine Gedächtnis muss ruhen, bis die kommt, die den Kreis zu schließen vermag. Schließe den Kreis, Lioba. Schließe ihn!“

„Nein, warte!“, versuchte ich vergebens sie aufzuhalten, während mir ihre Worte eiskalt den Rücken herunterliefen. „Ich muss doch wissen, was ...“

Doch es nutzte nichts. Ich würde nicht mehr von ihr erfahren, wie ich den Kreis schließen konnte – oder was genau er beinhaltete. Sie hatte die Verbindung längst abgebrochen, fuhr ruckartig herum und rannte, so schnell ihre Füße sie tragen konnten, davon.

Ich konnte sehen, wie ihr Bruder verzweifelt ihren Namen schrie, während Tränen in seine Augen schossen. Doch er folgte ihr nicht. Er versuchte nicht sie aufzuhalten. Als ob er wusste, dass das, was auch immer nun geschehen würde, unweigerlich geschehen *musste*.

Der Nebel, der uns bisher abgeschirmt und ein gewisses Maß an Privatsphäre gegeben hatte, lichtete sich, als wäre er zuvor von Zauberhand an Ort und Stelle gehalten worden und gab nun Szenen frei, die mir das Blut in den Adern gefrieren ließen. Wo eben noch ein jeder friedlich seinem Tagwerk nachgegangen war, rannten die Menschen nun panisch um ihr Leben, verbargen sich vergebens hinter ihren Hütten oder kämpften, um ihre Lieben zu schützen. Der Wasserkrug der zahnlosen Frau lag zerbrochen am Boden und der Schmied stürmte mutig, mit einem glühenden Eisen bewaffnet, aus seinem Schuppen heraus.

Das Dorf wurde angegriffen! Warum? Von wem? Was sollte ich bloß tun? Hilflos musste ich mit ansehen, wie diese armen Menschen überfallen wurden. Männer durchsuchten die Hütten und schlugen diejenigen, die sich ihnen in den Weg stellten, mit ihren Waffen zu Boden. Frauen und Kinder versuchten, in die Wälder zu flüchten, doch viele wurden gefasst und zurückgebracht.

Wut entflammte in mir. Wut über meine Hilflosigkeit und Wut über die Vermutungen, was die Männer mit den Frauen wohl vorhaben könnten. Entsetzt merkte ich, dass ich Iris aus den Augen verloren hatte und schrie auf, als ich sie in dem Durcheinander entdeckte. Sie ergriff nicht die Flucht, nein. Sie tat, was sie glaubte tun zu müssen, um das genuine Gedächtnis aus unserer Familie verschwinden zu lassen. Als ein dunkel gekleideter Reiter den Felsbrocken passierte, hinter dem sie sich verbarg, sprang sie dem Pferd direkt in den Lauf, dass es keine Chance hatte, auszuweichen und bei dem Versuch seinen Reiter fast abwarf. Schockiert sah ich zu, wie das kleine Mädchen einfach wie ein Lumpen zwischen den Beinen des Tieres herumgeschleudert wurde.

Fassungslos huschte mein Blick zu ihrem Bruder Gem, dessen Tränen mir verrieten, was ich längst ahnte. Sie war tot. Das kleine, schmutzige Mädchen, diese unglaublich begabte Elfe, hatte ihr Leben für etwas geopfert, woran sie glaubte. Der Reiter jedoch hielt sich nicht damit auf, nach ihr zu sehen – oder überhaupt zu schauen, was der Grund dafür war, dass er beinahe abgeworfen worden war und ritt einfach über den kleinen Körper hinweg, den das Leben gerade erst verlassen hatte.

Der Junge schrie ihm wutentbrannt etwas zu und ich konnte mir gut vorstellen, welcher Art seine Worte waren. Dieser Bastard hatte seine Schwester getötet, seinen Zwilling. Niemand stand ihm näher. Niemand war ihm wichtiger. Zweifellos beschimpfte er ihn übel. Was auch immer er schrie, erregte schließlich dessen Aufmerksamkeit. Ich hielt die Luft an, als sein Blick nach dem Quell des Geschreis Ausschau hielt und erstarrte, als er schließlich in unsere Richtung schaute und ich ihn erkannte. Ariax. Der Reiter war Ariax! Dieser rücksichtslose Mistkerl hatte soeben seiner eigenen Tochter das Leben genommen! Iris hatte sich vor das Pferd ihres eigenen Vaters gestürzt. Ob sie es wusste? Ob sie wusste, dass er es war?

Nun wurde mir klar, dass es die Latène waren, die dieses Dorf überfielen – und weshalb. Nach all den Jahren war Ariax noch immer auf der Suche nach Alveradis. Nicht ahnend, dass sie inzwischen gestorben war. Nicht ahnend, dass sie Zwillinge geboren hatte. Nicht ahnend, dass er nun dazu verdammt war, irgendwann zu sterben, wenn ihm der zauberhafte Trank seiner Blume ausgegangen war. Grausam und unnachgiebig suchte er nach ihr. War es das, was der Junge schrie? Dass sie lieber gestorben war, als noch länger an der Seite eines Tyrannen zu sein? Nun, das hätte seine Aufmerksamkeit gewiss erregt.

Panik ergriff mich, als Ariax sein Pferd mit den Zügeln in unsere Richtung lenkte. Nein! Nicht Gem! Wenn ihm etwas zustoßen würde, dann würde dies das Ende der Familie Alveradis bedeuten. Dann wäre Iris Opfer vergebens gewesen. Nichts, was an diesem Tag geschah, hätte irgendeine Bedeutung gehabt. Ich wäre nie geboren worden – würde nie geboren werden. Mit einem Male wurde ich von einer erschütterten Zeugin dramatischer Ereignisse zu einem unmittelbar betroffenen Wesen. Dies hier ging mich etwas an! Dies hier bedrohte meine Existenz!

Ohne nachzudenken griff ich nach einem faustgroßen Stein zu meinen Füßen und warf ihn nach Ariax. Vielleicht würde das schon genügen, um ihn für einen winzigen Moment aufzuhalten. Ein Augenblick, gerade lange genug, um meinem Vorfahren die Flucht zu ermöglichen. Doch es half nichts. Der Stein flog einfach durch den Fürsten hindurch. Er war aus der Gegenwart und vermochte die zeitliche Barriere so wenig zu überwinden wie ich.

Nur noch wenige Meter trennten Ariax von seinem Sohn und ich wollte mir nicht vorstellen, was dieser alles mit ihm anstellen würde, um ihn für seine Frechheiten zu strafen. Pure Verzweiflung überkam mich. Die Hilflosigkeit machte mich wahnsinnig. Warum konnte ich nicht einfach *richtig* in diese Zeit reisen und verhindern, was geschehen würde?

Ein erstickter Schrei entwich meiner Kehle, als ich sah, dass Ariax eine antiquierte Waffe – so etwas Ähnliches wie einen Morgenstern - aus seinem Leibgurt zog und zu schwingen begann. Das konnte ich doch nicht zulassen! Ich *musste* etwas tun!

Ich weiß nicht, ob es aus dieser Erkenntnis heraus geschah, doch just in diesem Augenblick – am Ende aller Möglichkeiten und fern jedweden erklärbaren, zu analysierenden Weges – gab ich endlich auf zu versuchen, einen Pfad zu finden. Es gab nichts, was ich mir hätte überlegen können, um Gem und damit jeden seiner Nachfahren zu retten. So gab ich es auf und überließ damit die Zügel einer Macht, von deren Intensität ich zwar schon gekostet hatte, deren vollständiges Ausmaß mir aber erst jetzt bewusst wurde.

Wild peitschten die rotblonden, durchnässten Locken um meinen Kopf. Ich spürte eine Kraft, eine Macht - unwiderstehlich und erfüllend. Sie war in mir, kam aus mir, durchflutete mich vom Kopf bis zu den Zehen. Allumfassend und unbesiegbar. Der pure Wille, den Jungen zu retten genügte, um eine Schockwelle von derartiger Dimension auszusenden, dass ihr nicht einmal die Barriere der Zeit etwas entgegenzusetzen vermochte. Es war die gleiche, wie ich sie schon einmal gegen den Fürsten eingesetzt hatte. Doch an Intensität waren die Wellen nicht zu vergleichen. Von der Wucht aus dem Sattel gehoben, landete Ariax völlig unvorbereitet einige Meter hinter seinem Pferd auf dem Rücken und rang nach Luft. Noch während er am Boden lag, suchte er wachsamen Auges die Umgebung ab. Er wusste, dass es keine menschliche Macht war, die ihn aufgehalten hatte und suchte nach der Quelle. Doch die konnte er natürlich nicht sehen.

Noch einmal nahm er die Waffe an sich, rappelte sich auf und stürzte auf den Jungen zu – und noch einmal brachte ich ihn zu Fall. Dann besann er sich wohl eines besseren und rief seine Männer zum Rückzug. Es dauerte kaum Minuten, da war im Dorf keiner mehr von ihnen zu sehen.

Ich spürte, dass sich der Wind um mich gelegt hatte. Doch die Stärke, die Macht – sie blieb. Ich hatte das Gefühl, sie jederzeit abrufen zu können. Ein erhebendes Gefühl. Ich hatte Ariax in die Flucht geschlagen und sah keinen Grund, weshalb er mir in der Zukunft im Wege stehen sollte – oder irgendjemand anderes.

Ehe ich zurückkehrte riet ich Gem, Dhun Gharsain aufzusuchen, weil er dort vor Ariax in Sicherheit war. Er sollte sie wissen lassen, dass er Alveradis Sohn war – und dass sie als Elfe starb. Mehr nicht. Mehr würde die Zukunft verändern. Mehr würde alles durcheinander bringen.

Dann ließ ich das Dorf verschwinden. Ja, ICH tat dies. Ich wartete nicht darauf, dass mir die Natur einen Weg wies, mich durch Zeiten leitete und führte. Ich tat es selbst. Und ich verscheuchte den Nebel, der störend über der Lichtung der Gegenwart hing. Was sollte das? Ich wollte gefälligst sehen, wo ich hinlief.

Irritiert – aber seltsamer Weise auch mehr oder weniger verärgert - nahm ich wahr, dass Daniel am Boden lag und ähnlich wie Ariax um Luft rang. Er lag nur wenige Schritte von mir entfernt.

„Was ist los?“, wollte ich wissen. Er stellte sich ja an, als hätte ihn ein Bulldozer angefahren.

„Leelee, was immer du da gemacht hast, hat mich ebenso erwischt wie ... wen auch immer du angegriffen hast“, keuchte er und hielt sich schmerzverzerrt die Rippe.

„Oh ...“ Hmmm ... sollte mir das jetzt leid tun? Würde es das nicht eigentlich? „Na, so schlimm wird es schon nicht sein. Ariax ist ja auch wieder aufgestanden. Also stell dich nicht so an und lass uns gehen. Ich bin hier fertig.“

Doch statt gleich auf mich zu hören, zog Daniel die Brauen zusammen und sah mich besorgt an, ehe er sich mehr oder minder umständlich aufrappelte. „Bist du in Ordnung?“

Oh Mann, sollte das jetzt jedes Mal so gehen, wenn ich mit dem Keltenfürsten aneinander geriet?

„Klar, mach dir wegen Ariax keinen Kopf. War ein Kinderspiel.“ Innerlich grinste ich darüber, wie einfach es doch war, Ariax in die Flucht zu schlagen – und wie einfach es nun immer sein würde.

„Ich sorge mich nicht wegen Ariax, Leelee. Auch wenn ich schon etwas überrascht bin, dass du auf ihn getroffen bist. Ich sorge mich deinetwegen. Du bist verändert. Kalt. Wo dein Mitgefühl? Wo ist all das, was dich ausmacht?“ Er humpelte auf mich zu, legte seine rechte Hand auf meine Wange und suchte anscheinend irgendwas in meinen Augen.

Was er tat bewirkte etwas in mir. Es war, als ob es mir etwas nahm ... etwas abzog ... nein! Lass das! Ich spürte diese köstliche Macht entgleiten, die sich doch so gut anfühlte. Sofort stieß ich ihn zurück.

„Was machst du da? Du ... du ... nimmst mir was weg. Warum, Daniel?

„Ich nehme dir nichts weg“, erwiderte er sanft. „Ich erinnere dich nur an Gefühle. An deine Gefühle.“ Ehe ich zurückweichen konnte packte er meine Hand und zog mich an sich heran.

„Nein!“, protestierte ich, denn kaum spürte ich ihn, wich die Macht und ein Gefühl von Schwäche kam auf. Doch nur Sekunden später erstickte ein einziger sanfter Kuss meinen Widerspruch. Zuerst versuchte ich noch, mich zu wehren, doch Daniels Lippen, der Geschmack seines Atems, sein Duft, seine Liebe verursachten, dass dieser Wunsch schwand, bis er ins Gegenteil verwandelt wurde.

Die Augen fielen mir zu und ich sank in seine Arme – wohl wissend, wohl erkennend, dass sie der Ort waren, an dem ich mein ganzes Leben verbringen wollte. Seufzend legte ich meine Arme um ihn und zog ihn dichter an mich heran – was schmerzvolles Zischen und Zurückzucken seinerseits zur Folge hatte. Und in dem Moment geschah es: Das Ausmaß dessen, was ich angerichtet hatte, wurde mir mit erschreckender Plötzlichkeit bewusst. Aufgerüttelt sprang ich beinahe zurück, um Daniel nicht noch mehr zu verletzen und schlug mir die Hände vors Gesicht.

„Oh mein Gott! Daniel!“, rief ich aus. „Was hab ich nur getan? Die Schattenseite! Ich hab der Schattenseite die Führung überlassen!

Tante Ida und Aleke ... sie haben mich so oft gewarnt. Oh Daniel, es tut mir so leid. Was hab ich dir getan? Ist es sehr schlimm?“

Sofort sammelten sich Tränen in meinen Augen. Wie konnte ich das zulassen? Zu was für einem Monster machte mich dieser ... dieser unkontrollierbare Teil allumfassender Energie? Welches Trugbild von Macht lieferte er?

„Na ja, ehrlich gesagt glaube ich, dass meine Rippen gebrochen sind. Was mit dem Schienbein ist weiß ich nicht. Aber wichtiger ist mir, dass du wieder da bist. Ich meine: Wirklich du. Du hast mich ziemlich erschreckt.“

Ich schwor mir, dass dies nie wieder geschehen würde. Ich konnte Ariax nicht mit der Schattenseite bekämpfen. Im Gegenteil. Wenn ich mich nicht selbst verlieren wollte, durfte ich sie nie wieder verwenden, nie wieder zulassen, dass sie die Kontrolle übernahm. Es waren kaum mehr als Minuten, in denen ich diesem dunklen Teil die Führung überlassen hatte und was hatte er mit mir angerichtet? Nicht auszudenken, was geschehen könnte, würde ich mich dem länger aussetzen. Wenn ich mich den Kräften in mir hingab, musste ich einfach sicher sein, welche das waren. Den Weg kannte ich nun. Das Ende der Analyse. Das Ende des Versuches, alles erklären zu müssen. Nur den Faden durfte ich nicht verlieren. Die Integration, das Miteinander, die Verschmelzung mit allem, was mich umgab – das durfte ich nicht verlieren. Nie wieder.

Kapitel 5

Wie sich herausstellte, waren Daniels Verletzungen nicht so schlimm wie anfangs gedacht. Schon auf dem Weg zum Arzt ließen seine Beschwerden rasch nach. Der rechte untere Rippenbogen war angeknackst und das Schienbein geprellt. Wir konnten direkt nach der Untersuchung nach Hause fahren. Weshalb Daniel besonders in den ersten Minuten so ungewöhnlich große Schmerzen empfand, konnten wir uns nicht erklären. Tante Ida gab dafür der Schattenseite die Schuld und meinte, ich solle mal bedenken, wo beziehungsweise wann die Schockwelle ausgesandt wurde. In der Gegenwart. Wie viel stärker muss sie wohl am Ausgangspunkt gewesen sein, wenn ich es mit ihr erreichte, Ariax in der Vergangenheit aus dem Sattel zu heben? Damit hatte sie sicher Recht.

Doch noch etwas ganz anderes fiel mir ein, als ich über den Gebrauch dieser Welle nachdachte: Ariax' Reaktion, als ich mich damit in seinem Versteck am Glauberg seiner erwehrte. Ich konnte mich gut an seinen Gesichtsausdruck erinnern. Mir schien, als würde er die Erfahrung, die er bei meiner Reaktion erleben musste, einzuschätzen versuchen. Ich hatte ursprünglich gedacht, dass ihm in diesem Augenblick klar geworden war, dass mehr in mir steckte als auf den ersten Blick ersichtlich, doch nun erkannte ich dank meiner neuerlichen Aktion, dass eine gänzlich andere Überlegung dahinter steckte. Es war aus seiner Sicht gesehen am Glauberg bereits das zweite Mal gewesen, dass er auf diese Weise in seine Schranken verwiesen wurde. Er musste sich in diesem Augenblick unweigerlich die Frage gestellt haben, ob und inwiefern ich mit der Sache im Dorf zu tun hatte. Ein Punkt, der sicherlich dazu beigetragen hatte, das Interesse des Fürsten an meiner Person und meinen Fähigkeiten zu mehren.

„Und was unternehmen wir nun wegen dem Hinweis auf deine Schule?“, wollte Daniel wissen, nachdem ich ihm und Ida alle Einzelheiten mitgeteilt hatte. Tja, was? Darum kreisten meine Gedanken ebenfalls.

„Na ja, du kannst sicher nicht viel tun, Daniel“, entgegnete Ida, die scheinbar schon eine Idee hatte. „Du bist kein Schüler dort und würdest auffallen. Aber Lioba, Cat und Magnus können sich ohne Probleme umsehen.“

„Gute Idee“, fand ich und fügte ergänzend hinzu: „Magnus hat wegen seiner AG sogar einen Generalschlüssel. Die prüfen im Moment, ob überall Sparlampen eingeschraubt sind. Es fällt überhaupt nicht auf, wenn er Räume betritt, zu denen die übrigen keinen Zutritt haben.

„Sehr gut“, stimmte meine Tante zu. „Aber seid mir bloß vorsichtig, wenn ihr etwas findet.“

Daniel brummelte etwas herum. Er war nicht begeistert davon, erst einmal außen vor zu sein, doch Ida hatte Recht. Er war nun mal fremd dort und hätte auffallen können.

Magnus hingegen war begeistert von der *Suche nach dem Schatz von Konradsdorf*, wie er es nannte. Meinen Einwand, dass es keinen Schatz zu suchen galt, sondern den Eingang zu einem unterirdischen Weg, wiegelte er als Haarspalterei ab. Cat war selbstverständlich ebenfalls dabei und so verbrachten wir die Pausen des folgenden Schultages nicht wie gewöhnlich zu dritt, sondern ich schlenderte, bei Cat eingehakt, scheinbar ziellos durch die Gänge – natürlich hielten wir die Augen offen für jede noch so kleine Ungewöhnlichkeit – während Magnus eifrig *Glühlampen zählte*.

„Du warst also so ein richtiges Biest, nachdem du dieses Schattending durchgezogen hast?“, fragte Cat belustigt, während wir Cluster zwei absuchten. Mich als *fieses Miststück* konnte sie sich nun beim besten Willen nicht vorstellen.

„Ich weiß nicht, ob Biest es trifft. Ich war auf jeden Fall hundertprozentig selbstsüchtig und von mir überzeugt. Einzig was ich wollte und meine Ziele waren wichtig. Alles andere war egal. Daniels Schmerzen haben mich sogar richtig genervt. Ich sah das irgendwie als aufhaltendes Hindernis.“

„Krass.“

„Ich weiß.“ Vor Reue seufzend dachte ich an diese mir nun so fremd vorkommenden Gefühle zurück und konnte nicht mehr nachvollziehen, wie sie je meine gewesen sein konnten.

Cat sah mir an, dass ich darunter litt und knuffte mir grinsend in die Seite: „Hey, vermutlich warst du nur zu oft mit Savannah zusammen.“

„Das wird es wohl sein“, lachte ich. „Hier ist nichts. Anderes Stockwerk?“

Doch die Schulglocke verhinderte vorerst weitere Suchaktionen.

Leider waren auch Magnus Bemühungen erfolglos geblieben, weshalb wir das Ganze in der zweiten Pause fortführten. Diesmal nahmen Cat und ich uns die Bibliothek vor.

„Du, sag mal ...“, stammelte Cat für sie völlig untypisch. „Jetzt, wo du schon eine ganze Weile mit Daniel wieder zusammen bist ...“

„Ja?“ Da sie nicht fortfuhr, zog ich meinen Kopf nun doch erst einmal hinter dem Bücherregal hervor, hinter dem ich gerade auf der Suche nach irgendeinem Hinweis die Wand mit der Taschenlampe absuchte.

„Was denn?“

„Ich meine, du hast mir ja erzählt, dass da noch nicht wirklich was lief, aber inzwischen ... habt ihr schon ...?“

Schlagartig wurde mir klar, worauf sie hinaus wollte und ich lief puterrot an. „Findest du echt, dass das hier der richtige Ort ist, um darüber zu sprechen?“, flüsterte ich und hoffte, dieses Thema damit erst mal aus der Welt zu schaffen. Doch Cat blieb hartnäckig, verschränkte die Arme vor der Brust und sah mich mit diesem Blick an, bei dem ich wusste, dass sie nicht nachgeben würde.

„Ja oder nein?“

„Nein“, gab ich bissig zurück. Musste sie das wirklich jetzt und hier wissen? „Könnten wir uns jetzt wieder auf das Wesentliche konzentrieren?“

Doch statt der gewünschten Konzentration entglitt meiner Freundin fast das Gesicht bei meiner Antwort.

„Immer noch nicht?“ Das war nun wirklich eine Spur zu laut. Sogar die Bibliothekarin blickte schon auf.

„Pssst! Willst du gleich die ganze Schule informieren?“

Erst vor wenigen Tagen hatten wir darüber gesprochen. Dass sich nichts geändert hatte, stieß bei Cat anscheinend auf mehr Unverständnis als gedacht. Ich seufzte. Wahrscheinlich, weil es etwas so Schönes war, dass sie sich – seit sie es mit Jonas erlebte – nicht vorstellen konnte, wie man mehr oder weniger freiwillig darauf verzichten konnte.

„Immer noch nicht was?“, ließ mich die Stimme unseres Freundes zusammenzucken. Gaaanz toll. Auf der Suche nach uns gelangte er gerade in Hörweite, als Cat ihr Unverständnis über meine anhaltende Jungfräulichkeit kundtun musste. Na super. Doch ehe ich in die Verlegenheit kam, mir etwas aus den Fingern zu saugen und verräterisch herumzustammeln, rettete mich meine Freundin auch gleich schlagfertig wie immer aus der von ihr herbeigeführten Situation.

„Immer noch nichts gefunden. Wir könnten hier tagelang suchen ohne das Geringste zu entdecken."

„Es sei denn, man hat Glück und kennt jemanden, der überall rein kommt", erwiderte Magnus grinsend – glücklicherweise nicht misstrauisch – und wedelte mit dem Handy vor seinem Gesicht, was uns wohl sagen sollte, dass er des Rätsels Lösung dort gespeichert hatte. „Seht ihr? So geht das!" Er ließ den Bildschirm grinsend so schnell an uns vorbeiziehen, dass wir unmöglich etwas erkennen konnten.

„Da hat mal wieder jemand ein Erfolgserlebnis, das sein Ego streichelt", giftete Cat ebenso grinsend und versuchte sich das Handy zu schnappen. „Gib schon her!"

„Ruhe bitte!", erklang die mahnende Stimme unserer Bibliothekarin, was uns dazu veranlasste, uns lieber eine ruhige Stelle in der Pausenhalle zu suchen.

Neugierig betrachteten wir das Foto auf dem Bildschirm.

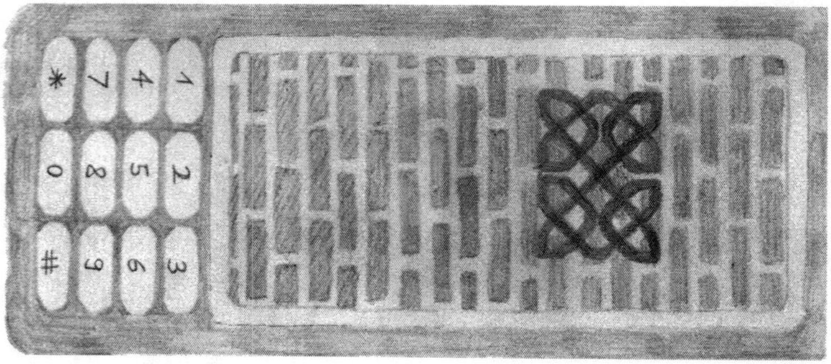

„Ist das ein Keltenknoten?", fragte ich verdutzt, die ineinandergeschlungenen Linien betrachtend und wohl wissend, dass ich so etwas hier noch nie gesehen hatte. „Wo ist das?"

„Hinter einem alten Öltank im Keller. An einer Wand aus Backsteinen."

„Hmmm ..." murmelte ich, denn das klang so ... so ... unstimmig. Ich wusste nicht wie ich es erklären sollte, doch Cat kam mir zuvor.

„Backsteine, Keltenknoten, die Schule ... das passt doch alles hinten und vorne nicht zusammen. Hatten die Kelten überhaupt schon Backsteine? Und wenn: Warum weiß dann keiner von der Wand und es steht einfach so die Schule drauf?"

„Dasselbe ging mir auch durch den Kopf", pflichtete Magnus ihr bei und ich nickte zustimmend. „Jedenfalls muss – wer auch immer die Mauer errichtet hat – gewusst haben, was sich dahinter befindet. Warum sonst der Knoten?"

„Und weshalb das Kreuz?", fügte ich seiner Überlegung hinzu. „Warum eine Schule – nein, UNSERE Schule in Form eines überdimensionalen Kreuzes darauf setzen? Ziemlich auffällig. Ob der Architekt Bescheid wusste? Aber was ist mit den Bauleuten? Die konnten ja wohl kaum alle involviert sein."

„Vielleicht wurde es ihnen ja auch einfach nur irgendwie eingetrichtert und sie wussten gar nicht, was sie da machten", warf Cat schulterzuckend ein.

„Glaubst du, so was geht?", fragte ausgerechnet ich. Wenn jemand von uns dreien wissen konnte, welch ungewöhnliche Dinge möglich waren, dann ja wohl ich selbst. Ich hatte noch nie davon gehört, dass man jemandem etwas einfach in den Kopf pflanzen konnte. Seltsam, aber vielleicht war gerade, *dass* ich ahnte, dass es möglich war, der Grund für meine Frage. Als brauchte ich eine Bestätigung.

Ich überlegte. Gut, da gab es Daniels Suggestion, doch jemanden dazu zu bringen, eine Höhle zuzumauern, einen Keltenknoten auf besagte Mauer zu malen und dann auch noch eine Schule in Form einer unübersehbaren Markierung darauf zu errichten war dann doch etwas spezieller.

„Klar geht das!", schnaubte Magnus mit so unüberhörbarer Verachtung in der Stimme, dass es mich stutzig machte.

„Wie kommst du darauf? Woher willst du das wissen?"

„Glaub mir Sweety", erwiderte er beinahe übellaunig. „Wenn das einer weiß, dann ich."

Ruppig nahm er mir das Handy aus der Hand und steckte es in die Hosentasche. „Ich hab jetzt auch überhaupt keinen Bock drauf, das jetzt weiter mit dir zu bequatschen. Mathe fängt gleich an. Ihr wisst ja selbst, wie der Schoder ausflippt, wenn man zu spät kommt." Mit diesen Worten drehte sich unser Freund um und stampfte davon.

Ratlos sah ich zu Cat, die überfragt mit den Schultern zuckte und meinte: „Ich hoffe, das wird nicht wieder so wie letztens und er spuckt endlich aus, was mit ihm los ist.“
„Das hoffe ich auch.“ Von ihm gemieden zu werden hatte mir schon das letzte Mal zu schaffen gemacht und sollte er es wieder tun, würde ich diesmal nicht auf meine Tante hören und ihn schmollen lassen, sondern auf Klärung bestehen. Magnus konnte mir doch nicht einfach den Rücken zuwenden ohne mir einen Grund dafür zu nennen. War ihm nicht klar, wie weh das tat?

Doch vorerst war eine Aussprache nicht nötig, denn zu unserer Erleichterung war Magnus nach dem Unterricht wieder ganz der Alte – oder tat zumindest so. Er schlug vor, uns abends in der Schule einschließen zu lassen um dann nachts, wenn das Gebäude verlassen sein würde, die Mauer genauer unter die Lupe zu nehmen.

Wir nahmen gemeinsam mit Daniel den letzten Bus zur Schule zurück und achteten darauf, im Haus möglichst von niemandem gesehen zu werden. Das war nicht besonders schwierig. Es war fast kein Lehrer mehr da und die allerletzten Schüler warteten draußen darauf, abgeholt zu werden. Letztere hatten uns zwar gesehen, doch um diese Zeit begannen die Vereine in der Sporthalle zu trainieren, weshalb es niemanden wunderte, wenn hier noch jemand ausstieg, obwohl der Unterricht längst beendet war. Nur auf den Hausmeister mussten wir achten, doch mit etwas List und Geschick gelang es uns, unseren Klassenraum unbemerkt zu erreichen. Hier wollten wir warten, bis auch der Letzte das Gebäude verlassen hatte – und das würde noch Stunden dauern. Also vertrieben wir uns leise die Zeit mit Handyspielen, sinnlosen Kritzeleien auf den ohnehin schon übel zugerichteten Tischen und was uns sonst noch so einfiel.

Cat schrieb gerade sms mit Jonas, Magnus machte seinen geschätzt 500sten Liegestütz des Tages und ich spielte mit Daniel Karten, als das Herunterdrücken der Türklinke uns allesamt innehalten ließ. Einmal, zweimal und auch noch ein drittes Mal wurde sie betätigt. Dann war es mucksmäuschenstill. Wir hielten die Luft an, starrten zur Tür und hofften wohl alle darauf, sich entfernende Schritte zu vernehmen, doch dieses Geräusch wollte sich einfach nicht einstellen. Stattdessen klopfte es. Erschrocken blickten wir von einem zum anderen. Wer mochte das sein?

„Lilly? Cat? Magnus?“, flüsterte eine nur allzu bekannte Stimme. „Seid ihr da drin? Hey, ich weiß, dass ihr da seid. Nun lasst mich schon rein!“

„Und nun?“, formte Magnus tonlos mit den Lippen und sah mich fragend an.

Überfragt hob ich die Schultern. Einfach leise verhalten und so tun, als wäre man nicht da?

„Ihr braucht gar nicht so zu tun, als ob ihr nicht da drin wärt!“, erklang sofortiger Protest, als hätte ich meine Gedanken laut ausgesprochen. „Ihr wollt doch wohl nicht, dass ich den nächsten Feueralarm betätige, oder?“

„Hat dir schon mal jemand gesagt, dass du echt nerven kannst?“, konterte Cat kopfschüttelnd, stand auf und ging zur Tür um Savannah herein zu lassen. Es war kaum zu übersehen, dass ich deswegen nervös wurde. Savannah und Daniel in einem Raum? Er hat mir diesen Gedankengang wohl an der Nasenspitze angesehen und machte eine ausladende Gestik, die besagte, dass nun sowieso nichts mehr daran zu ändern war. „Kannst du dir vorstellen, dass man dich einlädt, wenn man dich irgendwo mitnehmen will?“

„Mir scheint, wenn ich darauf warte, entgehen mir die besten Sachen“, entgegnete Savannah ungerührt und schob sich an Cat vorbei in den Klassenraum hinein. „Ihr habt ja wohl nicht ernsthaft gedacht, dass ihr ohne mich so ein Ding durchziehen könnt, oder?“ Herausfordernd blickte sie von einem zum anderen und neigte ihren Kopf nachdenklich zur Seite, als sie Daniel taxierte. Als ihr die Züge entglitten war mir klar, dass sie ihn erkannt hatte.

„Lioba!“, rief sie beinahe tonlos aus, als stünde sie dem Höllenfürsten persönlich gegenüber. „Weißt du, wer das ist?“ Seine Nähe zu mir versetzte sie unübersehbar in Sorge.

„Ja. Das weiß ich. Das ist Daniel. Mein Freund“, versuchte ich möglichst beruhigend zu klingen. „Und das schon seit einiger Zeit.“

„Dein ... was?“ Fassungslos schüttelte sie den Kopf und kam einige Schritte auf mich zu, um mich am Arm zu packen und von Daniel wegzuziehen. Über meine Schulter hinweg hielt sie ihn wachsam im Auge.

„Was geht da gerade ab?“, erkundigte sich Magnus bei Cat, die sich wieder hingesetzt hatte, die Beine auf dem Tisch überkreuzte und mit verschränkten Armen und unterdrücktem Grinsen wartete, wie sich die Situation entwickeln würde.

„Zusehen und genießen, Magnus. Das könnte lustig werden“, flüsterte sie ihm gerade noch laut genug zu, dass es jeder hören konnte.

„Weißt du noch, der Kerl vom Markt? Der mir was in die Cola gekippt hat?“, versuchte Savannah mir ihre Reaktion zu erklären.

„Ja? Was ist mit dem?“ Ich bemühte mich, die Unwissende zu spielen.

„Das ist er! Dieser Daniel war das! Du musst aufpassen. Der ist kriminell, glaub mir!“

„Bist du sicher?“, stellte ich ihre Aussage in Frage, obwohl mir absolut bewusst war, dass jedes Wort stimmte. Sogar das mit der Kriminalität, wenngleich ihm auch keine andere Wahl blieb. „Vielleicht verwechselst du ihn.“

„Nein, tut sie nicht“, beendete Daniel meine Ausflüchte, weil ihm klar war, dass sie ohnehin nichts bewirkten. „Ich war das.“

Obwohl sie auch schon zuvor von seiner Schuld überzeugt war, schnappte sie bei der Bestätigung nach Luft. Doch wie ich es vermutete, währte dieser Moment der Stille nur kurz. Wütend presste sie ihre Lippen aufeinander und ging auf Daniel los.

„Du verdammter Vollidiot! Weißt du eigentlich, was ich deinetwegen durchgemacht habe?“, fuhr sie ihn aufgebracht an, bemerkte dabei selbst, dass sie zu laut wurde und zügelte ihre Stimme, um *leise zu schreien*.

Sie stand herausfordernd vor ihm, doch er erwiderte ihren Blick unbeeindruckt. „Ja, das weiß ich.“

„Ich bin sicher, er wollte sich gerade dafür entschuldigen, dass er ...“, versuchte ich zu schlichten, doch Daniel fiel mir ins Wort.

„Nein, das wollte ich nicht.“

„Du hast Recht, das wird lustig. Aber was hat er Sav eigentlich getan?“, richtete Magnus seine Frage an Cat, griff eine große Portion Chips aus der raschelnden Tüte und stopfte sie sich in den Mund. Die beiden sahen aus, als säßen sie im Filmtheater und kommentierten den neuesten Blockbuster.

„Erzähl ich dir später.“

„Er wollte mich umbringen!“, stieß Savannah an die beiden gerichtet aus und wendete sich sofort wieder ihrem Kontrahenten zu. „Du wolltest mich vergiften! Und jetzt willst du dich nicht mal dafür entschuldigen?“

„Ich HABE dich vergiftet“, setzte Daniel dem Ganzen auch noch die Krone auf. „Aber tödlich war das Gebräu sicher nicht. Das Ziel war

Übelkeit und Erbrechen. Und, um deine letzte Frage zu beantworten: Nein, ich werde mich nicht entschuldigen. Du hattest es verdient. Ich hatte nicht vor, dich zu töten, doch du hättest es grinsend in Kauf genommen, dass Leelee in einem Haufen Glasscherben verblutet. Nun, wer von uns ist hier der Vollidiot?“

Überrascht registrierte ich, dass Savannah statt zu kontern betroffen den Kopf senkte.

„Ihr habt beide Scheiße gebaut!“, warf Cat ein, nahm die Beine vom Tisch und sah unerbittlich von einem zum anderen. „Sav, du warst damals echt zum Abgewöhnen. Ach, was sag ich. Von wegen damals. Vor kurzem noch! Und Daniel, du weißt verdammt genau, dass du zu weit gegangen bist – jedenfalls nach den Maßstäben der normaldenkenden Bevölkerung. Mir ist klar, dass deine verdreht sind, also merk dir einfach, dass deine Aktion Scheiße war. Und jetzt lassen wir den Mist hinter uns. Basta.“

„Hugh, der Häuptling hat gesprochen“, kommentierte Magnus und fing sich dafür einen kräftigen Seitenhieb ein.

„Einverstanden“, stimmte Daniel zu und Savannah nickte. Erleichtert atmete ich auf. Das war einfacher als gedacht. Jetzt galt es nur noch, ihr zu erklären, weshalb wir uns um diese Uhrzeit in der Schule versteckten ... und ihr dabei möglichst nichts von dem Grund unserer Suche zu berichten. Wie erwartet griff sie das Thema auch sofort auf.

„So, und nun“, wendete Sav sich sogleich an mich. „Was macht ihr hier? Ist es immer noch wegen diesem Geheimnis der Elfen? Ich vermute, ja. Hatten wir nicht ausgemacht, dass ich dabei bin?“

„Du meinst, du hast uns erpresst, wie gerade wieder mit dem Feueralarm“, kam Cat einer Antwort meinerseits zuvor.

„Spielt das eine Rolle?“

„Unter Freunden schon“, konterte ich um ihr klar zu machen, dass dieser Weg trotz ihrer offensichtlichen Bemühungen noch nicht ganz der Richtige war. Das hatte gesessen. Weshalb auch sonst sollte sie immer wieder unsere Nähe suchen, als aus dem Wunsch heraus, mit uns befreundet zu sein? Wenn ihr das vielleicht auch nicht einmal selbst bewusst war. Der kurze Ausdruck des Bedauerns bestätigte mir, dass ich richtig lag ... auch, wenn ihre Mauer sofort wieder hochgezogen wurde und die Gänsekönigin, wie sie leibte und lebte, zum Vorschein brachte.

„Ich fixiere mich nicht auf Einzelne. Das habe ich nicht nötig. Wer es nötig hat, sich wie eine Klette an zwei oder drei andere zu hängen, der hat in meinen Augen nicht genug Selbstbewusstsein.“
Ich seufzte, winkte ab und ließ mich neben Daniel auf den Stuhl sinken. „Freut mich, dass du auch wieder da bist, Savannah.“ Diese Portion Sarkasmus war zwar ungewöhnlich für mich, doch gerade in solchen Momenten war es gewiss nicht schlecht, ihr mal einen Spiegel vorzuhalten. „Nur zu schade, dass du Sav zu Hause gelassen hast.“

Nachdem sie ihre Krallen wieder eingefahren hatte, erzählte ich ihr von der Mauer und dem Keltenknoten. Allerdings sagte ich, Magnus sei zufällig darauf gestoßen. In Anbetracht seiner AG zweifelte sie daran auch nicht. Sie war sofort sehr interessiert. Da kam der Forscherdrang ihres Großvaters wieder in ihr durch.

Als wir keinen Wagen mehr auf dem Parkplatz erspähten und den Hausmeister beim Verlassen des Gebäudes beobachten konnten, schlichen wir uns leise durch die Korridore, die – nur vom spärlichen Licht des ab und zu hereinscheinenden Halbmondes und den kleinen LED-Lämpchen um die Alarmknöpfe herum erhellt – ziemlich unheimlich wirkten. Doch um sicher zu gehen, nicht entdeckt zu werden, wollten wir die Taschenlampen erst dann anschalten, wenn die Kellertür hinter uns ins Schloss gefallen war. Also tapsten wir mit mehr oder weniger mulmigem Gefühl durch die dunklen Flure. Wir schlichen durch das Gebäude wie Einbrecher und fingen bald an, bei jedem Hindernis, das wir übersahen zu kichern, was zum Glück das gespenstische Klima vertrieb. Dennoch waren wir froh, endlich die Taschenlampen anschalten zu können, nachdem Magnus uns in den Keller gelassen hatte.

„Hey, hat eigentlich jemand ein Brecheisen dabei?“, fragte Savannah, als sie sofort auf der Suche nach den Backsteinen die festen Wände um sich herum anleuchtete.

„Wir brauchen keine“, antwortete Cat und begann ebenfalls, nach der Backsteinmauer zu suchen.

„Wie kommst du darauf?“ Natürlich konnte Savannah nicht nachvollziehen, was für meine Freunde längst zum Normalzustand geworden war. Sie brauchten sich nicht darüber zu ärgern, vermeintlich etwas vergessen zu haben. Denn wenn sie es taten, packte ich es intuitiv ein. Ich grinste. Ja, Cat und Magnus verließen sich wirklich blind auf diesen Aspekt meiner Begabungen.

„Na, weil Lilly eine mitgenommen hätte, wenn ... AU! Cat, wofür war das jetzt?“

„Für deine Geschwätzigkeit. Wo ist nun diese Wand?“

Ich hatte es zwar nicht mitbekommen, doch Cat hatte Magnus wohl mal wieder den Ellenbogen in die Seite gerammt, als er sich beinahe verplappert hätte. Glücklicherweise lenkte der Strahl der Taschenlampe Sav von weiteren Nachfragen ab.

Und da war es. Hinter einem Stahltank, der längst nicht mehr in Betrieb war, leuchtete unübersehbar ein weißer, etwa 20 Zentimeter großer Keltenknoten auf rotem Untergrund. Zwei dünne, sich umrankende Schlangen, die sich farblich kaum vom Untergrund abhoben, rahmten das Bild ein. Ihre Köpfe trafen sich genau über der Mitte am oberen Rand und ihre Zungen vereinten sich zu einem kleinen Kreis, der etwas vertieft in den Steinen lag. Auf dem Foto war nichts davon zu erkennen gewesen, weder die Schlangen, noch die Vertiefung. Musste wohl an der schwachen Beleuchtung gelegen haben. Verblüfft schüttelte ich den Kopf, als mir klar wurde, dass ich gerade dahinter gekommen war, weshalb wir mit Sicherheit kein Brecheisen benötigen würden. Mir war völlig klar, dass meine nächste Aktion bei Sav etliche Fragen aufwerfen würde, aber nichtsdestotrotz blieb mir gar nichts anderes übrig als zu tun, was getan werden musste.

„Halt mal kurz“, bat ich Daniel und drückte ihm meine Taschenlampe in die Hand. Er verstand sofort was ich vorhatte, als ich um meinen Hals griff um die Kette zu öffnen, an der ich unseren *Schlüssel* trug.

„Darf ich mal?“, bat ich die anderen drei, einen Schritt zur Seite zu gehen, um mich zwischen dem schmalen Weg zwischen Öltank und weißgekalkter Wand hindurchzudrücken. Die unzähligen verstaubten Spinnweben, die ich dabei mitriss, ließen Cat bemerken, was es für eine gute Idee war, dass ich vorging und nicht sie. Ich schaute zurück und grinste. „Soll ich dir eine als Souvenir zuwerfen?“

Sie hasste Spinnen. Seit sie eines Nachts vor mindestens 6 Jahren wach geworden war und in die Augen einer dicken Wolfsspinne auf ihrem Kopfkissen blicken musste, welche sie – ihre Worte, nicht meine – fressen wollte, stand meine sonst so unbeugsame Freundin mit den kleinen Tierchen auf Kriegsfuß. Dabei beharrte sie mit Nachdruck darauf, nicht arachnophobisch zu sein, sondern lediglich darauf zu bestehen, dass jeder in seinem Lebensbereich zu bleiben hat – also keine Spinnen in ihrem Zimmer.

„Hast du keine Angst, dass ein Schwadron gepanzerter Krabbelviecher morgen in dein Schlafzimmer stürmt, wenn du dich da gleich durchzwängst?“, fragte Magnus belustigt, als hätte er meine Gedanken gelesen. „Schließlich betrittst du fremdes Hoheitsgebiet.“

„Witzig, Idiot“, kommentierte Cat überraschend wenig schlagfertig.

„Arachnophobie?“, war es nun Savannah, die nachhakte, weil sie dem ganzen selbstverständlich nicht ganz folgen konnte.

„Nein, Arschtretomanie!“, zischte Cat nun gereizt. „Sobald ich noch ein einziges Wort darüber höre!“

Damit war das Thema beendet ... außer für Magnus, der in sich hineinkicherte. Um mich dem nicht anzuschließen, wendete ich meine Aufmerksamkeit wieder den wichtigen Dingen zu. Ich nahm eines der Ringlein von der Kette und legte es in den kleinen Kreis, den die Zungen der Schlangen bildeten. Dass Sav nicht fragte, was ich da tat, wunderte mich ein wenig – besonders, als nach einem lauten *Rumms*, der sogar den betonierten Fußboden in Vibration versetzte, die ganze Wand nun unübersehbar ein bis zwei Zentimeter weiter hinten saß und eine Luftstrom zu spüren war. Modergeruch strömte aus den entstandenen Ritzen. Verrottetes Holz, Salpeter, feuchte Erde ... vieles war auszumachen. Ich ließ die Kette mit den Ringlein in meine Tasche gleiten und versuchte gegen die Mauer zu drücken, um sie weiter zu öffnen. Doch es tat sich nichts.

„Und wenn du versuchst, sie zur Seite zu schieben?“, schlug Daniel vor. Gute Idee. Allerdings schien mir die Aussicht, meine Finger in die entstandene Ritze zu schieben nicht sonderlich verlockend zu sein. Zumal sich schon die ersten Asseln hindurchquetschten um zu erkunden, was auf unserer Seite lag. Doch Gefahr verspürte ich keine. Also verzog ich das Gesicht, schaute in eine andere Richtung und überwand mich – begleitet von einem einstimmigen „Uäh ...“ der Ladies hinter mir. Tatsächlich bewegte sich die Mauer einige Millimeter, als ich versuchte, sie mit aller Kraft von links nach rechts zu schieben. Es war nicht so, dass es ein plötzliches Hindernis gegeben hätte oder so. Nein, ich verfügte schlicht und ergreifend nicht über genug körperliche Kraft.

„Jungs, ich schätze, da muss einer von euch ran“, ließ ich die beiden wissen. „Ab hier ist Muskelkraft gefragt.“ Wie hätte ich auch ahnen können, dass dieser harmlose Satz die beiden sonst eigentlich recht vernünftigen Kerle zu dem Versuch bringen würde, sich gemeinsam zwischen Wand und Tank hindurchzuquetschen? Ich dachte, ich sehe nicht recht, als ich Zeuge dieses Zweikampfes wurde.

„Au, was soll das? Hast du nicht gehört? Muskelkraft!“, beschwerte sich Magnus.

„Richtig, und damit meinte sie ganz sicher mich!“

Ich konnte kaum glauben, dass mein Freund sich tatsächlich auf ein Wer-ist-der-Stärkste-Match eingelassen hatte und grinste, weil da mal wieder ein ganz anderer, viel jüngerer Daniel durchblitzte.

„Von wegen! Du bist vielleicht schneller als ich, aber das war es auch schon.“ Magnus hatte nicht vor, locker zu lassen.

„Sind die immer so?“, fragte Sav, die dem Geschehen schmunzelnd folgte.

„Nein, nicht dass ich wüsste“, antwortete Cat und richtete sich belustigt an die Kontrahenten. „Wie lang dauert das mit dem Längenvergleich noch? Ich muss morgen früh wieder zu Hause sein.“

„Bis Daniel kapiert, dass ich dran bin!“

Daniel, der den Wink mit dem Größenvergleich verstanden hatte und über sich selbst lächelnd den Kopf schüttelte, ging einen Schritt zurück und überließ Magnus das Feld. „Bitte. Nach dir.“

Der ließ sich das natürlich nicht zweimal sagen, kam endlich zu mir herüber und schob Millimeter um Millimeter die Backsteine zur Seite, die sogar ihm sichtlich Schwierigkeiten bereiteten. Doch schließlich war es geschafft und nun breitete sich vor uns ein etwa anderthalb Meter hoher, sehr schmaler Gang aus, der zu beiden Seiten wie in einer Mine mit Hölzern abgestützt war. Vertrauenserweckend war das nicht. Besonders wenn man bedachte, wie stark es nach faulem Holz roch.

„Glaubst du, es ist gefährlich, da hineinzugehen?“, fragte Magnus, dem das gleiche durch den Kopf schoss wie mir.

„Ja.“ Das sagte mir nicht nur der gesunde Menschenverstand, sondern auch meine Begabung, die mich intuitiv zögern ließ.

„Aber wir gehen trotzdem rein?“

„Ja.“ Blieb mir denn eine andere Wahl? Ohne noch mehr Zeit zu verlieren bückte ich mich und machte mich auf den Weg durch den Gang. „Versucht, möglichst von den Wänden fern zu bleiben“, schlug ich vor, als alle anderen mir folgten. „Nicht, dass was einbricht.“

Leise und konzentriert erkundeten wir Meter für Meter, vermieden jede Berührung und jedes Geräusch. Nicht, dass es am Ende der

Schall sein sollte, der einen Einsturz herbeiführte. Es ging nicht gerade schnell voran, denn im Licht unserer Taschenlampen mussten wir schon genau schauen, wo wir hintraten. Ab und zu knarrten die Balken und mir wurde zusehends unwohler bei dem Gedanken, noch tiefer einzudringen. Ich hatte das Gefühl hinabzugehen. Der erdige Untergrund wurde matschig und auch der Geruch veränderte sich. Es roch zunehmend feuchter. Ich erwog, sicherheitshalber zurück zu gehen. Schließlich brachte ich hier nicht nur mich allein, sondern auch meine Freunde in Gefahr. Doch nach zwei weiteren Stützen an den Seiten knickte der Gang ab und ich erkannte, dass es dort trockener war.

Ich hatte das Gefühl, ganz nah am Ziel zu sein. Also überwand ich meine Bedenken und folgte dem Weg, der nun nach wenigen Metern in eine Art Halle mündete, in der es endlich möglich war, aufrecht zu stehen. Einer nach dem anderen verließen meine Freunde mit angespannten Gesichtern den schmalen Gang und reckten sich erst einmal. Cat meinte, sie hätte echt Angst gehabt und ihr graute schon davor, auf dem Weg wieder zurück zu müssen. Savannah stimmte ihr zu.

„Alles in Ordnung? Geht es dir gut?“, fragte Daniel, der die Nachhut gebildet hatte, besorgt und legte seinen Arm um mich. Er sah mir an, dass ich ebenso angespannt war wie der Rest von uns.

„Ja, ich denke schon. Ich glaube, wir sind hier richtig.“

Er nickte und begann, mit der Taschenlampe den Raum abzuleuchten. *Halle* war wohl etwas übertrieben, denn der Raum maß höchstens vier mal vier Meter. Doch in Anbetracht der vorherigen Enge war es mir riesig vorgekommen.

„Hey, schaut mal!“, forderte Sav uns auf dem Schein ihrer Lampe zu folgen. „Da ist was an der Wand.“

„Ist das eine Karte?“, fragte Magnus, der direkt davor stand.

„Scheint so“, bestätigte ich und schaute mir das Ganze genauer an. „Das muss uralt sein.“ Auf behauenem Basalt, der in Anbetracht der sonst erdigen oder lehmigen Wände extra hierher transportiert worden sein musste, konnte man in stark verblassten Farben noch gerade so eine alte Karte erkennen.

„Schau, das muss der Eingang unter der Schule sein“, erkannte Savannah das Kreuz, zog den richtigen Schluss und runzelte die Stirn. „Aber wer hätte damals wissen sollen, dass die Schule diese Form haben würde?“ Ich ging nicht darauf ein.

„Das da ist die Ringwallanlage, auf der heute die Lißberger Burgruine steht“, bemerkte Daniel und zeigte auf eine eingezeichnete kleine Siedlung ganz rechts im Bild.
„Wow, dann ist das hier unten das Glaubergplateau. Verdammt, wisst ihr, was das für ein Wahnsinnsfund ist?“ Sav war voll und ganz vom Entdeckerdrang ihres Großvaters gepackt. „Wir werden berühmt!“

Oh nein, sicher nicht. Die Frage war nur, wie wir Savannah davon abhalten sollten, aller Welt hiervon zu erzählen.

„Und was ist dann das?“, erkundigte sich Cat und deutete auf eine Siedlung, die ungefähr in der Mitte zwischen der Schule und der Burg eingezeichnet war. „Ist das Ortenberg? Gab es das da überhaupt schon?“

„Da steht doch was“, stellte Savannah fest und ging neugierig ganz dicht an das Bild heran, um es entziffern zu können. „Dhu ... Duhn Ghar ... Dhun Gharsain. Irgendein Dorf oder so namens Dhun Gharsain.“

Sie hätte es nicht lesen müssen. Auch ohne die Worte hatte ich die Elfenburg längst erkannt. Doch nicht nur das. Auch ihr Standort war mir mit einem Male absolut klar. Um sie herum war alles rot, während Wälder grün, Gewässer blau und Felder gelb dargestellt waren. Das Rot konnte also nur auf den Untergrund bezogen sein und es fiel mir an besagter Stelle nur ein einziger Ort ein, der so dargestellt werden konnte. Es handelte sich unzweifelhaft um jenen bewaldeten Hügel am Rande Ortenbergs, der seit Ewigkeiten als Rotlipp bezeichnet wurde. Von einer geologischen Führung, die wir in der fünften Klasse mit unserem damaligen Lehrer unternommen hatten, wusste ich, dass sich die Bezeichnung Rotlipp von dem Wort Rotliegend ableitete, was sich wiederum auf die vielfach rotgefärbten Sandsteine bezieht. Die Tönung dieser Gesteinsschichten wird durch feinverteilten Roteisenstein verursacht, was darauf hindeutet, dass hier mal tropische Temperaturen geherrscht haben müssen – leider vor mindestens 45 Millionen Jahren. Heute ist davon in so manchen viel zu kurzen und zu kühlen Sommern nichts mehr zu spüren.

Nicht zu fassen. Ich hatte es gefunden! Nein, wir hatten es gefunden. Den längst vergessenen Sitz der Elfenburg. Seit Jahrtausenden wusste niemand mehr, wo sie lag und nun drängten Erinnerungen daran an die Oberfläche, als sei es erst gestern gewesen, dass Alveradis in einem unterirdischen Rondell heimlich Aufzeichnungen über ihre

Forschungen niederschrieb. Ich sah ihre Hand vor mir, als wäre es die meine. Mit aus Ruß hergestellter Tinte schrieb sie griechische Lettern auf Pergamente aus Tierhäuten, welche sie zuvor ebenso heimlich mit Pottasche oder Kalk gebeizt, gereinigt und getrocknet hatte. Heimlich, weil in der keltischen Kultur nichts schriftlich festgehalten wurde und auch die Elfen dem Lebensbild der mündlichen Überlieferung folgten.

„Hey, bist du taub?", forderte Savannah irgendein Kommentar meinerseits zu unserem phantastischen Fund – ohne zu ahnen, dass dieser weitaus phantastischer war als sie vermutete.

„Ähm ... nein, natürlich nicht. Mir ging nur gerade viel durch den Kopf."

„Wir werden berühmt, das ist dir doch klar, oder?", rief sie begeistert aus.

Ich grübelte schon darüber, wie in aller Welt ich ihr diesen Gedanken aus dem Kopf treiben sollte, als lautes Knarren gefolgt von einigem Getöse aus dem Gang, durch den wir gekommen waren, mich ablenkte. Erschrocken zuckten wir zusammen, unheilvoll ahnend, was geschehen war.

„Scheiße, was war das?", rief Magnus aus, ging dem Quell der Geräusche entgegen und leuchtete mit seiner Taschenlampe in den Gang hinein, aus dem wir gekommen waren. „Oh Mann!", kommentierte er resigniert.

„Was ist?" Cat klang entgegen ihrer sonst so frechen Art recht eingeschüchtert. „Sag jetzt nicht, der Gang ist eingestürzt. Sag das ja nicht!" Wie dem Rest von uns war auch ihr selbstverständlich klar, dass sich diese Hoffnung nicht erfüllen würde.

Magnus drehte sich zu ihr um. Sein Gesicht war Antwort genug. „Tut mir leid, aber ..."

„Nein!" Ein Anflug von Panik schwang in ihrer Stimme, was zunehmend Besorgnis bei mir weckte. Natürlich, unsere Lage war vertrackt, dennoch war gerade Cat immer Herrin jeder Situation. Dass sie die Nerven zu verlieren schien, sah ihr gar nicht ähnlich. Und ich? Was war mit mir? War ich nicht beunruhigt? Doch, das war ich. Beunruhigt, doch fern eines emotionalen, angstvollen Ausbruchs und das sollte genügen. Ich legte meinen Arm um meine Freundin und versuchte, sie zu beruhigen. Ganz sicher würde es keinem von uns nutzen, wenn jetzt jemand in Panik ausbrach.

„Komm schon Cat. Wir finden einen Weg hier raus. Ganz sicher.“

Auch wenn ich mir meiner Gefühle und Intuitionen in diesem Augenblick alles andere als sicher war, schienen meine Freundin diese Worte jedoch etwas zu beruhigen. Nein, sicher war ich mir nicht. Ich konnte nur sagen, dass ich in Anbetracht der Umstände nicht um Fassung ringen musste und sich das Ganze für mich nicht so schlimm anhörte wie es klang.

„Aha, und wie soll das gehen?“, gab Savannah leicht hysterisch ihren Senf dazu. „Merkst du eigentlich noch was? Wir sind hier unten eingesperrt!“ Oookeeyy ... sie neigte eindeutig ebenfalls zu einem Ausbruch. „Kein Mensch weiß, dass wir hier sind! Niemand wird ...“

„Halt die Klappe, Sav!“, schnitt Magnus ihr das Wort ab. „Wenn Lilly meint, wir kommen raus, dann kommen wir auch raus.“

„Leelee, schau mal, hier drüben.“ Daniel, der sich – statt sich von der scheinbaren Ausweglosigkeit unser Situation beeinflussen zu lassen - sofort nach einem Ausweg umgesehen hatte, forderte meine Aufmerksamkeit. Der Schein seiner Taschenlampe erleuchtete die lehmbraune Wand, die dem Gang, aus dem wir gekommen waren gegenüber lag. Schon auf den ersten Blick erkannte ich, was er meinte. Mit dieser Wand stimmte etwas nicht. Und just in dem Moment, in dem mir dieser Gedanke kam, drängte eine verborgene Erinnerung aus dem genuinen Gedächtnis an die Oberfläche. Unwillkürlich huschte ein Lächeln über meine Lippen und ich schnaufte leise.

„Du hast Recht“, stimmte ich meinem Freund zu. „Da geht es weiter.“

„Aber woher ...?“, setzte Savannah an, winkte jedoch wieder ab.

Magnus trat näher. „Was ist da?“

„Eine Wand hinter der Wand“, erklärte ich. „Ein ganz schmaler Durchgang trennt die beiden. Von uns aus war das nicht zu sehen. Erst als Daniel von etwas weiter links dagegen leuchtete, fiel es auf.“

„Na ja, spätestens wenn wir die Wände abgetastet hätten, wäre es uns auch aufgefallen.“ Cat hatte ihre Sprache wiedergefunden. Nur etwas zickig schien sie zu sein. Was soll‘s. Das war jedenfalls um Längen besser als ihre Angstattacke. Doch so ganz schien ihre Furcht noch nicht verflogen zu sein, denn sie konnte es kaum erwarten wieder rauszukommen, leuchtete in den Gang und war schon im nächsten Moment darin verschwunden.

„Warte doch!“, widersprach Magnus dieser Blitzaktion und war kaum eine Sekunde später genauso unsichtbar wie unsere Freundin.

Als ob der Gang das Licht der Lampen und den Schall unserer Stimmen und Schritte einfach schluckte.

„Wir sollten ihnen schnell folgen", schlug Daniel vor. Ich war ganz seiner Meinung. Uns gegenseitig aus den Augen zu verlieren, gefiel mir ganz und gar nicht.

„Ja, nehmen wir Sav in die Mitte. Geh du voraus." Daniels Gesicht war anzusehen, dass er nicht begeistert von der Idee war, von mir getrennt zu sein, doch wir mussten Savannah schützen. Ich würde es spüren, sollte Gefahr drohen und Daniel war zweifelsohne ebenfalls in der Lage, sich intuitiv zurechtzufinden. Doch ginge Savannah verloren ... nicht auszudenken, was geschehen würde. Seufzend willigte er in meinen Vorschlag ein und ging – dicht gefolgt von Sav, die an unserem Plan ausnahmsweise nicht das Geringste zu bemängeln hatte – in den dunklen Durchgang hinein. Wir mussten seitwärts laufen um hindurchzupassen. Jetzt verstand ich auch, weshalb man den Schein der Lampen der anderen nicht sehen konnte. Es war so eng, dass man sich stellenweise regelrecht durchzwängen musste, was natürlich dazu führte, dass das Licht nicht zurückgeworfen werden konnte. Doch weshalb es so unglaublich still war, vermochte ich nicht zu erklären.

Nachdem die Richtung einmal gewechselt hatte und wir einen zweiten Gang dieser Art passieren mussten, kamen wir in einer Art Stollen heraus. Wie auch am Anfang unseres Abenteuers waren die Erde und der Fels hier zu beiden Seiten in gleichen Abständen abgestützt. Wenige Meter weiter hörten wir schließlich Cat und Magnus, die sich lautstark darüber stritten, ob es weise war, einfach vorzugehen, oder eben nicht. Einerseits froh, ihre Stimmen zu hören und damit die Gewissheit zu haben, dass es ihnen gut ging, überkam mich urplötzlich ein verdammt ungutes Gefühl. Erde bröselte von der Decke herab und die Jahrhunderte alte Last forderte dem Gebälk beunruhigende Geräusche ab.

„Der Schall", flüsterte ich Daniel zu, der ebenso besorgt zur Decke starrte wie ich. „Sie sind zu laut!" Daniel nickte, wand sich sogleich wieder um und beeilte sich, den beiden Streithähnen Einhalt zu gebieten, doch es war zu spät. Kaum, dass er drei Meter von uns entfernt war, gab einer der Stützbalken nach und Tonnen von Erdreich brachen in den Gang hinein. Gerade noch in letzter Sekunde hatte ich Savannah zurückgezerrt, sonst wäre sie gewiss verschüttet worden.

Nun schienen sich die Ereignisse zu überschlagen. Erst leuchteten wir geschockt auf den schier undurchdringlichen braunen Berg vor uns, machten uns im nächsten Augenblick Sorgen um die Anderen und registrierten auch schon weiteres schauerliches Knarren. Savannah schrie und hielt sich die Hände über den Kopf, als ihr klar geworden war, dass auch der Balken über uns in kürzester Zeit unter dem Druck zusammenbrechen würde.

Ich dachte nicht nach über das, was ich tat. Zum Glück. Die Zeit hätte sonst nicht gereicht, uns in Sicherheit zu bringen. Intuitiv trat ich mit dem rechten Fuß mehrmals gegen einige zusammengenagelte Bretter zu unserer Rechten. Eigentlich sahen sie aus, als gehörten sie zum Stützwerk – weshalb es gut war, dass ich nicht darüber nachdachte, was ich tat. Die Bretter gaben schon nach wenigen kräftigen Tritten nach, zerbrachen und gaben ein Loch frei, durch das man hindurchkriechen konnte.

„Komm!“, befahl ich und kroch unverzüglich in die Öffnung, doch Savannah war völlig verängstigt, schrie nur und hielt sich weiterhin die Hände über den Kopf, als könnte sie das irgendwie schützen.

Das wurmzerfressene Holz über ihr bog sich durch und knackte. In wenigen Sekunden wäre jede Rettung zu spät. Entschlossen schnappte ich nach ihr und zerrte sie mit aller Kraft, die ich aufbringen konnte, zu mir in das dunkle Loch, von dem ich nicht wusste, wohin es uns führen würde – oder ob es uns überhaupt irgendwo hin führte. Nun brach der Gang, in dem wir uns befunden hatten, endgültig zusammen. Aufgewirbelter Staub raubte uns den Atem. Ich schmeckte ihn, roch ihn, hatte das Gefühl, er setze sich in meine Lungenflügel. Er war überall. Hustend rang ich nach Luft und versuchte dabei, die Ruhe zu bewahren. Ich hörte Sav schwer keuchen. Sie schien noch mehr Probleme zu haben als ich. Ich ertastete die Taschenlampe, die bei Savs Rettung herunter gefallen war und schaltete sie ein. Meiner Leidensgenossin stand blanke Todesangst ins Gesicht geschrieben. Sie versuchte krampfhaft einzuatmen, doch es wollte ihr nicht gelingen. Sie fing an, panisch um sich zu schlagen.

„Huste, Sav!“, rief ich, hielt sie fest und zerrte sie weiter durch die enge Öffnung hindurch. Weg vom Staub und hoffend, auf bessere Luft zu stoßen. „Huste es raus!“ Im Genick verspürte ich einen Luftzug und riss Savannah sofort geistesgegenwärtig herum, der Strömung entgegen. Dabei bekam ich einen ihrer unkontrollierten Schläge ab.

Mit dem Ellenbogen hatte sie meine Schläfe erwischt. Tränen schossen mir in die Augen, doch ich hielt Sav so gut ich konnte von hinten fest. Sie musste sich beruhigen. Sie röchelte, versuchte noch immer einzuatmen. Ich griff nach ihrem Kinn und hielt ihren Kopf fest in der Richtung des Luftzuges.

„Ruhig, Savannah", versuchte ich mit möglichst fester Stimme auf sie einzureden. „Hier ist Atemluft, spürst du es? Versuch, dich zu beruhigen."

Meine Worte schienen zu helfen. Savannahs Gegenwehr ließ nach und mit einem pfeifenden Geräusch, das ich ganz sicher nie wieder vergessen werde, gelang es ihr endlich, den ersehnten Sauerstoff in ihre Lungen zu pumpen – unmittelbar gefolgt von einem heftigen Hustenanfall, der ihr erlösend den Staub aus den Atemwegen warf. Ich ließ sie los, als sie sich hustend nach vorne beugte und wischte mir mit dem Handrücken die Tränen aus dem Gesicht. Au, verdammt. Das tat ganz schön weh. Ob das Jochbein auch etwas abbekommen hatte? Es blieb keine Zeit, mir lange Gedanken darüber zu machen. Als Savannahs Atmung sich normalisiert hatte, sackte sie auf ihre Knie zusammen und weinte. Ich setzte mich zu ihr auf den Boden – eigentlich nur um sie zu beruhigen, doch in dem Moment, als ich saß, wurde ich meiner eigenen Erschöpfung gewahr. Am liebsten hätte ich für einige Minuten die Augen geschlossen. Nur um Kraft zu tanken ...

Erschrocken fuhr ich hoch. Nein! Nicht die Augen schließen. Wenn ich das Bewusstsein verlöre – wer sollte uns dann hier raus holen? Ich musste mich konzentrieren. Mein Arm fühlte sich wie Blei an, als ich die Taschenlampe hob, um unser unterirdisches Gefängnis abzuleuchten und mir einen Eindruck von seinen Dimensionen zu machen. O.k., besonders groß war es nicht. Kaum zwei Meter lang und vielleicht einen Meter breit. Eine Erinnerung schob sich an die Oberfläche. Einige Frauen und Männer trugen jemanden durch den Stollen, der nun eingestürzt war. Eiskalt zog es mir durch die Glieder. Ein Grab! Wir befanden uns in einem Grab! Ich erinnerte mich, dass die E.L.F, um sie vor Grabräubern zu schützen, ihre Verstorbenen in Nischen dieses geheimen Tunnels bestatteten. Eigentlich hatte ich keinen Zweifel an meiner These, doch ich konnte nicht anders, als die Lampe auf den Grund zu richten um mich zu überzeugen. Die leise Hoffnung mich zu irren, erlosch mit dem Blick auf einen Unterkiefer, der aus dem Erdreich ragte.

„Oh mein Gott! Oh mein Gott! Wir werden sterben!“, wimmerte Savannah, die es ebenfalls gesehen hatte. Sie versuchte rückwärts zu krabbeln, um etwas Abstand zwischen sich und den Schädel zu bringen und schrie auf, als unter ihrer Hand etwas knackend zerbrach. Man brauchte nicht viel Kombinationsvermögen um darauf zu kommen, dass es sich um einen Knochen gehandelt haben musste. Savannah warf den zerbrochenen Knochen von sich weg, kauerte sich zusammen und wimmerte immer wieder vor sich hin, dass wir sterben würden.

Nun, das sah ich anders.

Sicher, unsere Situation war – unter normalen Gesichtspunkten gesehen – aussichtslos. Der Luftstrom, der hier unten für einen Hauch von Frischluft sorgte, war nicht stark genug, um uns lange bei Bewusstsein zu halten und wir waren von mehreren Metern Erde und Gestein bedeckt, doch normale Gesichtspunkte zählten hier nicht. Ich wusste welche Gefahr es barg, meine Begabungen einzusetzen, wusste, Savannah könnte jedem erzählen, was geschehen war, doch waren unsere Leben nicht mehr wert, als dieses Geheimnis zu wahren?

„Savannah“, forderte ich ihre Aufmerksamkeit, „wir werden nicht sterben, hörst du?!“

Sie blickte auf und sah mich verständnislos an. Doch ich sah den Funken Hoffnung, der plötzlich in ihren Augen lag.

„Und das weißt du aus demselben Grund, aus dem du wusstest, dass wir keine Brechstange brauchen würden? Oder weshalb du wusstest, dass wir aus dem Raum mit der Karte einen Ausweg finden würden?“, fragte sie schniefend und ich erkannte, dass Savannah längst bemerkt hatte, dass in mir mehr steckte als ich ihr gegenüber preis gab. Ich nickte verhalten und sie schnaubte leise. „Lilly, ich bin doch nicht blöd. Wer mehr Zeit mit dir verbringt, der merkt, dass da was ist. Ich kann mir vorstellen, dass du nicht willst, dass es jeder weiß. Wahrsager und so was werden ausgelacht.“

„Ich bin keine Wahrsagerin“, wand ich ein. „Ich bin ...“

„Nein“, unterbrach sie mich. „Ich will es lieber gar nicht wissen. Das ist Zeug, in das ich nicht reingezogen werden will. Mir ist egal, was du bist. Wenn du uns hier raus holen kannst, dann mach das! Aber lass dein Tinker-Bell-Getue ansonsten aus meinem Leben raus, o.k.?“

„O.k.“. Ich konnte sie verstehen. Sie fürchtete sich. Nicht nur vor dieser Situation, sondern auch vor dem ihr fremden Teil in mir. Angst vor einer unbekannten Welt. Vielleicht sah sie sich wie die meisten gerne Übernatürliches in Filmen und Serien an, doch sie wollte, dass es genau dort blieb: Im Fernsehen.

Ich verspürte Traurigkeit und konnte zuerst nicht verstehen, weshalb. Es war doch gut, dass sie ihre neugierige Nase in diese Angelegenheiten erst gar nicht stecken wollte. Doch dann dämmerte es mir. Meine Begabungen und alles, was damit zusammenhing, von Savannah fern zu halten bedeutete, MICH von ihr fern zu halten. Und mit einem Male war mir, als hätte ich eine Freundin verloren. Nicht eine, die ab und zu dein Leben kreuzt und die halt irgendwie dazu gehört, sondern eine, mit der man wirklich Zeit verbringen möchte. Eine, die einem wichtig ist. Manche Dinge erkennt man wirklich erst, wenn man sie verloren hat. Ich tröstete mich damit, dass es vermutlich besser so sei. So würde eine weniger in den Schlamassel hineingezogen, den mein Leben mit sich brachte.

Ich schloss meine Augen, legte beide Hände an die Wände zu meiner Linken und meiner Rechten und versuchte, mit dem was mich umgab in Einklang zu kommen. Dunkel war es. Einfach nur dunkel. Sonst nichts. Nein, das stimmte so nicht. Die Erde um uns herum war voller Leben. Ich konnte es fühlen. Asseln, Würmer, kleinste Organismen. Sogar einen Maulwurf nahm ich wahr, der in einiger Entfernung unermüdlich seine Behausung erweiterte. Ich sah ebenso, dass der Weg, den der Lufthauch nahm, wie ich es vermutet hatte, der Weg zu unserer Freiheit sein würde. Doch ich spürte die Kraft nicht, die mich in solchen Momenten sonst erfüllte. Nein, das stimmte so auch wieder nicht. Warum war alles, was mit den Begabungen zu tun hatte, nur manchmal so unglaublich schwer zu beschreiben? Der Fluss, das Band, es durchdrang mich zwar und ich war mir seiner Anwesenheit bewusst, doch die Kraft und Stärke, die ihm inne wohnte, war mir in unserer Situation nicht von Nutzen. Das meinte ich mit dunkel. Was ich gerade versuchte, brachte einfach kein Licht am Horizont. Es war, als kam die Kraft nicht richtig zu mir, weil mir im Innern längst klar war, dass ich uns auf diese Weise nicht retten könnte. Was sollte ich damit tun? Tante Ida *rufen* und sagen, wir stecken *irgendwo* zwischen Glauberg und Konradsdorf fest? Und dann?

Nein, ich wusste, was zu tun war, doch ich wollte es nicht. Warum war ich nur immer wieder dazu gezwungen? Hatte ich mir nicht selbst versprochen, dieser Seite in mir keinen Raum mehr zu geben? Seufzend gab ich mich geschlagen und zog die Hände zurück. Die Frage war jetzt nur, wie es mir gelingen sollte, einfach so in den gewünschten Zustand zu gelangen. Ich war weder wütend noch musste ich gerade dabei zusehen, wie meine Urahnen beinahe starben, womit meine Existenz verhindert würde. Und unsere Lage war – so schwierig sie auch war – noch nicht so bedrohlich, dass eine von uns im nächsten Augenblick sterben würde. Sonst wäre die Schattenseite vermutlich auch von ganz allein im Affekt an die Oberfläche gekommen um uns zu retten.

„Toll, nicht mal das kannst du!“, erklang vor mir der spitze Kommentar zu fehlender Aktion meinerseits. Ich lächelte in mich hinein. Danke Sav. Das war genau die Idee, die ich brauchte. Wem gelang es besser, mich zu provozieren, als ihr?

„Halt die Klappe, du aufgebrezelte Ziege! Was jammerst du rum? Hast du dir einen Nagel abgebrochen?“

Völlig entgeistert blickte sie mich an, ehe sie ihre Augen zusammenkniff wie eine Katze, die kurz vor dem Angriff stand. „Wenn hier einer die Klappe hält, dann DU, Miss „ich hab Freunde und ich bin ja soo toll“. Bildest dir da voll was drauf ein und was hast du davon? Sterben wirst du mit mir und mich kannst du nicht mal leiden. Von denen ist keiner bei dir.“

O.k., das funktionierte nicht. Sie musste bei weitem fieser werden, um mich wütend zu machen. „Zumindest habe ich welche. Nach dir kräht doch übermorgen kein Hahn mehr.“ Es tat mir leid, so etwas zu ihr zu sagen, doch was sollte ich tun?

„Pah!“, spuckte Sav aus. „Du denkt, sie trauern um dich? Stehen wimmernd an deinem Grab? Vielleicht. Erst mal. Und dann trösten sie sich. Ich wette, dein toller Daniel landet noch an selben Tag mit Cat im Bett. Die beiden lassen es richtig krachen und dann denkt keiner mehr an dich. Ach, warte, da ist ja noch Magnus.“ Ihr Blick war an Boshaftigkeit nicht mehr zu übertreffen und ihre Worte hatten mich verletzt. „Ich wette, auch den schnappt sie sich. Dann führt sie eben deine Dreiecksbeziehung weiter.“

„Ich habe keine Dreiecksbeziehung, und das weißt du genau!“, spie ich zurück. „Zwischen Daniel und mir war NIE etwas!“ Was? Was hatte ich da gesagt? „Nein, ich meine Magnus. Zwischen Magnus und mir war nie etwas.“

Savannah lachte spöttisch auf. „Na, wenn das kein unbewusstes Statement war. Es läuft also nichts zwischen dir und Mister Perfekt,

was? Frag dich mal warum, du hässliches Entlein. Hast Beine wie ne Hammerwerferin, pushst nicht mal deine Titten hoch und kannst dich prügeln wie ein Kerl. Klar, DA will jeder ran."
„Meine Beine sind völlig in Ordnung", presste ich zwischen zusammengebissenen Zähnen heraus – auch, wenn sie damit einen wunden Punkt getroffen hatte. Es waren nun mal nicht gerade die Beine eines Supermodels. „Ich habe es nicht nötig, meine Brüste hochzuschnallen, nur damit jeder draufschaut. Und ich kann mich zumindest verteidigen, wenn mir einer dumm kommt."

„Klingt ja voll sexy. Komisch, dass er dann nicht ran will, was?"

„Meine Beziehung zu Daniel geht dich nichts an!", platzte es nun aus mir heraus. Ich fühlte, wie meine Haare sich aufwühlten. „Es hat andere Gründe, weshalb wir noch nicht miteinander geschlafen haben. Gründe, von denen du nichts wissen willst. Das kannst du mir ruhig glauben, du ... du ... du männerfressende Sumpfkuh!" Ich spürte, wie es mich erfüllte, fühlte, wie die Wut, die aus mir heraus wollte, die Oberhand zu gewinnen begann.

„Männerfressend?", erboste sich Sav. „Tja, mag sein, dass ich schon den ein oder anderen Freund hatte, aber zumindest kann ich sagen, dass ICH weiß wie „es" sich anfühlt, wenn ich heute sterbe. DU aber nicht. Du wirst sterben ohne einen blassen Dunst davon und mit der Gewissheit, dass deine BEIDEN Lover es sich woanders holen."

Just in dem Moment, als sie mich mit ihrer erneuten Provokation über die Klippe gestoßen hatte erschien, wie schon damals am Kloster, ein Bild vor meinem geistigen Auge. Das Bild einer schwerverletzen und entstellten Savannah. Damals zügelte ich mich, bohrte meine Nägel in die Hände, um ihr nichts anzutun. Gerade noch im letzten Augenblick – es erschreckte mich zutiefst, wie knapp es war – gelang es mir, mit der Kraft, die sich wie eine Explosion freisetzte, nicht den Schädel dieser verdammten Ziege zu zerschmettern, sondern die Druckwelle dem Erdreich hinter ihr entgegenzuschleudern, um uns hier heraus zu sprengen. Savannah schrie erschrocken auf und hielt sich erneut die Hände über den Kopf. Ha! JETZT fürchtete sie sich wieder? Gut, das sollte sie auch. Was bildete sich diese dämliche Gans überhaupt ein, so mit mir zu reden? Ihren überraschten Gesichtsausdruck, als sie plötzlich den Mond durch das entstandene Loch erblicken konnte, nahm ich kaum wahr – und damit natürlich auch nicht, dass mein Plan aufgegangen war. Ich hatte ihn vollkommen vergessen. Völlig verdrängt, dass ich selbst es war, die diesen Konflikt provoziert hatte, um uns einen Fluchtweg zu schaffen. Alles, woran ich dachte, war, es dieser Schnepfe zu zeigen. Sie sollte schweigen, ein für alle Mal. Und büßen für all die Jahre, in denen sie mir das Leben schwer gemacht hatte. Noch immer wüteten die rotgoldenen Locken wie eine unzähmbare Feuersbrunst wild um meinen Kopf. Ich muss zum Fürchten ausgesehen haben, denn die sonst so boshafte Gänsekönigin sah zu, dass sie so schnell wie möglich durch den Spalt entkam, den ich geöffnet hatte. Dabei blickte sie sich immer wieder besorgt zu mir um. Ich grinste.

„Ja, kriech nur davon, du armselige kleine Ratte“, murmelte ich und fühlte mich großartig dabei, sie endlich ihr eigenes Gift schlucken zu lassen. „Jetzt geht dir der Arsch auf Grundeis, was?“ Oh Mann, ich hätte baden können in diesem Gefühl! Fantastisch! „Ist auch besser so. Niemand redet so mit mir! NIEMAND!“

Savannah versuchte, schneller zu entkommen. Sie war schon beinahe an der Oberfläche. Ich lachte. „Glaubst du echt, das nutzt dir was? Bist DU naiv! Du hast echt keine Ahnung, mit wem du es hier zu tun hast.“

Keuchend befreite sie sich aus unserem erdigen Gefängnis, wollte sogleich davonrennen und stolperte. Ich war schneller hinter ihr als ihr lieb war. Verdammt, machte das Spaß! Sie vor mir im Dreck kriechen zu sehen war wie Streicheln für mein Ego.

„Was ist mit dir los, Lilly?“, winselte Savannah kläglich. „Hör auf damit. Bitte.“

„Aufhören?“, schrie ich spöttisch. „Hast du je aufgehört?“ Es fühlte sich an, als hätte meine Wut mit ihrer Bitte an Intensität gewonnen. Jetzt würde ich es ihr zeigen. Sie würde nie wieder einen Menschen so leiden lassen wie mich. Heute würde sie ihre Lektion endgültig lernen. Ich spürte, wie eine weitere Schockwelle aus mir herausbrach. *Ungespitzt in den Boden rammen*, schoss es mir durch den Kopf, aber plötzlich wurde ich mit großer Wucht von der Seite umgerannt und zu Boden geworfen. Jemand keuchte schmerzerfüllt auf, als die Schockwelle ihre Wirkung tat. Doch Savannahs Stimme war das nicht. Ich rappelte mich sofort wieder auf. Wer wagte es ...? Ein paar Meter von mir entfernt lag Daniel und krümmte sich. Verflucht, konnte er mich meine Angelegenheiten nicht auf meine Weise regeln lassen? Doch ehe ich mich darüber entrüsten konnte, wurde ich von hinten gepackt und meine Arme am Rücken mit festem Griff fixiert. O.K., wenn das am Boden Daniel war, dann konnte es sich hier nur um Magnus handeln. Mit einem entschlossenen Kopfstoß nach hinten versuchte ich ihn loszuwerden, doch er wich geschickt aus.

„Was fällt euch ein?“, wetterte ich. „Ich bin Lioba Alveradis. Alveradis, hört ihr?! Wie könnt ihr es wagen, euch einzumischen?“

„Lioba Alveradis, richtig“, nahm ich nun auch noch Cats Anwesenheit wahr. „Aber nicht NUR Alveradis. Nicht DIE Alveradis. Scheiße, Lilly, hast du sie noch alle?“

Ihre Worte verwirrten mich. Die Verwirrung schwächte mich. Ich ... warum ...?

„Lass mich los!“, rief ich aus und setzte dabei erneut eine Schockwelle frei – nicht so intensiv wie die letzte, was wohl an meiner Verwirrung lag, doch stark genug, mich zu befreien. Cat landete fluchend auf ihrem Po. Magnus hatte es zwar geschafft, sich auf den Beinen zu halten, doch er rang nach Luft, als hätte ihm jemand einen gewaltigen Schlag in den Solarplexus gesetzt.

„Leelee, sieh mich an!“, forderte nun mein Freund, der sich wohl wieder aufgeraff hatte, während ich durch die anderen abgelenkt war. Verärgerung erwartete ich in seinen Augen zu erkennen. Vielleicht auch Wut. Doch nichts dergleichen war zu finden. Nur Besorgnis. Liebe. Und das tiefe, beruhigende Blau. Noch mehr Verwirrung. Noch mehr Schwäche. Ich mochte es nicht. Und dann, ganz plötzlich: Am Horizont ein schwaches Licht der Erkenntnis. Der Wind stellte sein Tosen ein und in meinem Kopf drehte sich alles. *„Wer ... wer bin ich?“*, war der letzte Gedanke, der sich formierte, ehe es dunkel wurde.

Ihre Selbstgefälligkeit und ihre Überheblichkeit stanken wahrhaftig zum Himmel. Wie konnten sie es wagen, mich auszuschließen? MICH! Keiner von ihnen verfügte auch nur ansatzweise über solch ausgeprägte Begabungen wie ich. Keiner! Und da riefen sie einfach eine Ratsversammlung ein, beschlossen, ich sei ab sofort keine von ihnen mehr, ja, stigmatisierten mich gar als Hexe, packten ihre Habseligkeiten und verließen mir nichts dir nichts die Elfenburg! Nicht einmal wo sie hinzogen, verrieten sie. Elendige Bande von Feiglingen! Aber wenn sie wirklich dachten, damit etwas zu ändern, hatten sie sich schwer geirrt. Ihre Herzen waren doch bloß vom schmierigen Eiter der Eifersucht zerfressen, weil ich mich weigerte, sie an meinem einzigartigen Wissen, am Rezept des Lebens teilhaben zu lassen!

Ich wusste, weshalb sie es wollten. Nicht etwa um wie mein Fürst und ich ewig zu leben, sondern nur, um ein Gegenmittel zu finden! Wie blind sie waren. Sahen sie denn nicht, dass es uns zustand? Sahen sie denn nicht, dass wir als Begabte unter Ariax' Führung die Welt auf eine Weise ordnen und leiten könnten, dass es für jeden nur zum Besten sein würde? Sahen sie denn nicht, wie edel seine Absichten waren? Gut, es gab Schwierigkeiten, doch war das nicht zu erwarten, wenn man versuchte, eine Weltordnung zu erschaffen? Natürlich mussten die Menschen sich erst einmal eingewöhnen und auch hin und wieder mal zu ihrem Glück gezwungen werden. Aber das wird bald vorbeigehen. Bald würden alle erkennen, dass unser Weg der Beste war. Doch ich war nicht so töricht zu glauben, dass sie mir nicht gefährlich werden könnten. Ein hinterlistiger Meuchelmord wäre ihnen zwar eigentlich nicht zuzutrauen, aber wie sagt man so schön: Ich sah schon Pferde kotzen. Also musste ich sicherstellen, dass meine Rezepte überleben. Es war nicht das erste Mal, dass ich den Kodex überging. Der Kodex, sich an die Gepflogenheit unserer Ahnen, Wissen nur mündlich zu überliefern und niemals schriftlich festzuhalten. Bisher ging damit stets ein Magengrimmen einher, welches ich nur als schlechtes Gewissen deuten konnte, doch nun?

Sie hatten mich ausgestoßen. Welche Rolle spielte es da noch, ob ich mich an ihren Kodex hielt? Der Gedanke kam auf, mir die Mühe zu sparen und einfach meinen geliebten Fürsten einzuweihen. Das war auch so ein Bestandteil des besagten Kodex: Nichtelfen durften unter keinen Umständen unsere Geheimnisse erfahren. Dabei war Ariax gar nicht unbegabt. Er verfügte über eine unglaubliche charismatische Kraft. Doch der Rat weigerte sich, ihn auszubilden. Angeblich wegen charakterlicher Mängel. Und ich? Ich wüsste zu gern, woran es lag, dass ich das nicht vermochte. Ihn zu lehren – dazu war ich einfach nicht fähig. Das wäre, als würde das Kind versuchen, den Vater zu lehren. Er war groß, er war erhaben, hatte bedeutende Ziele und Visionen. Er könnte die Welt beherrschen und ich würde nichts lieber tun, als sie ihm zu Füßen legen. Doch ihm sagen, was er tun sollte? Das endete bei sämtlichen Versuchen für ihn damit, dass er das Bedürfnis hatte, mir zu zeigen, wo meine Stellung war und für mich, mich in eben dieser Stellung unterzuordnen. Die Führungsqualitäten, mit denen er trumpfen konnte – über solche verfügte ich einfach nicht.

Doch meine Gedanken schweiften ab. Sann ich nicht gerade noch darüber nach, ihm das Rezept unserer Unsterblichkeit zu verraten? Sollte ich? Weshalb schwankte ich in meinen Überlegungen? Seufzend setzte ich den Weg zu meiner geheimen Kammer fort. Wenn ich eines wusste, dann, dass ich, solange ich mir über etwas nicht sicher war, mein jeweiliges Vorhaben auch nicht in die Tat umsetzen sollte. Hatte mich das doch einmal den Zugang zur inneren Kraft gekostet, worüber sich Ariax nicht gerade erfreut zeigte. Doch letzten Endes hatte er verstanden, dass ich nicht einfach seine Befehle ausführen konnte, sondern dass es nötig war, mich vom Sinn und Zweck derselben zu überzeugen. Seitdem widmete er mir noch mehr Zeit als zuvor und ich vermochte es viel besser, ihn zu verstehen. Ja, ICH verstand ihn. Die anderen hatten doch keine Ahnung, wer er war. Um also den Zugang nicht ein weiteres Mal aufs Spiel zu setzen, war es weiser, die Rezeptur wie gewohnt niederzuschreiben, um sie zu erhalten. Pergament müsste noch vom letzten Mal übrig sein.

Ich irrte nicht. In dem unterirdischen Rondell, welches mir Zuflucht vor den Vorwürfen und Regeln der anderen bot, lag alles so, wie ich es verlassen hatte. Wie unfähig sie doch waren. Nicht einmal in der Lage zu erkennen, was sich direkt vor ihren Augen abspielte. Nie hatten sie mein Versteck gefunden, wussten nicht einmal, dass es eines gab und dabei lag es direkt in der Elfenburg. Direkt in Dhun Gharsain. Ein wenig wehmütig warf ich einen Blick zurück hinaus zu den zwei Baumriesen, die majestätisch den Eingang zu meinem geheimen Rund bewachten. Viele Jahrzehnte hinweg waren sie, neben der großen Eiche am Fuße der Burg, die einzigen grünen Wächter auf den sonst so prägnanten Rottönen dieses Felsens. Doch nun würde es nicht lange dauern, bis sie Gesellschaft bekämen und damit ihre Einzigartigkeit verlören. Nicht lange und die Bauern der Umgebung würden dem Abzug der Elfen gewahr und damit beginnen, das hervorragend bearbeitete Holz der Burg als Baumaterial für ihre Hütten, Ställe und Scheunen zu verwenden. Nicht lange, und nichts mehr wäre da. Nicht lange, und das Rotliegende würde von einem ganzen Wald bedeckt werden. Von Bäumen, Sträuchern und Farnen, welche die Trampelpfade säumen, die Holzsammler hinterlassen. Wer weiß, vielleicht würde es auch eines Tages wieder gerodet werden. Mein Blick schweifte immer weiter in die Zukunft. Vielleicht, wenn jemand den roten Stein brauchen könnte ... es gab Menschen, die konnten alles brauchen. Doch würde das meinen Riesen ihre majestätische Einsamkeit zurückgeben? Wohl kaum. Vermutlich würden sie einem Kahlschlag ebenso zum Opfer fallen wie ihre jungen Brüder und Schwestern. Ich beschloss, den Eingang nach diesem Besuch zu versiegeln, damit er nicht gefunden werden konnte, wenn die Baumriesen verschwunden wären. Meine Geheimnisse zu erfahren war ohnehin nur würdig, wer auch so in der Lage war, das Rondell zu finden.

Ich griff nach dem Gänsekiel, benetzte ihn und begann, die größte Rezeptur niederzuschreiben, die je gefunden worden war. Das Mittel zur Unsterblichkeit. Die meisten der Zutaten waren nichts Besonderes. Man fand sie überall oder konnte sie von Händlern erstehen. Weihrauch, Myrre, Sandelholz, Beifuß, Honigwein und das Sekret der heimischen großen Schnecke, die so fürchterlich quiekte, wenn man sie, um sie zu garen, ins kochende Wasser warf. Das einzige, was wirklich schwer zu beschaffen war, war die griechische Allheilpflanze Sylphion. Ein reisender Heilkundiger, der am Wissen der Elfen interessiert war, brachte sie mit. Er hatte sie aus Kyrene und sie wuchs, wie er mir versicherte, nur dort. Natürlich war er vom Rat abgewiesen worden. Er war ein Außenstehender. Doch mich interessierte dieses Sylphion und darum gab ich dem Heilkundigen heimlich ein relativ unbedeutendes Rezept für einen Aufguss mit, der zum Kurieren von Vergiftungserscheinungen nach dem Verzehr verschiedener Trockenbeeren taugte. Nachdem ich die wunderbringende Rezeptur ewigen Lebens ersonnen hatte, braute ich mir und Ariax einen Vorrat, der uns bis ans Ende aller Zeiten am Leben erhalten würde. Wir füllten den hochkonzentrierten Wirkstoff in die Schnabelkanne, die Ariax speziell dafür in Auftrag gegeben hatte. Den Herrn der mystischen Wesen ließ er doppeldeutig den Deckel zieren. Zum einen, um auf den mystischen Inhalt hinzudeuten – worüber ich herzlich lachen musste, denn in meinen Augen war an meinen Rezepten nichts Mystisches. Nur das gemeine Volk sah das so – und zum anderen, um zu bekräftigen, WEM die Kanne gehörte. IHM, dem Fürsten, dem Herrn über sein Reich und mit Hilfe dieses besonderen Schatzes nun auch der Herr über den Tod. Ja, damit war er wirklich zum Herrn geworden – eine Stellung, die er sich zuvor mit den beiden anderen Kriegerfürsten teilen musste. Endlich war es ihm vergönnt, seine Visionen wahr werden zu lassen und nicht die milde Führung einer Triade akzeptieren zu müssen, in der er stets überstimmt wurde. Ich war mehr als stolz darauf, dass ich es war, die ihm dies ermöglichte.

Ich legte den Gänsekiel beiseite, rollte das Pergament und gab es zu den anderen. Dann verließ ich das Rondell, sorgte mit Wogenprall dafür, dass der Eingang einstürzte und beeilte mich, noch vor Anbruch der Dunkelheit zu meinem Geliebten zurückzukommen. Wie sehr es mich immer nach ihm verzehrte, wenn Stunden uns trennten. Und wie wohltuend die Gewissheit, dass seine Arme stets offen für mich waren, wenn ich heimkehrte.

Doch was war das? Nicht der alles erfüllende Duft von betörendem Moschus kitzelte meine Sinne, als ich die Augen aufschlug. Moment ... wann hatte ich sie geschlossen? Das Letzte, woran ich mich erinnerte war, dass ich nach Hause reiten wollte. Ich musste mir den Kopf gestoßen und die Besinnung verloren haben. Und irgendjemand hatte mir wohl geholfen. Hmmm ... kein Moschus, doch dieser Duft war auch nicht zu verachten. Ich wendete mich zur Seite – ignorierend, wie sehr mein Kopf dabei brummte – und suchte nach dem Quell dieser anregenden Mischung. Zwei tiefblaue Augen in einem sehr jungen, makellosen Gesicht sahen mich erwartungsvoll an. Eine Hand, die unmöglich die eines Bauern sein konnte, denn es fehlte an Rissen und Hornhaut, strich seidig glänzende, sonnengleiche Haare zur Seite. Ich blinzelte. Das musste ein Traum sein. Oder dies war ein Wesen aus der Anderswelt. Nie hatte ich einen Menschen von solchem Antlitz gesehen. Nicht, dass er mich gereizt hätte, seinen Zügen fehlte es an Härte, doch faszinierend war er schon.

„Wer seid ihr?", wollte ich darum wissen. „Seid ihr Belenus? Ivontucarus? Wo habt ihr mich hingebracht?" Erst jetzt wurde ich des ungewöhnlich weichen Untergrundes gewahr, der weder piekte noch kratzte. Mein Blick schweifte unruhig umher. Allerlei Seltsames fand sich um mich herum und obgleich die Wände nicht mit Teppichen behängt waren, so leuchteten sie dennoch in satten Farben und schienen ungewöhnlich gerade zu sein. Ein seltsames Gefühl der Wiedererkennung überkam mich. Ich kannte diesen Raum. Doch wie aus einem Traum.

Das Fehlen einer Antwort ließ mich zurück in die blauen Augen sehen, die nun Besorgnis ausdrückten.

„Ida, ich glaube, wir haben ein Problem", richtete Daniel sein Wort an jemand anderen, statt mir zu antworten. Daniel? Wie kam ich auf diesen Namen? Doch es war der seine, das wusste ich.

„Daniel?"

Er lächelte. „Ja. Schön, dass es dir wieder eingefallen ist. Du hast mich ganz schön erschreckt." Scheinbar war er sich jedoch der Tatsache nicht bewusst, dass sein Name nicht alles erklärte.

„Ja. Der Name war einfach da." Mein Kopf dröhnte, als wäre ein Bulldozer drüber gefahren. „Was ist ein Bulldozer?"

„Leelee, geht es dir gut?", erkundigte sich Daniel und strich mir sanft mit dem Handrücken über die Wange. Donnerwetter. Bei so zarten Händen musste das ein Gott aus der Anderswelt sein. Ich hatte nur noch nie von einem namens Daniel gehört.

„Ja, habe nur Kopfschmerzen." Moment ... ich sollte diese Leelee sein? Ja, die war ich. Ich fühlte es. Aber selbstverständlich war ich es auch nicht. Ich wusste doch, wer ich war! „Irgendwas stimmt nicht." Allmählich begann die anhaltende Verwirrung mich zu beunruhigen. Wo waren das klare Verständnis und der wache Geist geblieben, welche mir Dank meiner Begabungen stets zu eigen waren? Ich fühlte mich an diesem seltsamen Ort nicht so stark und mächtig wie zu Hause. „Bitte Daniel, bringt ihr mich zurück zu meinem Fürsten? Er wird euch gewiss reich belohnen", bat ich deshalb, denn diese Konfusion schwächte mich und das Gefühl von Schwäche gefiel mir keineswegs.

Dieser Daniel musste als Gott über weitaus größere Kräfte verfügen, als ich sie je haben würde. Er war mir also in jedem Falle überlegen. Der Gedanke kam auf, dass Menschen in meiner Gegenwart wohl so empfinden mussten. Ich gestand mir ein, dass es sich nicht besonders erstrebenswert anfühlte, auf der unterlegenen Seite zu stehen.

„Zu deinem Fürsten? Du meinst Ariax?“ Nervös richtete er seinen Blick über mich hinweg und ich folgte ihm. Eine Frau mit rotblonden Locken lächelte mich liebevoll an. Ihr Antlitz wirkte vertraut. Dennoch spürte ich ihre Unruhe.

„Dein Fürst?“, schaltete sich jemand anders ein. „Scheiße, Sweety. Du machst mir Angst. Das ist Daniels Fürst, O.K.? Wenn die alte Schweinebacke überhaupt von irgendwem der Fürst ist.“

Kichern überkam mich. Typisch Magnus.

„Wie heißt du?“, fragte Tante Ida. Augenblick ... Tante Ida? Magnus? Wer waren diese Menschen? Und woher sollte ich wissen, was typisch für sie war?

„Ich ... ich bin mir im Moment nicht sicher“, gab ich zu. Wenn das hier Wesen aus der Anderswelt waren, sollte ich ehrlich ihnen gegenüber sein. „Ihr scheint mir bekannt zu sein und von der Seite betrachtet fühle ich, dass mein Name Leelee sein muss.“

„Und von der anderen?“, erkundigte sich Daniel und klang dabei, als wolle er die Antwort lieber gar nicht hören. Doch ich beschloss, mich nicht davon beirren zu lassen und bei der Wahrheit zu bleiben. Wesen aus der Anderswelt erkannten die Lüge und sie stellten Menschen gern auf die Probe.

„Von der anderen Seite betrachtet weiß ich natürlich ganz genau, wer ich bin. In meiner Welt, nicht in der, in die ihr mich gebracht habt, ist mein Name Alveradis. Ich bin die Frau des mächtigen Ariax, einem der drei Kriegerfürsten, die über das weite Gebiet herrschen, das nur von den natürlichen Grenzen der Flüsse im Norden, Süden und Westen und dem großen Wald im Osten beschränkt wird.“

„Leelee, du ...“, begann Daniel und wagte es, mir dabei sehr, sehr nahe zu kommen. Ja, mir war beinahe, als ob er plante, mich zu küssen! Hatte ich nicht gerade sehr deutlich gemacht, wessen Gemahlin ich war?

„Daniel, ich bin mir sicher, hier in der Anderswelt seid ihr etwas ganz besonderes – auch, wenn ich von euch noch nie etwas gehört habe“, hielt ich ihn auf Abstand und nahm dabei sogar die Hände zur

Hilfe. „Doch ihr müsst ein schwerhöriger Gott sein, wenn ihr mich gerade nicht verstanden habt." Das war vielleicht nicht weise, doch auch wenn mir klar war, dass meine Begabungen nicht im Mindesten reichen würden, um mich gegen Wesen aus der Anderswelt zu behaupten, so konnte ich dennoch eine Verführung nicht kampflos zulassen – auch wenn es diesen verwirrenden Leelee-Teil in mir bei diesem Gedanken zu kribbeln begann.

Eine weilbliche Stimme, die ich bisher noch nicht gehört hatte, brach in schallendes Gelächter aus.

„Das ist nicht komisch, Cat!", kommentierte Daniel und wich dabei glücklicherweise endlich zurück.

„Doch, das ist es", widersprach sie weiterhin lachend. Ich folgte dem Laut, richtete mich auf und sah sie am Fenster lehnen. Fenster. Aha. So nannte man diese Öffnung in der Wand, durch die kein Wind eindringen konnte. Woher wusste ich so etwas? „Jetzt echt, Daniel. Bisher ist sie immer wieder richtig im Kopf geworden. Es wird diesmal nicht anders sein. Dauert halt nur bisschen länger. Und wie sie dir gerade die rote Karte gezeigt hat, das hätte ich aufnehmen sollen!" Jetzt vernahm ich auch das Kichern von Magnus. Cat lief zur Höchstform auf. „Alter, du bist hier vielleicht ne große Nummer, aber ich hab noch nie was von dir gehört. Hast du Watte in den Ohren? Schieb ab!"

„So hat sie das nicht gesagt!", grummelte Daniel in sich hinein.

„Aber gemeint!", gab ich diesem lustigen, verrückten und außergewöhnlich hübschen Krauskopf Recht – auch wenn mir ihre Ausdrucksweise sehr gewöhnungsbedürftig erschien.

„Kinder, das bringt so nichts", mischte Ida sich wieder ein, trieb Daniel mit einer Handbewegung weg und nahm an seiner Stelle neben mir Platz.

„Wie du bemerkt hast, reden wir hier in der Anderswelt ... ähm ... anders." Ich nickte. „Auch du hast hier einen anderen Namen. Lass uns doch mal so tun, als wärst du eine von uns, in Ordnung?" Das war eine seltsame Bitte, doch ich willigte ein. „Gut. Dann erkläre uns mal, so wie es Leelee tun würde, wie groß das fürstliche Herrschaftsgebiet ist."

„Vor der Fulda bis zum Neckar und vom Rhein bis zum Thüringer Wald", schoss es aus meinem Mund und ich verstand mit einem Male, dass es sich um IHRE Bezeichnungen für die Begrenzungen handelte.

Tante Ida nickte erfreut und begann mit einem Bombardement an Fragen. So rasch hintereinander, dass ich über die Antworten gar nicht nachdenken KONNTE. Sie schossen einfach heraus, wie bereits die erste.

„Woher bekommst du Milch? Wie magst du deine Limonade? Wann bist du das letzte Mal mit dem Bus gefahren? Was ist Runas Lieblingsserie? Wie hieß dein Vater? Was macht ein Imker? Mag ich Luftballons? Wie schaltet man die Mikrowelle an? Wo ist dein Fahrrad? Welche Note hast du auf deine letzte Deutscharbeit bekommen? ...“

Nach der gefühlten fünfzigsten Frage rauchte mir förmlich der Kopf und ich unterbrach sie unwirsch – oder hatte dies zumindest vor. Ehe ich ihr Einhalt gebieten konnte war mir, als liefe ich gegen eine Wand. Das Gefühl vom Bulldozer stellte sich wieder ein.

„Au“, beschwerte ich mich und hielt mir die Schläfen. „Das fühlt sich an, als hätte mich ein Bulldozer angefahren.“

„Und du weißt diesmal auch, was das ist?“, erkundigte sich mein Freund Magnus.

„Was?“

„Ein Bulldozer.“

„Was soll die Frage?“

„Ich würde sagen, sie ist wieder da“, verkündete Tante Ida, stand auf und gab den Platz für Daniel frei.

Ganz langsam drangen Erinnerungen an die vergangenen Minuten in meinen Geist, als wären es Erfahrungen aus einem Leben, welches gar nicht meines war, sondern in dem ich nur beobachtete.

„Wow ... ich bin ziemlich durcheinander.“

Daniel lächelte, beugte sich zu mir herunter und küsste mich sanft auf die Stirn. „Ich weiß. Ich bin froh, dass du wieder da bist. Ich hatte wirklich richtig Angst.“

„Das war komplett verrückt! Als wäre alles verdreht. Ich habe auf einmal aus IHRER Sichtweise gesehen und dabei sind mir meine eigenen Erinnerungen seltsam vorgekommen“, begann ich zu berichten und wurde dabei immer aufgeregter, weil es die außergewöhnlichste Erfahrung war, die mir bis dahin zuteil geworden war. „Normalerweise ist es umgekehrt. Oder es vermischt sich, aber ich DENKE trotzdem aus meiner Sicht.“ *Außer ich bediene mich der dunklen Seite, dann kommt es ebenfalls zu Identitätsproblemen,* fügte ich noch im Geiste hinzu und stockte, als mir der Grund für diesen *Ausfall* wieder einfiel. Erschrocken schlug ich mir die Hand vor den Mund. „Savannah!" Fragend blickte ich von einem zum anderen und hoffte inständig, ihr nichts angetan zu haben.

„Ihr geht es gut", ließ Daniel mich wissen, doch ich sah ihm an, dass das nur die halbe Wahrheit war. Darum wendete ich mich nun an Cat. Ein Blick genügte und sie verstand, dass ich alles hören wollte.

„Naja, wenn Magnus dich nicht umgehauen hätte ...", versuchte sie zu erklären, doch ich musste sie an dieser Stelle einfach unterbrechen.

„Du hast mich umgehauen?" Magnus wirkte, als wollte er am liebsten seinen Kopf zwischen den Schultern verschwinden lassen.

„Ähm ... ja, sorry Sweety. Aber du warst echt mies drauf. Und Daniel hatte dich noch nicht erreicht, um dich irgendwie anders runterzuholen, also ..."

„... also hast du mich umgehauen." Er nickte entschuldigend. „Das erklärt den Bulldozer."

„Jedenfalls hättest du Sav vermutlich ungespitzt in den Boden gerammt. Mit irgendwas, das du Wogenprall nanntest", fuhr Cat mit ihrer Zusammenfassung fort und fügte amüsiert hinzu: „Weißt, du, hundert Mal hab ich dir gesagt, du sollst genau das tun, aber ich meinte das im übertragenen Sinn."

Ich wusste, sie wollte mich aufheitern, doch mir war nicht danach. Ich hätte beinahe einen Menschen mit meiner Begabung verletzt und anscheinend dabei nicht den geringsten Skrupel gehabt. „Die E.L.F. nannten die Schockwelle damals Wogenprall", murmelte ich und legte meinen Kopf traurig auf Daniels Schulter, der mich sofort in seine Arme zog. „Ich nehme mir immer wieder vor, mich nie wieder dieser Schattenseite auszusetzen und komme immer wieder in Situationen, in denen ich keine andere Möglichkeit sehe, als genau das zu tun. Und dann komm ich da nicht wieder raus."

„Das wissen wir", antwortete Daniel, schloss mich noch fester in seine Arme und hüllte mich mit seinem ganzen, weltgereisten Bouquet ein, als wolle er mich damit von allem Übel fernhalten. „Wenn du es nicht getan hättest, wärt ihr vermutlich beide erstickt, also mach dir keine Vorwürfe."

„Aber Savannah ..."

„Savannah versteht es vollkommen", schaltete Ida sich nun ein. „Ich habe ihr alles erklärt. Auch, dass es nötig war, die Schattenseite zu nutzen und dass es unmöglich ist, zu kontrollieren, was dann geschieht. Sie ist dir dankbar dafür, dass du ihr das Leben gerettet hast – mehrmals, wie sie sagte – doch sie möchte mit all dem nichts zu tun haben. Sie braucht jetzt Abstand, Lioba."

Ich seufzte. „Vielleicht solltet ihr alle von mir Abstand halten."

„Laber keinen Scheiß", widersprach Magnus. „So viel Aktion hatten wir noch nie."

„Richtig!", pflichtete Cat ihm bei. „Und das lassen wir uns ganz sicher nicht mehr nehmen."

Weil ich noch immer sehr müde war und mein Kopf stetig dröhnte, verabschiedeten sich die beiden, um mir etwas Ruhe zu geben. Tante Ida widmete sich wieder ihren Aufgaben und ich schlief unruhig in Daniels Armen ein. Als ich erwachte war es bereits hell und ein Blick auf meinen Wecker zeigte mir, dass es Nachmittag war. Daniel saß mit dem Rücken zu mir an meinem Schreibtisch und suchte scheinbar etwas im Internet. Ich schlich mich an ihn heran, küsste ihn zärtlich in den Nacken und flüsterte: „Muss ich auf den Kasten eifersüchtig sein? Was ist so wichtig, dass du mich dafür allein im Bett lässt?"

Daniel nahm meine Hand, die ich auf seiner Schulter abgelegt hatte und drehte sich mitsamt dem Stuhl zu mir um. Lächelnd zog er mich auf seinen Schoß und küsste mich so zärtlich und gefühlvoll, dass es mir den Atem raubte. „Das kommt ja wohl darauf an, was in diesem Bett geschieht, nicht wahr?", kommentierte er mit verschmitztem Grinsen. „Tust du das hier ...", er fuhr mit seinen Lippen an meinem Hals entlang, dass sofort wieder kleine Schmetterlinge über meine Haut tanzten, „oder das ...", ein sachter Biss in mein Ohr und die Schmetterlinge verdoppelten ihren Flügelschlag, „dann bringen mich keine zehn Pferde aus dem Bett meiner Elfe."

„Aber?", hakte ich nach, obwohl es mir inzwischen eigentlich völlig egal war, was er am PC machte. Mich interessierte nur noch, was er gerade bei *mir* machte. Doch genau diese Frage führte dazu, dass er damit aufhörte – wofür ich mich übrigens ohrfeigen könnte – uns mit dem Stuhl herumdrehte und auf Notizen deutete, die er angefertigt hatte.

„Aber dieses Mal hast du nur sehr unruhig geschlafen und die ganze Zeit geredet. Ich dachte mir, ich sollte es aufschreiben, weil es wichtig klang und wir nicht wissen können, ob du dich auch wach noch daran erinnerst."

„Gute Idee!“ stimmte ich zu und schnappte mir sofort den Zettel. „Siebzig Teile Met, zwei Teile Weihrauch, vier Teile Myrre, neun Teile Sandelholz, ein Teil Beifuß, zwei Teile Schneckenschleim, zwölf Teile vom Sud des eingekochten Sylphion. Sechs Pflanzen für einen Teil.“ Ich musste es zweimal lesen, um mir bewusst zu machen, was ich da in den Händen hielt. „Daniel, weißt du, was das ist?“, rief ich aus und sprang von seinem Schoß. „Das ist das Rezept für den Trank! Das Geheimnis der Elfen!“ In meinem Kopf überschlug sich alles. Ein uraltes, längst vergessenes Rezept und nun hielten wir es in unseren Händen. Ob man es modifizieren könnte? Vielleicht um Alterserscheinungen vorzubeugen oder altersbedingte Krankheiten zu heilen? Die Gefahr, welche dieses Geheimnis barg, rückte in meiner Aufregung völlig in den Hintergrund.

„Schon, aber da gibt es ein Prob ...“

„Zwölf Teile vom Sud, sechs Pflanzen für einen Teil ... das macht 72 Pflanzen. Wow ... ich muss das Rezept umrechnen. Wenn ich Ariax nur eine ganz kleine Menge braue und er dann alle paar Jahre wieder drum bitten muss, könnten wir ihn vielleicht irgendwie unter Kontrolle halten.“

„Leelee ...“

„Wir müssten nur ...“

„Leelee!“

„... alles umrechnen und ganz wenig herstellen, damit er auf uns angewiesen ...“

„LEELEE!“, gelang es Daniel schließlich, meinen enthusiastischen Redefluss zu bremsen. Irritiert registrierte ich seinen skeptischen Blick.

„Was ist?“

Er schüttelte den Kopf. „Sag mal, hörst du dich selbst reden? Ariax unter Kontrolle halten? Du glaubst, dir könnte etwas gelingen, woran Generationen von E.L.F vor dir gescheitert sind?“ Als mein Freund mir meine eigenen Worte vor Augen hielt wurde mir sofort klar, wie unsinnig sich das anhörte. Die Aufregung über die Möglichkeiten, die sich im Grunde mit dem Rezept boten, war mit mir durchgegangen. Ich ließ mich auf mein Bett sinken und verbarg das Gesicht in meinen Händen.

„Daniel, was ist nur mit mir los? Immer wieder kommt so ein Gefühl hoch, alles zu können, alles zu dürfen und nicht eingeschränkt zu sein.

Es fühlt sich aufregend an, so eine Art Euphorie. An Konsequenzen denke ich dann gar nicht.“ Ich dachte an Wissenschaftler in aller Welt, denen große Erfindungen und Entdeckungen gelungen waren, welche sie euphorisch, im Glauben, damit etwas Großartiges tun zu können, teilten. Wie müssen sie sich gefühlt haben, als Waffen aus ihren Ideen wurden? Ich dachte zum Beispiel an Clara Immerwahr, die sich erschoss, als Tausende durch das Giftgas ihr Leben verloren, das sie gemeinsam mit ihrem Ehemann erfunden hatte. Dachte ich wirklich, ich sei je in der Lage, zu kontrollieren, was aus der Rezeptur würde? Zumal sie, wie ich von Alveradis selbst erfahren hatte, das Gute zerstörte und negativen Eigenschaften Vorschub gab. Nein, das gelänge mir niemals. Selbst mit den besten Absichten könnte ich nicht die Hand für den Rest der Welt ins Feuer legen. Es war richtig von Alveradis, das Gedächtnis ihrer Kinder zu blockieren. Doch weshalb hatte sie die Aufzeichnungen nicht zerstört? ... Nein, Augenblick, das tat sie. Just in dem Moment, als ich mich das fragte, drang die Erinnerung daran in mein Bewusstsein. Und wenn ich mich der Schattenseite nicht hingegeben hätte, nicht so weit in sie eingedrungen wäre, dann hätte ich mich niemals so tief mit Alveradis verbunden und die Rezeptur erfahren.

„Oh Mann, Daniel, wir müssen dem ein Ende bereiten. Irgendwie.“

„Das Ende ergibt sich womöglich von allein“, meinte Daniel und lenkte meine Aufmerksamkeit auf den Computer. „Wie ich dir gerade schon sagen wollte, haben wir ein Problem.“ Er zog den kleinen gelben Plastikhocker unter dem Schreibtisch hervor, rückte ein wenig und stellte ihn neben sich und ich schnappte mir mein Kissen um damit auf dem Hocker Platz zu nehmen. Daniel hatte die Seite von Wikipedia über Sylphion geöffnet und bereits der erste Satz ließ das Ausmaß besagten Problems offenbar werden.

„Sie ist ausgestorben????“, rief ich entsetzt aus.

„Das ist sie“, versicherte Daniel. „Ich habe dutzende Seiten und etliche Querverweise durchforstet. Tut mir leid, Leelee.“

Ich wusste nicht, was ich denken sollte, betrachtete diese Nachricht mit einem weinenden und einem lachenden Auge. Die ganze lange Suche ... alles umsonst? Nach all unseren Bemühungen entpuppte sich unsere Suche als eine Sackgasse? Die Begegnungen mit meinen Vorfahren, mit ansehen zu müssen, wie dieses kleine Mädchen mit ihren Regenbogenaugen den Tod fand, unsere Nacht in der Schule, die Gefahr, der ich meine Freunde ausgesetzt hatte – das alles war umsonst? Wozu das Ganze? Ja, gewiss, ich hatte das Rezept. Doch ich würde das GdE niemals zubereiten können. Nicht, wenn es eine der Zutaten längst nicht mehr gab. Dass Ariax nicht begeistert von dieser Nachricht sein würde, war mir bewusst. Doch was sollte ich tun? Wenn er deswegen eines Tages nachfragen würde, könnte ich es ihm erklären. Selbst er konnte nicht das Unmögliche verlangen. Nicht einmal mit all den Mitteln, die er sonst einzusetzen pflegte, konnte er seinen Willen erzwingen. Das Geheimnis der Elfen war wirklich verloren. Vielleicht nicht mit Alveradis, doch spätestens als das zarte, unverzichtbare Pflänzchen von unserer Welt verschwand – wie so viele andere. Es war verloren. Und zum ersten Mal würde der große Fürst der Kelten sich mit etwas abfinden müssen. Dennoch war ich mir selbstverständlich im Klaren darüber, dass es deswegen noch zu Komplikationen mit ihm kommen würde, denn so leicht würde er sich nicht mit dem nun wahrhaftig Unvermeidlichen arrangieren – seinem eigenen Tod. So freuten wir uns einerseits, dass Ariax irgendwann ein Ende haben würde, fürchteten jedoch seine Bemühungen, das zu verhindern.

Wir blieben wachsam.

Dachten wir.

Die Zeit verging ohne ein Zeichen von Ariax. Nicht einmal Daniel hörte von ihm. Die Herbstferien brachen an und bescherten uns einen willkommenen Altweibersommer. Mit jedem Tag, der verging und uns von unseren Erlebnissen entfernte, schwand ein wenig die Sorge ... oder besser gesagt: Sie rückte in den Hintergrund. Sie rückte in den Hintergrund und gab dem Leben Raum.

„Und du willst es mir ganz sicher nicht verraten?“, stocherte ich beharrlich, als die Tür an diesem warmen, frühherbstlichen Samstagmorgen hinter uns ins Schloss fiel. Ich war schon mit diesem kribbeligen Gefühl aufgewacht – und das, obwohl Daniel nicht neben mir lag, als ich die Augen aufschlug. Ohne dieses Kribbeln hätte mich das gewiss beunruhigt, weil ich sofort vermutet hätte, Ariax hätte ihn nun doch wieder mit irgendeiner Aufgabe vereinnahmt. Doch mit diesem Gefühl, welches ein latentes, kaum zu unterdrückendes Lächeln auf meine Lippen zauberte, war ich sicher, dass etwas ganz Wunderbares in der Luft lag. Nur die Unwissenheit über das WAS machte mich noch verrückt. Besonders die Diskrepanz zwischen dem, was mein Innerstes mir suggerierte und dem, was Daniel sagte, nachdem er – nicht minder versuchend, ein ebensolches Lächeln wie meines zu unterdrücken – mit einer Tasse von Idas leckerer Schokolade wieder auftauchte noch ehe ich den Wecker heruntergeworfen hatte, machte mich verrückt.

Während ich instinktiv nach hauchzarter Seide und einem Höschen griff, welches mir zweifellos Cat untergejubelt haben musste – ich hätte dieses winzige, spitzenbesetzte Stückchen Stoff niemals gekauft – riet Daniel mir zu bequemer Kleidung. Nicht, ohne mit schalkhaftem Grinsen hinzuzufügen, dass er aber nichts dagegen hätte, mich eines Tages nur mit diesem *winzigen Etwas* zu sehen. Eine Bemerkung, die sogleich einen angenehmen Schauer an meiner Wirbelsäule hinabprasseln ließ, der sich beharrlich über meinem Steiß festsetzte und dazu führte, dass sich der soeben erweckte Gemütszustand auch dem Blindesten in meinem dünnen Schlafanzug offenbart hätte. Verlegen schlang ich die Arme vor meiner Brust zusammen, drehte mich weg und kramte schließlich, von Daniels Kichern begleitet, etwas Bequemes aus dem Schrank.

„Leelee?“, bat er noch einmal um meine Aufmerksamkeit, als ich gerade ins Bad gehen wollte.

Ich blieb stehen und wandte mich ihm zu. „Ja?“

„Dein Hin und Her ist so verstörend wie anbetungswürdig.“

Seine offensichtliche Bewunderung ließ mich erröten. „Ich geh dann mal ...“, stammelte ich ein wenig verlegen und beeilte mich, ins Bad zu kommen.

Was konnte bloß vor mir liegen? Was hatte Daniel im Sinn? Ohhh ... bei all meinen Begabungen: Weshalb konnte ich keine Gedanken lesen?

Ziemlich verdutzt erblickte ich ein sorgsam verpacktes Geschenk auf dem Hocker neben der Dusche. Es war mit meinem Namen versehen. Natürlich erkannte ich auf den ersten Blick Daniels geschwungene Handschrift. Wunderschöne Kalligraphie. Er vermochte es, aus einem einzigen Wort ein Kunstwerk zu machen. Lächelnd strich ich darüber, ehe ich das Päckchen öffnete und neue Kleidung darin fand. Sie war nicht schlecht ... aber ... na ja, eher zweckmäßig. Bequem, wie er schon für die Wahl der Unterwäsche vorgeschlagen hatte. Zugegebenermaßen war ich ein klein wenig enttäuscht – auch wenn beide Teile genau meinem Stil entsprachen. Ein enges, weiches Top und ein unspektakuläres Oberteil für drüber. Ich hätte mir beides vermutlich auch selbst ausgesucht. Warum enttäuschte es mich dann, dass Daniel mir so etwas schenkte?

Meine Enttäuschung wandelte sich, als ich nach der Dusche bekleidet vor dem Spiegel stand und erfasste, wie gut mir die Sachen standen. Sie sahen irgendwie sexy aus – nicht auf eine verruchte, mit Satin und Seide provozierende Art, sondern auf meine. Nein, nicht sie. ICH sah sexy aus. Ein Schluss, der das Kribbeln sogleich von vorn beginnen ließ. Ich war innerlich ziemlich aufgeregt, als ich das Badezimmer verließ. Und als ich Daniel dann mit einer roten Rose auf unserer Couch sitzen sah, steigerte sich die Aufregung noch. Ich hatte regelrecht Schmetterlinge im Bauch als ich das Lächeln sah, mit dem er mich betrachtete. Das ging durch und durch. Ob er mich ebenfalls sexy darin fand?

„Danke für die tollen Sachen“, sagte ich und zupfte nervös am Bund des lindgrünen, figurbetonten Hemdes, „und für die Einladung.“

„Gern geschehen. Es steht dir gut“, machte er mir lächelnd ein Kompliment, stand auf und reichte mir gentlemanlike seinen Arm. „Wollen wir?“

Ich nickte und ließ mich gerne von ihm führen. Wie gesagt, ergab er sich auch draußen nicht meinen Fragen, wohin er mich bringen wollte. Sollte das heute etwa *der* Tag sein?

Er steuerte auf den Marktplatz zu und ich lächelte, als er mir die Tür seines Wagens aufhielt. Das alles bekam mehr und mehr den

Charakter einer ersten Verabredung. Es lag diese geheimnisvolle, wunderbare Spannung in der Luft, die alles so traumhaft machte, wenn man das erste Mal mit dem Mann ausging, in den man sich verliebte. Das hier war bei weitem nicht unser erstes Date, doch trotzdem kamen wir in den Genuss dieser Spannung. Es fühlte sich eben einfach so an, was den Gedanken, Daniel könnte etwas *ganz Bestimmtes* vorhaben, verstärkte und meinen Puls ein wenig schneller durch meine Venen pulsieren ließ.
Während der Fahrt redeten wir nicht, sondern genossen unser Zusammensein und warfen uns hin und wieder verstohlene Blicke zu. Wenn Daniel mich dabei erwischte, wie ich ihn anschmachtete, setzte er dieses unwiderstehliche Lächeln auf und ein wohliges Zittern durchfuhr meinen Körper. Es war der Begebenheit in meinem Zimmer nicht unähnlich, die er so treffend mit *Hin und Her* kommentierte. Angst vor der eigenen Courage, würde Cat das nennen. Es war aber auch wirklich seltsam, was da mit mir geschah. Als Daniel mich rigoros abwies, konnte ich gar nicht oft genug klar machen, was ich wollte. Und jetzt, wo dieses Hindernis wegfiel, schüchterten mich Daniels Blicke wieder ein und meine eigene Gedankenwelt brachte mich fast zum Erröten. Zu meiner Verteidigung muss ich hier aber anmerken, dass diese Spannung zwischen uns mit jeder Sekunde, die verstrich, mehr und mehr eine erotische Färbung annahm. Als würde sich langsam und stetig ein sinnlicher Schleier über uns legen, der andere Gedanken einfach fern hielt. Da musste sich der eigene Sinn ja zwangsläufig in diese Richtung bewegen. Und tatsächlich, jedes Mal, wenn ich Daniels Blicke auf mir spürte, wünschte ich, er würde rechts ran fahren, sich zu mir rüber beugen und meinen Hals, mein Schlüsselbein oder die empfindliche Haut meiner Kehle mit seinen Lippen liebkosen. Gleichzeitig wünschte ich, er würde es nicht tun, denn diese wundervolle Spannung wollte ich so lange wie möglich auskosten. Doch ich war sicher, dass Daniel auch ohne meine Gedanken lesen zu können, inzwischen sehr genau wusste, was in meinem Kopf - und im Rest meines Körpers - vorging, denn abermals zeichnete sich das deutlich ab – und das, obwohl ich nun weit mehr trug als nur den dünnen Schlafanzug von heute früh. Wieder verschränkte ich die Arme vor der Brust und mir entging nicht, dass Daniel sich das Grinsen verkneifen musste, als ihm das auffiel.

Ich war etwas verwirrt, als wir mitten im Nirgendwo anhielten. Na ja, *nirgendwo* war vielleicht der falsche Ausdruck. Ich wusste ziemlich genau, wo wir uns befanden. Daniel parkte an dem Waldweg, der von der Straße nach Usenborn abzweigte. Fragend sah ich Daniel an.

„Du willst zur Krömelbach?"

Lächelnd schüttelte er den Kopf und zog den Zündschlüssel aus dem Schloss. „Nein, Leelee. Es sei denn, du möchtest lieber deine verstorbene Verwandtschaft besuchen, statt...." Er hielt inne und tat, als ermahne er sich selbst nicht weiter zu reden.

„Statt was?", bohrte ich, was mir einen Blick einbrachte, der mein Blut von einer Sekunde zur anderen sowohl an den Siede- als auch an den Gefrierpunkt brachte. „Keine Verwandtschaftsbesuche", fiepte ich leise wie ein Mäuschen.

„Gut", kommentierte Daniel, als er ausstieg, öffnete die Beifahrertür, reichte mir die Hand und half mir aus dem Wagen. Es lag mir auf der Zunge schon wieder zu fragen, wohin es denn nun ging, doch da ich befürchtete, noch immer zu piepsen, schloss ich den Mund wieder und kniff die Lippen zusammen. Daniel hob verwundert die Augenbrauen, legte seine Hand in den Nacken und sah mich fragend an.

„Möchtest du mich jetzt den ganzen Tag anschweigen?", fragte er. „Das könnte ein sehr stiller Ausflug werden." Ich schüttelte den Kopf. Daniel ließ den Arm wieder sinken und strich mir mit dem Handrücken über die Wange. „Sei einfach wer du bist, kleine Elfe", beruhigte er mich und gab mir mit einem einzigen tiefen Blick seiner ozeanblauen Augen zu verstehen, dass er mich verstand. „Ich liebe dich schüchtern so sehr wie offensiv, das Mäuschen so sehr wie die starke Elfe. Ich liebe es, wenn du rot wirst, wie ich es liebe, wenn dir dein eigenes Verlangen nach mir den Atem raubt. Sei einfach, wer du bist und verstecke keines deiner Gefühle. Vertrau mir."

Unwillkürlich sammelten sich Tränen in meinen Augenwinkeln. Alles, was er sagte, war wunderschön, doch es waren die letzten beiden Worte, die mein Herz so sehr berührten, dass sich meine Augen benetzten. Ich sollte ihm vertrauen. So oft hatte er mich zu Anfang davor gewarnt, genau das zu tun. Nichts stand mehr zwischen uns. Kein Geheimnis, nichts.

Ich schmiegte mich an Daniels Brust und legte die Arme um ihn. Ganz langsam, wissend, dass dieser Duft das Kostbarste war, womit meine Lungen sich füllen konnten, atmete ich ein. Wie immer überwältigte es mich. Müsste ich nicht inzwischen daran gewöhnt sein? Schließlich entführte dieses Bouquet mich inzwischen sogar jede Nacht an die schönsten Orte und ließ Träume entstehen, so real, als sei ich dort gewesen. Nein, ich würde mich niemals daran gewöhnen.

„Komm", flüsterte der Verwirrer meiner Sinne und löste sich von mir. „Ich habe einen unglaublichen Ort entdeckt." Ich nickte und folgte seiner unausgesprochenen Aufforderung, unsere Hände zu verschränken. Statt den linken Weg einzuschlagen, den ich kannte, leitete Daniel mich nach rechts auf einen stark zugewucherten Waldweg, den ich tatsächlich noch nie gegangen war. Langsam wurde ich neugierig, was sich am Ende dieses unwirtlich erscheinenden Pfades verbarg. Der sanfte Wind wehte mir den Geruch von Pilzen, Harz und Tannen in die Nase. Ein unwiderstehlicher Waldgeruch, der sich mit jedem Meter, den wir uns von der Zivilisation entfernten, verstärkte.

Hier und da ein Blick, stützende Hände, wo der Untergrund uneben wurde, ein verschmitztes Lächeln ... das alles steigerte die Spannung zwischen uns und führte dazu, dass uns dieser sinnliche Schleier, den ich schon zuvor wahrnahm, verdichtete, was sich besser anfühlte, als ich es je beschreiben könnte.

Ab und zu spürte ich einen Druck, eine Delle darin. Etwas wollte hindurchdringen, wollte mir etwas mitteilen, doch ich wollte nicht zuhören. Kein ungutes Gefühl sollte sich nun noch zwischen uns zwängen. Unerheblich, wer sich gerade den Fuß verstaucht hatte oder unter Liebeskummer litt: Ich würde heute nicht darauf reagieren. Und etwas Schlimmeres konnte es nicht sein. Alles war in Ordnung, Tante Ida sammelte heute Kräuter und Zweige für Räucherwerk, Runa hatte erst gestern aus dem Ferienhaus ihrer Freundin angerufen und Ariax machte, soweit Daniel wusste, gerade die Bretagne unsicher. Es bestand also kein Grund zur Sorge. Ich nutzte meine Energie, um diesen wundervollen, isolierenden und verführerischen Schleier zu verstärken und gab ihm dafür all die Gedanken, die auszusprechen Schamesröte in mein Gesicht treiben würde.

Unvermittelt blieb Daniel stehen und hielt auch mich auf, als wir an eine Stelle kamen, an der das dichte Blätterdach der Sonne gestattete, hindurch zu strahlen. Wie im Spot eines Bühnenstücks stand ich da, von Daniels bewunderndem Blick gefangen.

„Leelee, du machst mich wahnsinnig!“, hauchte er mir ins Ohr. Sein Atem ging etwas schwer und als ich ihn auf meiner Haut spürte, durchzog mich sofort wieder dieser wohlige Schauer. Ich schloss die Augen und spürte, wie er mir die Haare aus dem Nacken strich und mich zärtlich küsste. Erst unterhalb meines Ohrläppchens, dann am Schlüsselbein. Mit seiner Hand strich er ganz langsam über meine Haut am Rundhalsausschnitt meines Hemdes, stoppte in der Mitte und öffnete den obersten Knopf. Vorsichtig streichelte er abwärts bis zum nächsten Knopf und öffnete auch diesen. Mir wurde ganz schwindlig von dem Gefühl, das er in mir entfachte.

Ich spürte seine Lippen an meiner Haut entlangstreifen bis zur Senke an meinem Hals, die er kurz küsste, ehe er seinen Hauch hinauf über mein Kinn fortsetzte. Ich zitterte in Erwartung eines Kusses, doch ich spürte nur Daniels Atem - seine sehnlichst erhofften Lippen berührten mich nicht. Verwirrt öffnete ich die Augen. Ein kurzes, schelmisches Lächeln und er kam mir noch näher. Es war fast so, als berührten sich unsere Lippen - doch nur fast. Die Spannung war kaum zu ertragen. Ich versuchte, die letzten Millimeter zu überbrücken, doch er wich zurück. Als ich ihn verdutzt ansah, kam er wieder näher und ich versuchte es erneut - doch abermals wich er zurück und lächelte verschmitzt.

Dieses kleine Spiel wiederholte sich noch einige Male, während er einen weiteren Knopf an meinem Hemd öffnete und seine Fingerspitzen mit einer Sanftheit meine Haut verwöhnten, die meinen Kopf zum Schwirren brachte. So oft ich es versuchte, ich erreichte seine Lippen nicht. Es war fast wie die Qual des Tantalos, vor dem das Wasser zurückwich, sobald er davon trinken wollte. Doch mich dürstete nicht nach Wasser, sondern nach Daniels Lippen. Es dürstete mich so sehr, dass ich glaubte, ich müsse den Verstand verlieren. Wie von selbst fuhr ich schwerere Geschütze auf, hakte meine Zeigefinger in Daniels Gürtelschnalle und zog ihn dicht an mich heran. Doch nicht nur das. Ich zog ihn auch innerlich an mich heran. Es ist schwer zu beschreiben, was ich da tat, doch es war, als hakte ich mich mit meiner Energie bei ihm ein und zog ihn herüber. Nicht folgenlos. Unwillkürlich stöhnte er leise auf, was mir ein unbeschreibliches Triumphgefühl bescherte. Das verflog jedoch sogleich, denn statt mich wie erhofft zu küssen, nahm Daniel meine Hände, um mich zu hindern, ihn zu ziehen und wich nun gänzlich zurück. Ich erschrak zuerst etwas, hatte mit einem

Mal seinen Rückzug am See vor Augen, doch dann sah ich wieder dieses geliebte Lächeln, welches er stets zu unterdrücken versuchte.

„Sie schummeln, Lioba le Fey!“, knurrte er mit gemimter Entrüstung und spielte damit auf die Nutzung meiner elfischen Begabung an.

„Vielleicht muss ich schummeln, wenn sich mein Freund wie ein griechischer Gott aufführt“, konterte ich zu seiner Verwirrung. Ich sah ihm an, dass er meinem Gedankengang nicht im Geringsten folgen konnte und grinste. Doch seine Verwirrung sollte nur von kurzer Dauer sein.

Glucksend schüttelte er den Kopf. „Jetzt habe ich es verstanden! Ein griechischer Gott! Ich dachte erst, was meint sie denn nun?

‚Auch den Tantalos sah ich, mit schweren Qualen belastet.
Mitten im Teiche stand er, das Kinn von der Welle bespület,
Lechzte hinab vor Durst, und konnte zum Trinken nicht kommen.
Denn so oft sich der Greis hinbückte, die Zunge zu kühlen;
Schwand das versiegende Wasser hinweg, und rings um die Füße‘

Doch war es denn wirklich so schlimm, mein süßer kleiner Tantalos?“, neckte er mich nach diesem eindrucksvollen Zitat.

„Und wie!“, versuchte ich möglichst glaubhaft zu behaupten und stemmte zur Bekräftigung noch meine Arme in die Hüfte. Nichtsdestotrotz konnte ich mein Erstaunen darüber, dass er diese Zeilen auswendig kannte, kaum verbergen. Es gab wirklich immer wieder etwas an ihm, das ich noch nicht wusste.

„Na dann!“, lachte Daniel, kam näher und gab mir endlich den Kuss, nach dem ich mich so verzehrt hatte. Es war nicht das Gleiche, die knisternde Spannung, die mich zuvor auf Erlösung hoffen ließ, war dahin. Trotzdem wurden mir die Knie weich, als wir den Kuss vertieften und unsere Zungen sich zu einem zärtlichen Tanz vereinigten.

Ich kann nicht genau sagen, wie lange wir so dort standen, doch irgendwann löste Daniel sich von mir und sah mir tief in die Augen. „Eigentlich wollte ich dich noch zu einem gemütlichen Picknick einladen, doch ich muss dir ganz ehrlich sagen, dass mir gerade nicht nach essen zumute ist“, sagte er mit dieser rauchigen Ruhe in der Stimme, die mir einen Schauer über den Rücken jagte. „Oder legst du Wert darauf?“

„Mir steht der Sinn eher nach etwas anderem“, antwortete ich und war überrascht, dass meine Stimme nicht minder belegt klang. Daniel lachte verhalten und brachte mich zum Quieken, als er mich in einer blitzschnellen Bewegung auf seine Arme lud. Ich schlang die meinen um ihn und wich seinem vielsagenden Blick nicht eine Sekunde aus, als er mich mitten in den Ring aus schwarzem Basalt hineintrug.

„Ein alter Steinbruch vermute ich“, beantwortete er meinen fragenden Blick. „Ich hab gehört, es wird Backöfchen genannt.“ O.K., das hatte ich sogar schon mal gehört. Aber zugegebenermaßen interessierte mich das in diesem Augenblick nicht die Bohne.

Unter tausenden von Küssen, die wie winzige Flammen über meine Haut wanderten, legte Daniel mich behutsam auf einer dicken, warmen Wolldecke ab, die zu meiner Überraschung an einer kleinen, verträumten Wasserstelle lag, die mir zuvor noch gar nicht aufgefallen war. Das hohe Gras und die knorrigen Bäume hatten den klaren Teich erfolgreich verborgen.

„Ich möchte, dass du die Augen schließt und einfach nur genießt, Leelee“, hauchte er mir ins Ohr, bevor er damit begann, an selbigem zu knabbern. „Nicht bewegen, nicht blinzeln, einfach nur genießen, ja?“ Ich summte zustimmend. Den Gefallen tat ich ihm gerne. Es war so wunderbar, so befreiend, Daniel so sehr zu vertrauen, dass ich mich einfach wohl und sicher fühlte und mich fallen lassen konnte. Befreit von Erwartungen, die es zu erfüllen galt. Der sinnliche Schleier, der alles andere fern hielt, ließ nichts mehr hindurchdringen. Keine Störung. Es gab nur noch Daniel und mich. Zwar wusste ich nicht, was Daniel vorhatte, doch ich war sicher, dass er nie etwas tun würde, das mir nicht gefallen könnte. Also schloss ich die Augen. Ich hatte die Knöpfe an meinem Hemd nicht wieder geschlossen. Warme Fingerspitzen streichelten über die Stellen, die sie zuvor geöffnet hatten, bis sie zum ersten Geschlossenen kamen. Ganz langsam öffnete Daniel die Restlichen - einen nach dem anderen. Dabei berührte er immer wieder scheinbar rein zufällig meine Haut. Diese kurzen Berührungen waren jedes Mal wie kleine Stromschläge, als würde sich zwischen uns ununterbrochen eine gewisse elektrische Spannung entladen. Eine Spannung, die mich wünschen ließ, er würde endlich richtig zupacken. Doch wieder neckte er mit diesem Tantalos-Spiel und machte mich damit völlig verrückt.

Als ob er ahnte, dass ich kurz davor war, mit gespielter Entrüstung zu protestieren, nahm er meinen Arm und zog mich hoch bis ich saß. Ich spürte, wie mein Hemd langsam an meinen Schultern heruntergeschoben wurde und für einige, winzige Augenblicke seine Fingerspitzen auf meiner nackten Haut, die in Flammen aufzugehen schien. Mein Puls beschleunigte sich zusehends. Als Daniel mich des Oberteils entledigt hatte, spürte ich unvorbereitet seinen Atem an meinem Bauch.

Nichts zu sehen war eine neue Erfahrung. All die Berührungen kamen so abrupt, so unvermutet. Es war sehr intensiv und mir stockte der Atem. Knurrend biss Daniel in den unteren Rand meines kurzen Tops und begann damit, es mir auf diese Art hochzuziehen. Das kam so plötzlich und unerwartet, dass ich leise stöhnte, obwohl er mich noch nicht einmal berührte. Es ist kaum zu beschreiben, wie sehr ich Daniel inzwischen wollte, wie sehr ich wollte, dass er sich nehmen würde, was ihm längst gehörte, doch ich riss mich zusammen und genoss weiterhin geduldig sein Spiel. Daniel schaffte es tatsächlich, mir das Top mit den Zähnen auszuziehen, ohne mich ein einziges Mal zu berühren. Ich hätte nie gedacht, dass es so sinnlich, so erregend sein kann, nicht berührt zu werden.

„Wie schön du bist", murmelte er. Ich spürte, dass er um mich griff, wie in einer Umarmung, doch er streifte mich nicht einmal. Und doch war es ein solch intensives Gefühl, dass ich manchmal dachte, ihn zu spüren.

Meine Sinne spielten völlig verrückt. Ich konnte nicht mehr sagen, ob er mich tatsächlich hauchzart anrührte oder ob ich es mir nur einbildete. Ein erotisches Knistern lag in der Luft und brachte meine Muskeln zum Zittern. In dieser Umarmung öffnete Daniel auch noch das letzte, schützende Kleidungsstück meines Oberkörpers. Wie gern hätte ich die Augen geöffnet, um seinen Blick zu sehen! Doch eigentlich musste ich das gar nicht. Ich fühlte ihn. Es war, als könne ich spüren, wie sich Daniels verlangender Blick in meine Haut brannte. Ja, es war, als könnten meine übrigen Sinne es sehen. Unglaublich. Diese Gefühle hätten jedwede Gegenwehr im Keim erstickt – sofern es die meinerseits je gegeben hätte. Beinahe, als wäre ich ihm ausgeliefert – auf eine wundervolle, erstrebenswerte Weise. Ähnlich unserer ersten Begegnung – wenngleich es damals auch äußerst bedrohlich war.

Ganz kurz blitzte der Gedanke auf, wie ausgeprägt seine kognitiven Fähigkeiten wohl sein könnten. Doch der Gedanke verstrich so schnell wie er kam, hinweggetragen von dem süßen Schleier, der uns vom Rest der Welt trennte, als Daniel mich sanft zurück auf die Decke drückte. Nicht mit den Händen, nein, die enthielt er mir noch immer vor, sondern auf eine viel verlockendere, atemberaubendere Art und Weise. Mein Atem stockte, als er mich mit seinem bloßen Brustkorb zart aber unerbittlich zurück in eine waagrechte Position brachte. Diesen fantastischen, seidigen Oberkörper an meinem zu spüren brachte mich zum Erbeben und ich wünschte mir in diesem Moment nichts mehr, als dass er sich nicht mehr von mir lösen würde - doch genau das tat er.

Himmel, wollte er mich töten? Bis zu diesem Tag wusste ich nicht, dass man jemanden so sehr begehren konnte, dass man unwillkürlich glaubt, sterben zu müssen, wenn man ihn nicht bekommt. Warme, überraschend auftauchende Fingerspitzen an meinen Hüften retteten mich vor diesem süßen Ende. Ganz zart strich Daniel am Rand meiner Jeans über meine Haut - von außen nach innen – und hinterließ eine Spur, die knisternde Funken tief in mich hineinjagte. Am Knopf hielt er kurz inne und ich konnte sein unterdrücktes Grinsen fast sehen, als ich in einem Hauch von Panik, er könnte das hier beenden, die Luft anhielt. Hörte ich da ein Schmunzeln? Ooohhhh ... ich wollte die Augen öffnen! Meine Hände benutzen! Nein, nur genießen sollte ich. Und war das hier bisher nicht der intensivste Genuss, den ich je erleben durfte?

Das leise Knacken meines sich öffnenden Knopfes wirkte gleichermaßen erlösend als auch anspannend. Daniel ließ seine Finger wieder an meiner Taille wandern und zu beiden Seiten den Bund meiner Jeans packen. Ich wollte schon einwenden, dass er sie so nicht herunter bekommt, als ich plötzlich seine Nasenspitze an meinem Bauchnabel spürte – was jede verbale Äußerung praktisch unmöglich machte. Eine Spur heißen Atems glitt tiefer hinab bis Daniel mit den Zähnen meinen Reißverschluss fasste und ihn langsam öffnete. Die gehauchte Wärme dort an meiner Haut zu spüren war ... unvergesslich. Keine Worte könnten das je treffend beschreiben. Ich atmete schwer und zitterte am ganzen Körper vor Erregung. Als mein Verführer begann, mir die Hose herunterzuziehen, hob ich ein wenig meinen Po an und er kicherte.

„Solltest du nicht nur genießen, meine Elfe?“, flüsterte er neckend.

„Hmmmm“, gab ich ihm lächelnd Recht. Es lag mir auf der Zunge einzuwenden, dass ich weder meine Hände benutzt noch geblinzelt hatte, doch ich verkniff es mir, das zu sagen. Um nichts auf der Welt wollte ich unterbrechen, was gerade im Gange war – schon gar nicht durch eine neunmalkluge Äußerung.

Irritiert nahm ich wahr, dass Daniel sich kurz entfernte. Unweit von mir raschelte es. Als ob etwas ausgepackt wurde.

Völlig unerwartet kitzelte besonders angenehmer Rosenduft intensiv meinen Geruchssinn. Zwar lag dieser Duft bereits die ganze Zeit schon in der Luft, was mich eigentlich zu der Annahme geführt hatte, hier stünde irgendwo in der Nähe ein wild wucherndes Rosenstöckchen, doch als ich die Intensivierung mit dem Rascheln in Verbindung brachte, erkannte ich, dass mein Freund diese Rosen gekauft hatte. Eine davon hielt er mir nun direkt unter die Nase. Ich atmete den schweren Duft tief ein und lächelte.

Unwillkürlich zitterte ich, als Daniel begann, mich mit der Rose zu streicheln. Er ließ sie über mein Gesicht wandern, an meinem Hals hinab, bis zu meinen Brüsten. Die Blüte kitzelte angenehm auf meiner Haut. Daniel strich damit an meinem Bauch hinab, stoppte kurz unter dem Bauchnabel und setzte die Blüte dann an meinem rechten Knie wieder an. Ich stöhnte leise unter dieser zarten Berührung. Er führte die Rose an meinen Schenkel hinauf und rutschte dabei immer weiter zur Innenseite. Ich japste nach Luft als er ganz kurz mein Höschen streifte, das noch immer meine intimste Stelle verhüllte. Und plötzlich war die Rose weg. Ich hörte sie irgendwo ins Gras fallen. Ich hörte auch, dass Daniels Atem mittlerweile genauso schwer und unstet wie meiner ging.

Endlich, nachdem ich schon vor Verlangen nach ihm fast verrückt geworden war, legte Daniel seine samtenen Lippen auf meine. Der Kuss fühlte sich gleichsam nach einer Erfüllung, als auch nach einem Vorboten an. Wie ein Versprechen, in eine Welt entführt zu werden, die ich bisher noch nicht kannte und nur mit dem Mann, den ich liebte, betreten wollte. Daniel nahm meine Hand und führte sie zu seinem Schulterblatt – ein Zeichen, dass ich ihn nun endlich ebenfalls berühren durfte. Meine Finger glitten zitternd über seine Haut. Unser Kuss endete und ich öffnete selig meine Augen, um in den seinen zu versinken. Wie er mich ansah ... ein Ausdruck puren Glücks, tiefer Zufriedenheit und sinnlicher Erwartung. Die seidigen Haare umrahmten sein Gesicht zu beiden Seiten und ihre Spitzen kitzelten mein Schlüsselbein. Ich ließ meine Hand von der Schulter gleiten, um sie zurückzustreichen und Daniels Gesicht nicht im Schatten zu sehen.

Seine wundervollen Züge sollten sich in der Sonne widerspiegeln, die über uns hoch am Himmel stand. Ich kniff die Augen zusammen, als ich dabei kurz in das brennende Grell hineinsah – und registrierte nur eine Millisekunde später, dass ich noch etwas anderes gesehen hatte. Verwirrt hob ich die Hand zu meinen Augen und schaute noch einmal genauer hin. Daniel folgte fragend meinem Blick.

„Runa!“, rief ich im ersten Augenblick geschockt aus, als ich meine Schwester – oder besser gesagt: Ein Abbild von ihr – neben uns auf der Wiese stehen sah. Sie war nicht wirklich dort, nur ein durchscheinendes, wehendes Bildnis ihrer selbst, dass sich mit einer Hand die Augen zuhielt, um nicht mit anzusehen, was wir taten und mit der anderen Hand wild winkend um meine Aufmerksamkeit buhlte. Auf meinen Schrei hin öffnete sie zwei Finger, um hindurch zu spähen, schloss sie aber gleich wieder.

„Runa?“, fragte Daniel, setzte sich auf und schaute sich um.

Hektisch schnappte ich mir Daniels Shirt und zog es über. „Ja, jedenfalls irgendwas von ihr. Sieht aus wie ein Geist oder so.“ Daniel nickte verstehend. Ihm war ein solches Phänomen nicht unbekannt. Schließlich hatte ich ihn selbst schon einmal auf diese Weise *besucht*. Nur wusste ich natürlich nicht, dass ich damals so ausgesehen hatte wie Runa jetzt. Ebenso wenig wusste ich, dass sie so etwas konnte. „Uuugghhh...“, machte ich, als der Schleier, den ich so bereitwillig zugezogen hatte, verschwand und mich mit einer unerträglichen Intensität meiner unguten Vorahnungen konfrontierte. „Verdammt, Daniel. Irgendwas passiert. Ich fühle es!“

Sorgenvoll trat ich vor meine Schwester, die abermals durch ihre Finger blinzelte und dann die Hand sinken ließ. Sie schien sichtlich froh zu sein, dass ich nun – zumindest teilweise – bekleidet vor ihr stand. Sofort fing sie an, aufgeregt etwas mitzuteilen. Das Problem war nur – ich hörte nicht ein einziges Wort. Sie wirkte aufgebracht, besorgt, was meine aufkeimende Besorgnis zusätzlich verstärkte.

„Runa, ich höre dich nicht!“, unterbrach ich sie. Sie ließ die Hände sinken, mit denen sie gerade noch wild gestikuliert hatte, um damit zu unterstreichen, was bei uns leider nicht ankam und sah mich mit einem Ausdruck an, der zeigte, dass ihre Situation – was auch immer diese gerade war – sie völlig überforderte. Ich brauchte nicht lange zu überlegen, was ich tun könnte. Meine Intuition übernahm wie schon so oft ganz selbstverständlich die Führung. Dem geschockten

Gesichtsausdruck meiner kleinen Schwester trotzend, ging ich einfach ... wie soll ich sagen ... in sie hinein. Ein seltsames Gefühl. Ich spürte nach wie vor den lauen Herbstwind meine nackten Beine streifen, roch die alten Bäume, die Rosen und alles um mich herum, hörte das Zwitschern der Vögel, doch sah mit einem Male etwas ganz anderes. Unversehens fand ich mich in der Kabine einer Toilette irgendeines Restaurants wieder und sah durch Runas Augen. Es war mir nicht möglich zu fühlen, was in ihr vorging. Ich konnte auch keinen Blick auf ihre Gedanken werfen. Ich konnte nur durch ihre Augen sehen – und da sah ich nichts als die mit wasserfesten Stiften bekritzelte Tür der Toilette. Wie sollte ich so herausbekommen, was los war?

„Runa, bitte steh auf und schau auf das, was dich beunruhigt“, verlangte ich. Kurz schoss mir Gedanke durch den Kopf, sie könnte ihre erste Periode bekommen haben und deshalb so aufgeregt sein. Doch das passte nicht zu den Warnungen, die inzwischen so laut wie Alphörner in meinem Innern dröhnten.

“Was ist? Will sie das nicht?”, fragte Daniel, als er auf meine Aufforderung hin keine Reaktion vernehmen konnte.

„Wie soll ich dir helfen? Bitte, nur ein Blick!“, bekniete ich sie schon beinahe.

Endlich stand meine Schwester auf und öffnete die Tür. Sie ging an den Waschbecken vorbei auf die zweite Tür zu und öffnete sie gerade so weit, dass ich hindurchspähen konnte. Ihr Blick fiel auf ihre Tasche, die einsam auf einem der Tische des Fastfood-Restaurants stand. Das war an sich schon ungewöhnlich, denn Runa war nicht so leichtfertig, sie einfach dort zu lassen ... es sei denn, sie war nicht allein und wollte jemandem das Gefühl vermitteln, gleich wiederzukommen. Selbst – oder gerade weil sie merkte, dass etwas nicht stimmte. Sehr klug von ihr, stellte ich anerkennend fest.

„Wer ist hier?“, fragte ich, worauf ihr Blick suchend durch das Lokal schweifte. Sie schien nicht zu finden, wen sie suchte und schaute zurück zum Tisch. Ich erstarrte. Erst jetzt fiel sie mir auf! Eine schwarze, glatte Lederjacke hing über einem der Stühle an dem Tisch. Unvermittelt stiegen mir Tränen in die Augen und ich schnappte nach Luft, wegen der unglaublichen Machtlosigkeit, die ich in diesem Moment verspürte. Verdammt! Wie sollte ich Runa schützen?

„Leelee, was ist?“, fragte Daniel besorgt, der meine Reaktion natürlich sehen konnte.

„Latène!“, ließ ich ihn wissen, worauf ich ein tiefes Grollen vernahm. „Ich sehe nur die Jacke. Irgendein Latène ist hier.“

Runa blickte wieder auf die Tasche. Wahrscheinlich überlegte sie, wie sie die wiederbekommen sollte, ohne dem Latène in die Arme zu laufen, doch mich brachte das auf eine Idee. „Daniel, nimm bitte mein Handy und ruf Runa an! Runa, bleib, wo du bist, o.k.?“ Es folgte keine Reaktion, also nahm ich an, dass sie dies befolgen würde. Ich hörte Daniel tippen und fühlte kurz darauf das Handy an meinem Ohr. Ihm war wie mir klar, dass er unmöglich dran gehen könnte. Das würde viel zu sehr offenbaren, wie sehr er auf unserer Seite stand – statt auf der, zu der er sich per Eid verpflichte hatte.

Das Freizeichen ertönte. Einmal ... zweimal ... Ein dicker Mann, der in der Schlange vor der Theke stand, ging einen Schritt zur Seite, weil jemand mit einer Tasse Kaffee in der Hand durch wollte. Er war dunkel gekleidet, ganz im Stil der Latène, doch das dämliche herabhängende Plakat vom Angebot des Monats verhinderte, dass ich sein Gesicht sehen konnte. Dreimal ... viermal ... Der Mann wendete uns den Rücken zu und setzte sich. Langes, rotbraunes Haar war im Nacken sorgfältig zu einem Zopf gebunden. Mit gefror das Blut in den Adern. Nein, das konnte doch nicht ... fünfmal. Er stellte den Kaffeebecher hin, nahm ohne zu zögern Runas Handy aus der Tasche, klappte es auf und erkannte damit sofort, dass ich es war, die anrief. Wie ich es mir gedacht hatte, nahm er das Gespräch an.

„Hallo, meine Liebste. Wie mich das freut, von dir zu hören“, ließ diese besorgniserregend ruhige, leise Stimme die Tränen ungehindert über meine Wangen strömen. Ich schluchzte. Es war nichts, was ich hätte vermeiden können. Dieses widerwärtige Arschloch von einem Fürsten war hinter meiner Schwester her – und ich war nicht in der Lage, das irgendwie zu verhindern.

„Wenn du sie anfasst, töte ich dich!“, sprudelten die Gefühle einfach aus mir heraus. Sehr unvernünftig. Doch wie hätte ich mich in einem solchen Augenblick kontrollieren sollen? Ich war völlig außer mir. „Das schwöre ich dir bei allem, was mir wichtig ist!“

Ein verhaltenes Kichern verdeutlichte mir noch mehr meine Ohnmacht. Ariax lehnte sich leger zurück und legte den Arm auf die Lehne des Stuhles, an dem Runas Strickjacke hing. „Nana, mir scheint, du musst noch viel lernen, Liebste. Doch ich danke dir dafür, mir deinen wundesten Punkt offenbart zu haben. Das zeugt von Vertrauen.“

„Ich vertraue dir nicht in tausend Jahren, Ariax", erwiderte ich. Ich spürte, wie meine innere Kraft mir dabei half, die Emotionen im Zaum zu halten.

„Oh doch, das tust du. Und das solltest du auch, meine Blume. Vertrau auf meine Worte. Sagte ich dir nicht, dass ich etwas haben möchte und mich genötigt fühlen könnte, es zu erzwingen, wenn du es mir nicht bringst? Wie du siehst lüge ich nicht. Deine Schwester ist übrigens recht hübsch. Eine Zierde, wenn auch nur eine unbedeutende Feldblüte im Gegensatz zu dir. Es wäre wirklich zu schade, wenn ..."

„Aber ich kann es dir nicht geben, Ariax!", unterbrach ich ihn. Seinen letzten Satz wollte ich lieber nicht zu Ende hören. „Ich habe die Rezeptur, doch es zu brauen ist nicht möglich. Eine der Zutaten ist eine Pflanze, die seit mindestens 1600 Jahren ausgestorben ist." Meine Hoffnung war, dass dies dem Fürsten die Unmöglichkeit seiner Forderung klar machen würde und tatsächlich trat ein Augenblick des Schweigens ein. Damit hatte er anscheinend nicht gerechnet.

„Ob sie wohl Begabungen hat?", fragte er plötzlich, als hätte es meine letzten Worte überhaupt nicht gegeben. „Ich bin sicher, es würde mir große Freude bereiten, das herauszufinden. Eine weitere Hexe bei meinen Vertrauten wäre angenehm."

Angespannt ballte ich die Fäuste. „Bitte Ariax, lass sie in Frieden. Sie ist noch ein Kind." Mühevoll unterdrückte ich emotionale Ausbrüche. Ariax lehnte sich nach vorn, stützte die linke Hand in die Hüfte und hob erhaben den Kopf. Sogar von hinten war seine Überlegenheit damit nur allzu deutlich dargestellt. „Dann, meine Liebste, hör mir genau zu: Ich weiß, dass die Schnabelkanne leer ist. Dort bewahrte Alveradis den Trank immer auf. Doch ein winziger Tropfen, eine Notreserve, befindet sich in der goldenen Kette, die im Museum ausgestellt ist. Bring mir diesen Tropfen. Oder deine Schwester wird eines Tages einfach verschwinden." Es war praktisch ein Ding der Unmöglichkeit, an diese Kette heranzukommen. Doch es war der einzige Ausweg, den Ariax mir offerierte. Ich erinnerte mich daran, dass ich damals im Museum dachte, man könne die Spitzen des fürstlichen Halsschmucks irgendwie öffnen. Darin musste sich dieser Tropfen befinden.

„Einverstanden." Ohne Erwiderung legte Ariax auf, klappte das Handy zu und steckte es in die Tasche zurück, ehe er aufstand und das

Restaurant verließ. Erleichtert atmete ich auf und trat einen Schritt zurück, um Runa zu verlassen. Matt lächelte ich Daniel an, dessen Sorgenfalten nicht zu übersehen waren. Was er von diesem Gespräch mitbekommen hatte, beunruhigte ihn sehr. Doch ehe er etwas sagen konnte, rief ich zuerst noch einmal Runa an, um sie zu beruhigen.

Jeanette, ihre Freundin, war mit ihrer Mutter zu einem *Mutter-Tochter-Wellness-Ding*, wie Runa es nannte, im Salon nebenan. Runa hatte keine Lust dort zu warten und wollte derweil eine Portion Pommes essen gehen. Das war der Grund, weshalb sie überhaupt allein dort war. Ariax musste sie genau beobachtet haben, um den richtigen Moment abzupassen. Ich machte mir große Vorwürfe, die inneren Warnungen einfach ausgesperrt zu haben. Während des Telefonats kamen Mutter und Tochter zurück und ich war sehr beruhigt, dass sie den Rest des Tages alle gemeinsam verbringen würden.

Seufzend warf ich einen Blick zu der Wolldecke, die vereinsamt im hohen Grasbett lag. Sämtliche Romantik und was ich sonst noch alles vor gefühlt endlos weit entfernter Zeit empfunden hatte, war dahin.

Daniel reichte mir die Hand. „Hey“, flüsterte er einfühlsam, „wir haben alle Zeit der Welt.“

Nickend gab ich ihm Recht. Trotzdem stimmte es mich traurig, dass es scheinbar immer irgendetwas gab, was uns abhielt. In diesem Fall dieser dreckige, fiese ... Ich spürte erneut Verärgerung über Ariax aufkeimen und schlug sie zurück. Ich musste mir nicht auch noch den Rest des Tages von ihm verderben lassen. Auf keinen Fall konnte ich zulassen, dass er sogar abwesend so viel Macht über meine Emotionen hatte, dass es mich beeinflusste. Ich ließ mich von Daniel auf die Decke ziehen, der sich breitbeinig hinter mich setzte und umarmte. Er sagte kein Wort. Ich glaube, er spürte wie angespannt ich noch immer war und gab mir einfach die Möglichkeit, wieder runter zu kommen. Die dünnen Grashalme bewegten sich sachte im Wind hin und her und hin und wieder fielen Blätter in wilden Kreisen von den Ästen der urwüchsigen Bäume am Rand der kleinen Wasserstelle. Ich nahm all das in mich auf und spürte, dass mich dieser Pfad genau dort hinführte, wo ich die ganze Zeit hätte sein sollen. Diese innere Ruhe.... dieser Einklang mit allem, was mich umgab ... ich musste lernen, mir das auch in schwierigen Situationen zu bewahren.

Daniel küsste meine Schläfe, als er spürte, dass es mir besser ging. „Leelee?“, begann er und ich hörte aus dem Tonfall noch immer seine

Besorgnis heraus. Wie einfühlsam, dass er damit wartete, bis ich so weit war.

„Ja?"

„Es war nicht besonders weise, Ariax den Tod anzudrohen, findest du nicht? Ich fürchte, du bist dir noch immer nicht im Klaren, WEN du da bedroht hast, und …" Er stockte.

„Und?"

„Und ich denke nicht, dass du so etwas fertig bringen würdest, was Ariax wahrscheinlich genauso klar ist, und somit ist die Gefahr aus deiner Drohung genommen, ihm aber eine Handhabe zur Reaktion gegeben."

Ich drehte mich ein wenig um, um ihm in die Augen zu sehen. Mir gefiel nicht, was ich sah. Dieser sorgenvolle Blick. Dieses Bedauern. Es lag schon wieder auf seinen Zügen. Kopfschüttelnd legte ich ihm die Hand auf die Wange.

„Nein, Daniel. Du irrst dich. Niemand als ich weiß besser, wen ich da bedrohte. Glaub mir. Ich habe nicht nur von seinen Taten gehört. Nein, ich habe sie erlebt. Seit meiner Erfahrung mit Alveradis ist ihre Erinnerung für mich so real und präsent, als wäre sie meine eigene. Sie hat ihn unterstützt, hat nicht minder schwere Verbrechen begangen und es ist, als wäre ich das gewesen." Ich seufzte und blickte unter mich. Es war nicht leicht zuzugeben, was ich auf dem Herzen hatte, doch wenn es einer wissen sollte, dann der Mann, den ich liebte. „Ich weiß sehr genau, wie es sich anfühlt zu töten, Daniel. Und – so schwer es mir auch fällt, mir das einzugestehen – ich wäre dazu imstande. Ariax ist sich dessen ziemlich genau bewusst. Auch wenn ich das in dem Augenblick, als ich es sagte, nur aus Wut und Verzweiflung tat, weiß er, dass es eine durchaus ernst zu nehmende Drohung gewesen ist."

Leider war der betrübte Blick, den ich nur allzu gut von ihm kannte, nicht verschwunden, als ich wieder zu ihm aufsah. Wie gerne hätte ich die Sorgenfalten einfach weggestrichen. Schließlich schloss er seufzend die Augen, nahm meine Hand von seiner Wange und küsste sie.

„Es ist traurig, dass wir dies gemeinsam haben. Zu wissen, wie es sich anfühlt, meine ich."

„Ja." Das war etwas, was man am besten mit niemandem gemeinsam haben sollte.

Daniel zog mich wieder zu sich und schloss mich fest in seine Arme. Es fühlte sich an, als spendeten wir uns gegenseitig Trost für etwas, das wir nie fühlen wollten.

„Und nun?“, fragte er nach einer Weile. „Was ist der Deal? Was war der Preis für Runa?“ Daniel kannte seinen Fürsten und ihm war absolut klar, dass es sicherlich nicht um Peanuts ging.

„Die goldene Kette aus einer der Grabkammern am Glauberg. In einer ihrer Spitzen befindet sich ein Rest des Geheimnisses der Elfen.“ Ich schnaubte, nachdem ich es ausgesprochen hatte. Meine eigenen Worte führten mir die Unmöglichkeit der Ausführung vor Augen. Wie um alles in der Welt sollte ich es anstellen, an die ersehnten Tropfen zu gelangen?

„Ich stehle sie!“, verkündete Daniel entschlossen, doch ich schüttelte den Kopf.

„Wenn Ariax das gewollt hätte, hätte er längst einen Latène damit betraut. Anscheinend will er damit in keiner Weise in Zusammenhang gebracht werden können. Uns fällt schon noch was ein.“

Der mehr als skeptische Blick, den ich dafür erntete, zeigte, dass er sich nicht im Geringsten vorstellen konnte, was uns da einfallen könnte. Nun, mir ging es ebenso. Ich wusste nur, dass es getan werden musste. Daniel sah glücklicherweise ein, dass er mir dabei unmöglich helfen konnte. Es stellte seine Loyalität Ariax gegenüber in Frage.

Um Tante Ida über Ariax *Übergriff* – und die Tatsache, dass uns bei Runa unbestreitbar etwas entgangen war - zu unterrichten, fuhren wir nach Hause. Ich war sehr überrascht, Cats Stimme schon von draußen zu hören. Überrascht sowohl über ihre Anwesenheit als auch über ihre Stimmlage. Sie schien ziemlich aufgebracht zu sein. Egal um was es ging, es wunderte mich doch sehr, meine Freundin in unserem Haus herumschreien zu hören. Sicher, sie argumentierte des Öfteren äußerst leidenschaftlich, doch das hörte sich eher nach einem handfesten Streit an.

„Sie kommt. Wir lassen dieses Thema jetzt fallen, verstanden?“, vernahm ich gerade noch hörbar die Stimme meiner Tante, als ich die Tür aufschloss. Verwundert sah ich Daniel an, der überfragt die Schultern zuckte. Ich hängte den Schlüssel ans Brett und folgte den nun sehr leisen und nicht mehr verständlichen Gegenargumenten meiner Freundin.

„Nein, sie hat Recht", mischte sich nun auch noch Magnus ein. „Lass es jetzt gut sein, o.k.?" Er auch? Was hatten meine Freunde mit Ida zu besprechen, von dem ich nichts wissen sollte?

Verunsicherung erfasste mich. Verunsicherung und ... na ja ... ich wurde etwas wütend. Ich war es ja nun wirklich gewohnt, dass meine Tante die Karten nicht immer auf den Tisch legte. Sie wollte mich nie mit unserem Erbe *ersticken*, sondern mir Raum für eigene Entwicklung geben. Schön und gut. Doch dass meine Freunde nun auch noch damit begannen etwas vor mir zu verbergen, gefiel mir gar nicht. Daniel schien das zu spüren und verschränkte unsere Hände ineinander um mir zu versichern, dass er für mich da war.

„Welches Thema wird jetzt fallen gelassen?", fragte ich ohne Umschweife, als ich die Gesindeküche betrat. Tante Ida saß am Tisch und warf Cat, die vor ihr aufgebaut beide Hände auf die Tischplatte stützte, einen strafenden Blick zu. Magnus sah aus, als versuche er, die beiden auseinanderzuhalten. Jeder lag eine seiner Hände auf der Schulter und er sah beunruhigt aus. Und als wäre diese Szene nicht schon grotesk genug, begann er nervös von einem Bein aufs andere zu wippen, als er mich erblickte. Was auch immer gerade besprochen wurde, ihm schien die Möglichkeit, ich könnte davon erfahren, sehr unangenehm zu sein. „O.K., was ist hier los?", wiederholte ich mein Begehr zu erfahren, was vor sich ging, als auf meine erste Frage niemand antwortete. An Tante Idas Gesicht konnte ich ablesen, dass sie nicht wusste, was sie sagen sollte.

„Nichts von Bedeutung, mein Kind", meinte sie schließlich milde lächelnd. „Nur eine kleine Meinungsverschiedenheit. Wie war euer Ausflug?"

Ich erwiderte ihr Lächeln auf die gleiche Weise um ihr zu zeigen, wie unecht es wirkte und wendete mich an meine Freundin. „Cat?"

Sie verschränkte ihre Hände vor der Brust und konnte es nicht lassen, meiner Tante einen triumphierenden Blick zuzuwerfen, ehe sie sich mir zuwendete. Doch ehe sie etwas sagen konnte, packte Magnus sie unsanft am Ellenbogen und bat: „Komm, es ist doch nichts passiert. Lass es." Doch sie befreite sich ruckartig aus seinem Griff. Ich hatte erwartet, dass sie ihn nun anblaffen würde, doch stattdessen sah sie ihn verständnisvoll an.

„Nein, Magnus. Das stimmt nicht. Es ist jemandem etwas passiert. Und jetzt ist Schluss. Bis hierhin und nicht weiter."

Magnus resignierte stöhnend, setzte sich an den alten Eichentisch und legte das Gesicht in seine Hände. Er kannte Cat so gut wie ich. Wenn sie mal einen Entschluss gefasst hatte, zog sie den auch durch. Also gab er auf.

Cat atmete durch. Anscheinend fiel es auch ihr nicht leicht, mit der Sprache rauszurücken.

„Kannst du dich noch erinnern, dass Magnus früher immerzu Angst hatte, ein Alien könnte ihm das Hirn aussaugen?“

„Ja, natürlich. Aber worauf willst du hinaus?“ Als Magnus spürte, dass mit mir etwas anders war, hatte er sogar furchtbare Angst gehabt, ICH könnte das tun.

„Hier bitteschön, das Alien!“ posaunte Cat heraus, zog Magnus blitzschnell einen Brief aus der Tasche und knallte ihn auf den Tisch. Irritiert schaute ich von einem zum anderen und nahm schließlich stirnrunzelnd das zerknitterte Blatt an mich. Es war ein Brief von Aleke, den sie Magnus zukommen ließ, nachdem sie uns wieder verlassen hatte. Und es war der Grund für sein Verhalten mir gegenüber. Endlich begriff ich, auch wenn mein Innerstes sich weigern wollte, eine solche Niedertracht zu akzeptieren.

„Meine Großmutter hat Magnus mit Hilfe ihrer Begabung manipuliert?“, fragte ich entrüstet. Jetzt begriff ich, was Cat damit meinte, dass jemand zu Schaden gekommen war. „Was hat sie ihm angetan?“ Und von was für einer Großmutter redeten wir hier? In meinem Leben gab es nie eine Großmutter.

„Sie hat nur das Beste gewollt!“, versuchte Tante Ida auch noch, sie zu verteidigen. Es war kaum zu glauben, doch sie schickte sich tatsächlich an zu gehen. Es war sehr ungewöhnlich, dass sie versuchte, dieser Situation zu entfliehen statt sich ihr zu stellen. Mir schien, sie wollte unter allen Umständen um ein Gespräch darüber herumkommen. Eine Einschätzung, die nur bedeuten konnte, dass sie von der Manipulation Kenntnis hatte. Daniel ließ meine Hand los, stellte sich in den Türrahmen und blockierte ihn.

„Du wagst es ...“, erboste sie sich, doch ich schnitt ihr das Wort ab und trat zwischen die beiden, ehe sie ihn erreichen konnte. „Nein. DU wagst es!“ Ganz kurz, für Unwissende kaum zu sehen, wehte mein Haar ein wenig auf. Doch Ida registrierte es. Sie wich einen Schritt zurück und versuchte mich einzuschätzen. Es tat mir weh, ihr so zu begegnen, doch ich hielt ihrem Blick stand. Mit Blicken gab sie mir zu verstehen, ich solle sie auf der Stelle gehen lassen. Demonstrativ verschränkte ich die Hände vor der Brust und sie akzeptierte das Unausweichliche. Seufzend lehnte sie sich an den Spülstein.

„Deine Großmutter Mena hat lediglich verstärkt, was vorhanden war. Er mochte Sport, hatte aber nicht den nötigen Biss. Also sorgte sie dafür, dass dieser Biss sich entwickelt“, erklärte sie.

„Was noch?“ Die Willensstärke in meiner Stimme erstaunte mich selbst. Doch da war bedeutend mehr als nur Magnus Hang zu sportlichen Höchstleistungen. Nur damit ließe sich seine momentane Reaktion nicht erklären. Ich konnte mir nicht vorstellen, dass es ihn störte, sehr sportbegeistert zu sein, auch wenn der Anstoß dazu von woanders kam.

„Nun...“, begann Tante Ida herumzudrucksen, merkte aber nach einem Blick in meine Augen, dass ich sie nicht vom Haken lassen würde. „Mena ... wir wollten, dass er auf dich aufpasst. Er sollte dir helfen, dir selbst zu helfen, und das hat er ja auch getan.“ Der unsichere Ausdruck auf ihrem Gesicht ließ mich stutzig werden. Es wirkte, als hätte sie gerade einen Umweg genommen, um nicht mit der Wahrheit herausrücken zu müssen.

„Wie?“, hakte ich nach.

„Na, wie man das eben so macht“, wich sie aus. „Du weißt doch wie schwer das mit den Begabungen in Worte zu fassen ist, Lioba.“

„Wie?“, wiederholte ich, doch sie schwieg und vermied es, mich anzusehen.

„Magnus?“ Sein Gesicht rutschte nur noch tiefer in seine Hände.

Ich sah zu Cat, die mir nickend zu verstehen gab, dass sie es mir sagen würde. „Deine saubere Großmutter hat dafür gesorgt, dass Magnus dich liebt, Lilly. Als sie sah, dass wir Freunde wurden, hat sie eins und eins zusammengezählt und erkannt, dass auch Magnus zu deinem Freund werden würde. Sie hat ihn sich geschnappt und ihm dieses Gefühl eingeflüstert oder so. Die Idee war wohl, die Freundschaft zu festigen, aber irgendwas lief anscheinend nicht nach Plan.“

Augenblicklich sackte mir jeder Deziliter Blut, den ich in mir hatte, in die Beine und ich fühlte, wie sämtliche Farbe aus meinem Gesicht wich. Magnus war mein bester Freund. Er war immer mein bester Freund. Nie mehr.

Wie konnte mir entgehen, dass er völlig anders fühlte? Ich kann nicht sagen, wie lange ich versteinert dastand und ihn anstarrte.

Hoffte ich aufzuwachen und das nur geträumt zu haben? Möglich. Doch das hier war real. Die Befürchtung, dass sich nun etwas zwischen uns änderte – geändert hatte – stimmte mich traurig.

„Ich halte es für das Beste, wenn wir die beiden jetzt allein lassen", schlug Daniel vor. Daniel? Oh, nein! Ich zuckte innerlich zusammen, als mir klar wurde, dass er das gerade alles mitangehört hatte. Oder besser gesagt: als ich mich daran erinnerte. Nach Cats Ausführung hatte ich vollkommen verdrängt, dass außer mir und Magnus überhaupt noch jemand zugegen war. Betreten wendete ich mich meinem Freund zu. Wie musste er sich jetzt fühlen?

„Daniel, es tut ..." Mehr konnte ich nicht sagen, ehe sein Zeigefinger meine Lippen verschloss und er sanft lächelnd den Kopf schüttelte.

„Schschsch ... ist schon gut. Redet miteinander. Um eurer Freundschaft willen." Erleichtert erwiderte ich sein Lächeln – auch wenn ich durchaus spürte, dass er etwas angespannt wirkte, obwohl er sich die größte Mühe gab, dies zu verbergen – und trat einen Schritt zurück, damit einer nach dem anderen Daniels Vorschlag annehmen und die Gesindeküche verlassen konnte.

Und da waren wir nun. Betrübt registrierte ich die unsichtbare Barriere, die mich ganz unerwartet und plötzlich von meinem besten Freund trennte. Etwas war abhandengekommen. War es die Unbekümmertheit, die dazu führte, dass ich mich im überfüllten Bus auf seinen Schoß gesetzt oder ihn stürmisch vor Freude umarmt hätte? Wahrscheinlich war sie es. Und wahrscheinlich hatte sie noch vieles andere mitgenommen.

Magnus rührte sich nicht. Er schien versteinert zu sein mit dem Gesicht in seinen Händen. Ich schüttelte den Kopf. Was hatte ich ihm alles angetan im Laufe der Zeit! Wie weh es ihm getan haben musste, wenn ich mich bei ihm über Daniel ausweinte. Cat hatte Recht damit, dass er zu Schaden gekommen war. Wie ein Elefant im Porzellanladen stiefelte ich durch seine Gefühle. Seufzend näherte ich mich und setzte mich zu ihm.

„Ich wusste es nicht", war mein erster, schwacher Versuch, ein Gespräch zu beginnen. „Magnus, ich habe es wirklich nicht gewusst."

„Das ist Bullshit, Lilly", murmelte er, hob endlich den Kopf und sah mich an. Seinem Blick sah ich die Traurigkeit an, die auch ich empfand, doch da war noch etwas anderes. Herausforderung. Es erschreckte mich. „Du hast es gewusst. Vielleicht ist es dir gar nicht klar, aber du hast es gewusst. Tief in dir drin. Da, wo man den ganzen Scheiß versteckt, den man nicht wahrhaben will."

„Das stimmt nicht!", protestierte ich kaum hörbar. Warum nicht lauter? Es stimmte doch wirklich nicht! Oder? Die Stimme des Zweifels war es, die mich nur flüstern ließ. Wie zur Bestätigung seiner Worte tauchten Bilder vor meinem geistigen Auge auf. Gesprächsfetzen, Begebenheiten, die mich tief in meinem Innern schon lange wissen ließen, was Magnus fühlte. Wehende Banner, begleitet von Pauken und Trompeten. Auf stumm gestellt und bei dem ganzen Scheiß verstaut, den man nicht wahrhaben will, wie Magnus es auf seine Art formulierte. Ich fühlte mich ertappt und senkte unwillkürlich den Blick.

„Ach nein?", merkte Magnus auf meine verräterische Reaktion hin an. Er kannte mich so gut. Er wusste genau, dass sich in mir gerade ein Türchen geöffnet hatte, welches ich am liebsten wieder schließen würde. Aber war ich über so etwas nicht längst hinweg? War ich über solch eine Verhaltensweise nicht längst hinausgewachsen? Zu verstecken, was unangenehm werden könnte.

„Es tut mir leid." Das tat es wirklich. Selbst wenn ich es weggeschoben hatte, weil ich es nicht wahrhaben wollte, war es mir bewusst gewesen. Ich hätte rücksichtsvoller sein können – nein müssen! Weshalb war ich es nicht? Ich sah keine Antwort auf diese Frage, doch ahnte, dass sie hinter dem gleichen Türchen zu finden sein könnte, hinter dem sich auch der Rest befand. Mein Drang, diese Tür zu schließen, wuchs ins Unermessliche. „Du hast Recht. Ich wollte es nicht wahrhaben."

Magnus reagierte nicht. Ich überwand mich und sah ihn wieder an. Noch immer sah er traurig aus – aber auch befreit. Ich wollte ihn zurück, wollte meinen besten Freund wiederhaben, denn es fühlte sich an, als verlöre ich ihn. So sehr hoffte ich, er würde meine Entschuldigung annehmen. „Ich hatte kein Recht dazu, mich immer wieder auf dich zu stützen, Magnus. Ich fühle mich, als hätte ich dich benutzt."

Magnus schüttelte den Kopf. „Das hast du nicht, Sweety." Er verzog das Gesicht und kratzte sich am Kopf, als überlege er, wie es an dieser Stelle nun weitergehen solle. Die Entschlossenheit in seinen Zügen, als er damit schließlich aufhörte, meine Hände nahm und mich auf eine Weise ansah, die mir zu verstehen gab, dass es jetzt und hier keinen Ausweg gab, war ein Zug an ihm, der nur sehr selten auftrat und mir gut an ihm gefiel. Wie damals, als er unserem cholerischen Mathelehrer Paroli bot. Es war so erwachsen. Dennoch beunruhigte es mich, denn in diesem Fall war ich ja diejenige, auf die sich sein Verhalten bezog. „Cat hat mich nicht vom Haken gelassen und jetzt lass ich dich nicht mehr vom Haken. Nicht mehr an dem Punkt, an dem wir sind“, ließ er mich wissen.

„Oookeeeyy“, willigte ich langgezogen ein, was meine Unsicherheit deutlich erkennen ließ.

„Du hast mich nicht benutzt, Sweety. Das ist Blödsinn und nur wieder eine weitere Ausrede von dir“, behauptete er.

„Ausrede?“ Ich wusste nicht, wie er das meinte und schüttelte den Kopf. „Nein, ich wollte mich ent ...“

„Wolltest du nicht!“, unterbrach er mich resolut.

„Wollte ich nicht?“

„Nein. Wir reden Klartext. Die Wahrheit. Ich kenne dich ganz genau. Die Entschuldigung ist nur eine Ausrede für dich selbst. Du würdest dich lieber entschuldigen für den ganzen Scheiß als zuzugeben, was du fühlst.“

„Ich liebe dich nicht, Magnus!“, entgegnete ich dieser offensichtlichen Unterstellung. „Da ist nichts zuzugeben!“ Doch statt eines Ausdrucks des Schmerzes, den diese Aussage zwangsläufig hätte hervorbringen müssen, lachte Magnus mit einer geradezu untypischen Spur von Hohn, ehe er aufsprang und mit der Faust auf den Tisch schlug.

„Bullshit, sage ich!“ Die emotionale Erregung, in der er sich befand, spiegelte sich in seiner Lautstärke wieder. „Ich könnte dir dutzende Beispiele nennen, die das Gegenteil zeigen, aber das brauche ich gar nicht. Eines genügt. Die Nacht am See.“

Die Erinnerung daran versetzte mir wie immer einen schmerzhaften Stich. Diese Nacht war noch immer ein wunder Punkt. „Als du mich festgehalten hast und nicht wolltest, dass ich gehe. Du hast mich nicht ausgenutzt. Du warst in einer Ausnahmesituation und hast einfach nach deinen Gefühlen gehandelt. Gefühle für MICH.“

Abermals wich ich seinem Blick aus. Flüssigkeit sammelte sich in meinen Augenwinkeln und ein leises Schluchzen entwich mir, als ich mir eingestand, dass er Recht hatte. „Aber ich liebe Daniel“, führte ich überflüssigerweise an.

„Ich weiß“, entgegnete Magnus aufgebracht. Er setzte sich mir gegenüber, stöhnte und legte abermals sein Gesicht in die Hände. Es hatte den Anschein, als wolle er sich damit beruhigen. „Sorry, Sweety. Ich wollte nicht so aufdrehen."

„Schon gut."

Er ließ die Hände sinken und sah mich an. „Glaub mir, wenn es irgendwem klar ist, dass du ihn willst und nicht mich, dann mir. Ich will einfach nur wissen, ob ich bescheuert bin oder Recht habe, was deine Gefühle betrifft. Und zwar bevor irgendjemand den Scheiß hoffentlich wieder aus mir rausholt."

Ich war nicht fähig zu antworten. Ich wusste, was er hören wollte. Ich gestand mir ein, dass es da etwas gab, doch es war etwas völlig anderes als das, was ich für Daniel empfand. Es war auch nicht, als sei Magnus mein Bruder. Wie sollte ich es erklären?

Magnus erkannte, wie ich mit mir haderte. „Nicke einfach, wenn ich Recht habe, o.k.?", bat er mich beinahe bettelnd um Antwort.

Ganz zaghaft, so, dass ich nicht sicher war, ob man es von außen überhaupt sehen konnte, ergab ich mich dieser Bitte und nickte. „Aber es ist nicht das Gleiche, was du empfindest, Magnus", versuchte ich zu erklären und nahm seine Hände in meine.

„Komm mir jetzt bloß nicht wieder mit Freundschaft, weil ..."

„Nein", unterbrach ich seine Befürchtung, ich könnte mich erneut in diese Ausrede flüchten. „Du bist viel mehr als nur mein Freund. Ich glaube, du bist mein Seelenverwandter. Nein, ich weiß, dass du das bist. Ich liebe dich nicht auf die Weise, die du dir wünschst, aber ich tu es auf eine andere." Als das erst einmal raus war, konnte ich mich nicht zügeln. Magnus sollte verstehen, was ich fühlte. Das war mir ganz wichtig. „Keine Ahnung, wie ich das erklären soll. Es ist wie die Sonne und der Mond. Beide gehören sie für uns untrennbar zusammen, doch niemals werden sie zueinander finden."

Magnus nickte. Ich hatte das Gefühl, dass er endlich verstand. Es schaute nicht mehr so traurig, eher etwas melancholisch. „Und liebt der Mond die Sonne?"

„Ja, das tut er", erwiderte ich lächelnd. Jetzt, da er es begriffen hatte und ich mir nichts mehr vormachte, war es leichter, das zu sagen. „Hey, weshalb bin ich eigentlich der Mond?", fiel mir da plötzlich auf. Schließlich hieß es DIE Sonne und DER Mond. Die logische Zuordnung wäre also die Sonne für mich gewesen.

Magnus lachte, was etwas von der Leichtigkeit zwischen uns zurückbrachte und mir einen Stein vom Herzen fallen ließ. Es war das

Unbekümmerte darin, was mich erfreute. Die gefürchtete Barriere – sie war nicht mehr existent. Im Gegenteil, ich hatte das Gefühl, ihm näher zu sein als je zuvor.

„Weil ICH die Sonne bin, ist doch klar!“, rief er aus ließ meine Hände los und spannte sein Shirt vor dem Bauch, so stramm, dass ich seine Muskeln einzeln hätte zählen können. Schmunzelnd hörte ich mir auch noch den Rest der „Erklärung“ an. „Schau dir das an! Die Dinger sind heiß. Also bin ich die Sonne.“

Ich lachte. „O.K., du hast gewonnen. Du bist die Sonne.“

Unser Lachen gab wohl den anderen das Gefühl, sie könnten es wagen, ihre Nase in die Küche zu stecken, denn ich hatte den Satz noch nicht zu Ende gesagt, da klopfte es an der Tür und Cat streckte neugierig ihren Kopf herein.

„Kommt rein!“, forderte Magnus sie auf. „Alles in Butter.“

Daniel nahm neben mir Platz und Cat setzte sich auf die Tischkante. Niemand befragte uns nach dem Gespräch, worüber ich sehr dankbar war. Auch Tante Ida, die mit einer Kanne selbstgemachter Limonade zu uns stieß, verlor kein Wort darüber. Als Daniel seinen Arm um mich legte, registrierte ich zu ersten Mal bewusst, dass Magnus seinen Blick in solch einem Moment kurz abwendete. Unzählige solcher Augenblicke kamen mir in den Sinn. Dass er trotz unserer Aussprache noch immer so reagierte zeigte, dass diese an seinen Gefühlen nichts geändert hatte.

„Was ist nun eigentlich mit dieser Großmutter, von der ich zum ersten Mal höre?“, fragte ich mit leicht vorwurfsvollem Unterton „Mena, richtig? Kann sie nicht wieder gut machen, was sie angerichtet hat?“

Ida goss Limonade in die Gläser, die Cat uns vom Regal geholt hatte und seufzte auf meine Frage. „Für Magnus wäre das gewiss das Beste. Leider ist es nicht so einfach. Wir waren sehr oft unterschiedlicher Meinung. So auch bei Magnus. Sie wollte sicher gehen und hat sich in Bereiche eingemischt, die nun schwere Folgen haben. Dass ich das nicht verhindern konnte, tut mir leid.“

„Heißt das, es bleibt wie es ist? Kann das niemand anderes tun?“, erkundigte ich mich fassungslos. Das konnte unmöglich ihr Ernst sein! Mein bester Freund konnte doch nicht auf ewig dieser Tortur ausgesetzt werden, immer zusehen zu müssen, wie die Frau, die er liebt, ihre Gefühle einem anderen schenkt. Auf keinen Fall! Auch Magnus schien nicht so begeistert zu sein, denn er sah Ida stirnrunzelnd an und fragte sich ebenso wie ich, was sie damit meinte.

Meine Tante zog einen der zwei Baumstumpfhocker, die Magnus Vater ihr vor Jahren im Wald geschnitten hatte, herbei und setzte sich damit ans Kopfende, um uns beide im Blick zu haben. Eine Aktion, die ewig zu dauern schien und dass sie von einem zum anderen sah und dabei abwesend ihre Nase kraus zog zeigte, dass sie wirklich Zeit schindete, um nach den richtigen Worten zu suchen. „Etwas einzugeben ist eine Sache. Doch dann schließt dies im Laufe der Zeit im Gehirn Verbindungen mit Erfahrungen, Wünschen und Erwartungen. Das Eingegebene wird integriert. Es herauszunehmen ist zwar grundsätzlich möglich, jedoch nicht ohne irreparablen Schaden anzurichten", eröffnete sie uns schließlich die ganze Wahrheit.

„WAS?", rief ich entsetzt aus – gleichzeitig zu Magnus: „Verdammte Scheiße!", ehe er erneut das Gesicht in den Händen vergrub. Diesmal wohl eher aus Resignation.

„Wo ist diese Großmutter? Sie muss einen Weg kennen!" Die Verzweiflung über die Situation war aus meiner Stimme leicht herauszuhören. Doch Tante Idas Kopfschütteln erstickte jede Hoffnung. Gäbe es einen Weg, hätte sie ihn uns gezeigt.

„Deine Großmutter Mena starb vor vielen Jahren. Sie lebte in Dhun Gharsain. Auch ihr machte es zu schaffen, was sie getan hatte. Sie dachte damals nicht, dass aus der Zuneigung, die sie implizierte, so viel werden könnte. Das meine ich mit Integration. Es verselbstständigt sich."

„Das bedeutet aber nicht, dass es zwangsläufig so bleiben muss", fügte Daniel hinzu. Das war ganz und gar nicht warnend oder besitzergreifend gemeint, sondern mitfühlend. Er hatte Verständnis für Magnus. Ja, er mochte ihn sogar sehr – was auf Gegenseitigkeit beruhte. Klar, dass ich immer das Gefühl hatte, trotz all der Freundschaft stünde etwas zwischen den beiden. Ich war es.

Daniel deutete auf den Brief, den auch er inzwischen gelesen hatte. „Aleke meint hier doch, man kann selbst darüber hinwegkommen. Wenn die Wahrheit raus ist, kann man lernen, das Implizierte zu isolieren, sich seiner eigenen Gefühle bewusst werden und..."

„Mann, du redest manchmal echt aufgeblasen", unterbrach ihn Cat ungeduldig, während sie sich Magnus gegenübersetzte und ihm einfach die Hände wegzog, damit er sie ansehen musste. „Was er sagen will ist: Mach die Augen auf und guck mal rum, wer alles auf dich steht! Gib den Mädels, die dich anhimmeln, ‘ne Chance, verdammt! Und dann checkst du schon, was echt ist und was dir nur eingetrichtert wurde.“

„Aye Aye, captain!“, erwiderte er salutierend. „Wer könnte diesem Ton widersprechen?“

„Du bist ein Idiot!“ Cat grinste und versuchte unseren Freund zu schubsen, doch der wich gekonnt aus.

„Und du ein Feldmarschall, wer sonst hätte mich dazu bewegen können, Lilly jemals von Alekes Brief zu erzählen?“

„Ja genau“, schaltete ich mich neugierig wieder ein. „Wie kam das eigentlich? Hat Aleke dir den Brief einfach mit der Post geschickt? Und wie hast DU es rausgefunden, Cat? Du hast es doch wohl hoffentlich nicht schon die ganze Zeit gewusst, in der ich mich gefragt habe, was in Magnus gefahren ist!“

Wenn das der Fall wäre, dann hätte mich das doch ziemlich verärgert. Schließlich wusste sie ganz genau, wie sehr mir Magnus Verhalten an die Nieren gegangen war.

„Natürlich nicht!“, stellte Cat erbost klar. „Als ob ich so was machen würde.“

O.K., stimmt, das passte nicht zu ihr. Zerknirscht hob ich die Schultern. „Sorry, du hast Recht. Würdest du nicht.“

Das genügte meiner Freundin. Lächelnd nickte sie unter einem zustimmendem „Hmm Hmmm“. „Magnus schrieb mir heute früh eine sms, dass der Dachboden endlich fertig geworden sei und ich sollte schauen kommen.“

„Yeah“, grinste Magnus, legte die Arme hinter den Kopf und lehnte sich lässig zurück. „Meine eigene Bude. Wohnzimmer, Schlafzimmer, Bad und Miniküche.“

Ich freute mich für ihn. Er hatte uns zwar berichtet, dass er mit seinem Vater den Boden ausbauen wollte, um Genaueres – sowie über den Stand der Dinge - jedoch ein riesen Geheimnis gemacht und uns schon gar nicht erzählt, dass es eine richtige Wohnung wurde. Unübersehbar war er mit dem Ergebnis mehr als zufrieden.

„Als ob du eine Küche brauchen würdest“, neckte Cat. „Du futterst dich doch eh weiter bei Mama durch oder schwärmst Ida so lang von ihren Köstlichkeiten vor, bis sie dir zubereitet, was du gerne hättest.“

Magnus zuckte mit den Schultern und grinste von einem Ohr zum anderen. „Wenn's halt so schmeckt."

„Soso", lachte nun auch meine Tante und tat, als wäre ihr diese *List* meines besten Freundes nicht sonnenklar. „Da werde ich also regelmäßig übers Ohr gehauen. Aber ich glaube, darum ging es gerade nicht, oder?"

„Richtig", pflichtete ihr Cat bei. „Wie ihr euch ja denken könnt, war ich schneller drüben bei Magnus als man schauen kann."

„Schneller als man schauen kann?", widersprach der sofort. „Du hast gefühlte tausend Jahre für die paar Meter gebraucht."

„Hallo? Frau muss sich erst einmal anziehen. Oder sehe ich aus wie Lilly, die einfach mal in ihre Jogginghose schlüpft?"

„Es gibt einen Dresscode für Wohnungsbesichtigungen?", fragte nun auch Daniel sichtlich amüsiert von dem Schlagabtausch meiner Freunde und erntete dafür von Cat den strafenden Blick einer strengen Lehrerin.

„Selbstverständlich. Abhängig von der Tageszeit, dem Freundschaftsgrad zum Wohnungseigner, ob ein Makler anwesend ist und dem Wetter."

„Aber du BIST in Jogginghose und Sweatshirt gekommen!", rief Magnus verständnislos aus.

„Klar. Das war ja auch das Ergebnis meiner wohl durchdachten Überlegungen."

„Könntet ihr nun BITTE endlich zum Punkt kommen?", fragte ich lachend, auch wenn ich dieses ungezwungene Geplänkel nach all dem Ernst heute ziemlich genoss.

„Aleke hat mir den Brief eingeschmissen, als sie weg ging", begann Magnus nun eine Kurzversion. „Ich hab ihn zerknäult und anscheinend den Mülleimer verfehlt. Cat half mir, den restlichen Kleinkram aus meinem alten Zimmer zu holen und musste ihre neugierige Nase ja unbedingt in Sachen stecken, die sie nichts angehen."

„Die besten Informationen stehen immer auf zerknäulten Zetteln, die wütend weggeschmissen wurden", war ihr kecker Kommentar.

„Wie kommst du darauf, dass ich wütend war?"

„Sonst hättest du den Mülleimer getroffen."

„Auch wieder wahr. Wie auch immer, jedenfalls hat mir der *Oberstleutnant* hier die Hölle heiß gemacht, zumindest Ida deswegen zu befragen."

„Ich bin froh, dass sie das getan hat“, sagte ich und nahm Magnus Hand.

„Im Nachhinein bin ich das auch, Sweety. Fühlt sich gut an, wenn nach einem Gewitter die Luft wieder rein ist, was?“

Ich nickte.

„Jetzt bin ich also ein Oberstleutnant, ja?“, lockerte unsere Freundin die Stimmung auf, ehe der Moment der Stille unangenehm werden konnte. „Vorhin war ich noch Feldmarschall.“

„Bei dem Kommandoton schaffst du es bestimmt noch zum General.“

Beide lachten. Das war eben ihre Art miteinander umzugehen. Und es war ihre Art, ein Thema fallen zu lassen. Eine Idee, die ich nur begrüßen konnte.

Doch leider gab es ja noch ein anderes Thema, das ich besprechen musste. Wenn wir nicht mitten in diesen Streit hineingeplatzt wären, hätte ich das auch schon längst auf den Tisch gebracht. Zwar spürte ich aktuell in dieser Hinsicht überhaupt keine Gefahr, doch die würde irgendwann wiederkehren und bis dahin sollte uns dringend eine Lösung einfallen. Da Cat und Magnus ohnehin Bescheid wussten, wartete ich nun auch nicht mehr, bis sie gegangen waren, sondern erzählte als nächstes von Ariax und Runa.

Tante Ida war sehr besorgt. Nicht nur wegen Ariax, sondern auch, weil Runa ihre Fähigkeit, ganz im Gegensatz zu mir, völlig ohne Idas Wissen entwickelt hatte. Es gab einfach überhaupt nichts, was darauf hingedeutet hätte, dass Runa eine Begabung besaß.

Magnus wurde sehr still. Ich fragte mich, was in ihm vorging, konnte mir allerdings keinen Reim darauf machen. Es wirkte, als ob er – während wir eifrig Möglichkeiten diskutierten, die von einer Anfrage an das Museum zur Untersuchung der Halskette bis zu Runas vorübergehender Unterbringung in Dhun Gharsain reichten – ganz im Stillen selbst etwas plante. Ich hoffte nur, dass es nichts war, was ihn in Gefahr bringen würde.

Als Runa vom Ausflug mit ihrer Freundin zurückgekommen war, kam es verständlicherweise erst einmal zu einem ausführlichen Gespräch zwischen ihr, Tante Ida und mir. Niemand hätte sie dazu auffordern müssen. Sie fiel uns praktisch direkt in die Arme.

Nachdem ich ihr die Haustür geöffnet hatte, stürmte sie an mir vorbei und ich sah ihre mühevoll aufrecht erhaltene Maskerade schon fallen, als sie ihre Taschen einfach auf den Boden fallen ließ und in die Ecke kickte, als hätten diese Tritte eigentlich jemand anderem gegolten. Arme Runa. Die Begegnung mit Ariax machte ihr mehr zu schaffen als ich gedacht hätte.

Mit Tränen in den Augen warf sie sich an Tante Idas Brust, die sie behutsam zur Couch führte und ihr ihre Lieblingsdecke reichte. Dieses alte, fusselige Ding mit dem Bambi drauf hatte sie schon seit ihrer Geburt und weil sie als kleines Kind ständig daran herumzupfen musste, war sie inzwischen so dünn geworden, dass man stellenweise hindurchsehen konnte. Trotzdem schaffte es dieses alte Teil noch immer, meiner kleinen Schwester Trost zu spenden.

Selbstverständlich machten wir ihr keine Vorwürfe, weil sie von ihren Fähigkeiten nichts verraten hatte. Zum einen war sie schon durcheinander genug und ihr steckte wegen Ariax Besuch unübersehbar die Angst in den Gliedern und zum anderen hatten es unsere Tante und ich ihr ja nicht anders vorgemacht. Dabei hätte ich es wirklich besser wissen müssen. Hatte ich mich nicht über Idas Geheimniskrämerei fürchterlich geärgert, als sich meine Begabungen allmählich ihren Weg an die Oberfläche bahnten? Und nun hatte ich das Gleiche getan, konspirativ mit Tante Ida. Nur dass Runa nicht mit derselben Verärgerung reagierte wie ich damals, sondern das Ganze mit bewundernswertem Gleichmut hinnahm.

Als ich darüber nachdachte, kamen mir genug Situationen in den Sinn, in denen Ida und ich uns verschwörerische Blicke zugeworfen hatten, die nichts anderes besagten als: *Lass uns reden, wenn Runa weg ist*. Die vielen Male, in denen sie die Augen verdrehte, aufstand und ging, ihr Kopfschütteln auf der Treppe oder ihre abrupten Kehrtwendungen, wenn sie zu uns stieß und wir ganz plötzlich verstummten.

Nie war sie deswegen wütend geworden. Dennoch fühlte ich mich unbehaglich. Ich erinnerte mich an das nagende Gefühl von Eifersucht, wenn ich geglaubt hatte, unsere Tante gäbe Runa den Vorzug. Wie zum Beispiel damals, als mir zum ersten Mal keltische Worte in den Sinn kamen, Ida mich baet-enigenâ nannte und quasi hinter sich her befahl, meiner Schwester jedoch ungemein freundlich entgegentrat. Wie musste Runa sich gefühlt haben in all den Situationen, die sie hätten Glauben machen können, Ida gäbe mir den Vorzug?

„Hör schon auf damit“, war Runas abwinkende Reaktion. „Ich war nicht eifersüchtig. Höchstens ein bisschen genervt, weil ihr mich wie ein kleines Kind behandelt habt. Und wegen dem, was ich kann, braucht ihr euch auch keinen Kopf zu machen. War ja nicht so, dass ich Hilfe gebraucht hätte. Ich musste da nichts lernen oder verstehen. Es geht einfach. Wie oder warum ist mir egal. Weißt du Lilly, nicht jeder muss immer alles genau unter die Lupe nehmen.“

Ich seufzte. Damit war klar, weshalb es ihr so leicht fiel. Der Drang, alles zu analysieren, ging ihr vollkommen ab.

„Und seit wann kannst du das?“, wollte Ida nun wissen, während sie die dicken Stumpenkerzen entzündete und das Licht dämmte. Mir war klar, weshalb sie das tat. Sie versuchte, Runa auf diese Art – ähnlich dem Effekt mit der Decke – die innere Ruhe und das Gleichgewicht wiederzugeben, das dieser Widerling Ariax ihr genommen hatte.

„Och, seit ein paar Monaten. Mathearbeit, totaler Blackout“, erzählte sie und war dabei tatsächlich immer mehr die Runa, die wir kannten. „Ich wusste echt gar nichts mehr. Da hab ich mir richtig doll gewünscht, Sarah über die Schulter schauen zu können – wisst ihr, die schreibt nämlich immer nur Einsen – und schwupp, stand ich auf einmal hinter ihr. Erst hab ich gedacht: Oh Shit, wie bin ich denn hierher gekommen? Und dann hab ich gemerkt, dass garniemand merkt, dass ich hinter Sarah stehe. Da hab ich mich umgedreht und mich selbst auf meinem Platz sitzen sehen. Das war total schräg. Mir war sofort klar, dass mit mir auch so ein Elfending läuft wie mit Lilly, also hab ich gedacht: *Ist halt so* und hab das Beste draus gemacht.“

„Moment“, schaltete ich mich ein. „Du wusstest darüber schon seit Monaten Bescheid? In Bruchstücken, was du so aufgeschnappt hast, oder wie meinst du das?“

Meine Schwester nahm sich eine Handvoll Gummibärchen aus der Kristallglasschale vom Wohnzimmertisch und stopfte sie allesamt beinahe zeitgleich in den Mund, weshalb ich mir ihre Antwort auch mehr oder weniger zusammenreimen musste.

„Hon hegen. Isch heisch dasch scho hänger. Dasch Hausch hat Ohren.“ Im Nachhinein wünschte ich, sie hätte noch mehr Gelatinetierchen nachgeschoben, denn dann hätte Tante Ida beim Rest ihrer Ausführungen nicht hellhörig ihre Ohren spitzen können. „Un hahum hin isch foh, dasch ihr hier schu Hausch kein Schex hahen hollt.“

„Runa!“

Oh ... und da war sie wieder. Schamesröte, die verräterisch meine Wangen hinaufkroch. Doch hielt das meine kleine Schwester auf? Selbstverständlich nicht. Also musste sie, nachdem sie ihre Bären heruntergeschluckt hatte, noch hinzufügen: „Was denn? Das am Steinbruch war schon peinlich genug.“

Am liebsten wäre ich auf der Stelle im Erdboden versunken und auch Runa ging auf, dass sie etwas über das Ziel hinausgeschossen war. Sie glich ihre Wangenfarbe der meinen an und verkroch sich mit angezogenen Beinen blitzschnell unter ihrer alten Bambidecke.

„Ihr hattet Sex am alten Steinbruch?“, war – wie hätte es nun auch anders sein können – Tante Idas Reaktion auf das Ganze.

Ich wollte nur noch in ein Mauseloch kriechen. „Nein ... ja ... irgendwie ... aber nicht wirklich.“

„Nein, ja, aber nicht wirklich? Wie soll ich denn das verstehen?“

„Verdammt, Runa!“, fluchte ich, als könnte ich Tante Idas Verhör damit irgendwie entgehen. Runa murmelte schuldbewusst „Tschuldigung“, und lugte mich über ihre Knie hinweg an. „ist mir so rausgepurzelt.“

„Ganz toll.“

„Komm zum Thema zurück“, verlangte unsere Tante. „Ich möchte wissen, was geschehen ist.“

„Ich dachte, Runas Begabung sei das Thema“, wehrte ich mich bockig als letzten Versuch, einen Bogen zurück zu schlagen, doch das hätte ich mir eigentlich sparen können.

„Netter Versuch. Komm schon, Lioba. Wir sind doch unter uns. Und wenn ihr schon so weit seit, dann sollten wir uns vielleicht über Verhütungsmittel und ...“

„SCHON so weit?“, platzte da von einem Moment auf den anderen der Knoten und ich hatte das Bedürfnis herauszuschreien, was mich mit jeder Woche, die verging, mehr wurmte. „Hat eigentlich irgendwer mitbekommen, wie alt ich bin und wie lange ich mit Daniel schon zusammen bin? Wenn das so weitergeht, kommen wir über das Vorprogramm nie hinaus!“

„Vorprogramm?“

Ich schnaubte. „Vor-vor-vorprogramm.“ O.K., das war jetzt vielleicht etwas übertrieben, doch so empfand ich es. Ich wollte so viel mehr als ich bekam. Als ob ich die Torte wollte und mich mit einem Sahnetupfer zufrieden geben sollte. Frustrierend.

„Oh." Das klang jetzt zu allem Überfluss auch noch bedauernd. Das musste man sich mal vorstellen: Meine eigene Tante bedauerte mich dafür, mit Daniel im Vorprogramm festzustecken.

„Ja, oh. Und wie ich das sehe, wird sich daran auch nichts ändern." Längst war ich aufgesprungen, lief so puterrot wie ich nun mal war im Wohnzimmer hin und her und gestikulierte wie eine italienische Marktschreierin. „Nicht, wenn ich in einem Haus mit Ohren lebe, auf das, sollte wirklich mal niemand zu Hause sein, zumindest die E.L.F. ständig ein Auge werfen und nicht, so lang Daniels derzeitiges *zu Hause* eine jahrtausendealte Gruft ist, in die jederzeit einer seiner *Kumpel* hereinschneien kann. Mal ganz davon abgesehen, dass ich mich dort nicht gerade wohl fühle. Nicht, solange jeder Versuch, anderswo allein zu sein, durchkreuzt wird. Nicht, wenn meine kleine Schwester mich immer und überall beobachten kann und garantiert auch nicht, wenn dieser Vollidiot von einem Möchtegernfürsten meint, gerade solch einen Moment von Unaufmerksamkeit ausnutzen zu müssen."

Ein Blick auf Runa genügte und ich hielt die Zügel meiner Emotionen wieder in der Hand.

„Du hast gesagt, es war O.K., aber du bist trotzdem böse auf mich."

Seufzend setzte ich mich neben sie und zog sie in meine Arme. „Nein, bin ich nicht. Das hier eben hatte nichts mit dir zu tun. Ich bin einfach ... frustriert. Du warst in einer Notsituation und in so einem Fall kannst – nein sollst – du mich stören, unerheblich wobei."

„Ich glaube, was Lioba sagen wollte war, dass sie jetzt ständig das Gefühl hat, du könntest sie beobachten und es deshalb erst gar nicht mehr zu einer entsprechenden Situation kommen kann", versuchte nun Tante Ida einen Bogen zurück zum eigentlichen Thema zu schlagen, weil ihr nun bewusst war, welchen empfindlichen Nerv das ganze Gerede über Sex, welchen ich nun mal *nicht* praktizierte, getroffen hatte. Doch Runa war dieser Bogen wohl entgangen.

„Du meinst, du willst jetzt meinetwegen erst gar keinen Sex mit Daniel haben? Niemals?", entfuhr es ihr darauf mit geschockt aufgerissenen Augen und einem entsetzten Ton, der mich schon fast schmunzeln ließ – wäre da nicht der Umstand, dass sie dieses Thema einfach nicht fallen lassen konnte. Resigniert lehnte ich mich zurück, zog ebenfalls meine Knie an und legte meine Stirn darauf ab.

„Schatz, versuch doch mal, das Ganze aus einem anderen Blickwinkel zu sehen", schlug Ida einfühlsam vor. „Hier geht es nicht allein darum, beim Sex erwischt werden zu können, sondern auch um all die anderen Dinge, bei denen Menschen nicht beobachtet werden möchten. Es geht auch um unrechtmäßig erhaltene Vorteile. Es geht also um das Verantwortungsgefühl und die Moral, die gerade bei deiner Begabung eine wichtige Rolle spielen."

„Zum Beispiel, in der Mathearbeit nicht einfach abzuschreiben?"

„Zum Beispiel."

Runa nickte. Sie schien zu verstehen, dass sie auf andere Rücksicht nehmen musste. „Heißt das, ich darf auch nicht einfach jemandem beim Schlafen zusehen? Das stört doch nicht", murmelte sie mehr oder weniger in sich hinein und die erneute Färbung ihrer Wangen verriet, dass sie das schon getan hatte. Ich lächelte. Runa beobachtete jemanden im Schlaf? Wer das wohl war? Ein Junge aus der Schule vielleicht?

Ida lächelte verständnisvoll. „Was, wenn er noch nicht schläft, wenn du kommst?"

„Aber er sieht mich doch nicht, das konnte bis jetzt nur Lilly."

„Aber was, wenn er sich gerade umzieht oder duscht?"

„Oh ... verstehe."

Wir unterhielten uns noch ziemlich lange über unsere Begabungen oder besser gesagt darüber, wie wir begannen, sie zu nutzen. Als ich mich verabschiedete, um duschen zu gehen, hielt Runa mich auf.

„Lilly?"

„Ja?"

„Ich würde euch nie dabei beobachten. Das ist voll eklig."

„Gut zu wissen", gab ich ihr lachend zurück und ging.

Kapitel 8

„Bist du Lioba?“, fragte mich ein kleiner Junge von höchstens sieben Jahren, als ich unser Grundstück verlassen wollte, um den Bus zu erreichen. Gewöhnlich fuhr Daniel mich in letzter Zeit zwar immer, doch er war am Tag zuvor aufgebrochen um herauszufinden, wie dringend Ariax das Serum aus der Kette brauchte. Er wollte herausfinden, wie groß unser Zeitfenster war. Ich hatte kaum geschlafen, was nicht nur auf das Fehlen der lebhaften Träume, die mein Freund mir bescherte, zurückzuführen war, sondern auch auf das ungute Gefühl, welches mich die ganze Nacht quälte. Es war schrecklich unbestimmt und ich vermochte nicht einzugrenzen, woher es kam. Tante Ida spürte es ebenso, doch sie hatte ja aufgrund ihrer generell fehlenden Fähigkeit zur Spezifikation ohnehin ständig die Empfindung, dass irgendwo irgendwas geschah. So wälzte ich mich von einer Seite auf die andere und war völlig übermüdet, als der Junge mich ansprach.

„Ja, warum fragst du?“

Ohne ein Wort gab mir der Junge einen zusammengefalteten Zettel. Stutzig nahm ich ihn an mich, klappte ihn auf und erkannte sofort Magnus Handschrift.

>>Sweety, gib dem Kleinen 50 Euro. Jetzt!<<

Der Junge hielt grinsend die Hand auf, als ich ihn ratlos ansah. „Hat Magnus dir das gegeben? Wofür ist das Geld? Ist er in Schwierigkeiten?“, redete ich besorgt auf ihn ein. Mein ungutes Gefühl von letzter Nacht nahm Gestalt an. Doch der Junge zuckte mit den Schultern.

„Keine Ahnung. Hab ihn nicht gesehen. Heut früh lag auf meinem Gepäckträger eine Nachricht, dass ich dir noch vor der Schule das bringen soll und du dafür einen 50er locker machst.“

„Dann gib es mir!“, verlangte ich unruhig. Irgendwas musste geschehen sein und ich musste SOFORT wissen, was das war! Doch der Junge gab mir mit offen ausgesteckter Hand zu verstehen, dass er nur gegen Bares herausrücken würde, was Magnus ihm für mich zukommen ließ. Also bat ich ihn zu warten, drehte mich auf dem Absatz herum und rannte zurück zum Haus, um mir von Tante Ida 50 Euro geben zu lassen. 50 Euro! Was hatte Magnus sich dabei nur gedacht? Ich hatte nie so viel Geld bei mir. Vielleicht wollte er sichergehen, dass der Junge den Auftrag ausführen würde und dachte, dass er es für weniger eventuell nicht – oder erst später – tun würde. Das wäre eine Erklärung. Meine Tante fragte nicht einmal nach, als ich sie hektisch um das Geld bat. Ihr war völlig klar, dass hier irgendetwas im Argen lag, denn sonst hätte ich gar nicht gefragt.

Ich rannte mit dem Geld wieder hinaus und sie sah mir von der Tür aus nach, als ich zu dem Jungen zurückeilte. Als ich ihm den Schein reichte, strahlte er zufrieden und zog unter seiner Jacke etwas hervor, das in etliche Tageszeitungen eingeschlagen und mit Paketschnur zigfach gesichert worden war. Scheinbar wollte Magnus sichergehen, dass der Junge es nicht öffnen würde. Und da er es mir noch vor der Schule übergeben sollte, blieb ihm keine Zeit, lange neugierig daran herumzunesteln.

„Was ist das?“, fragte Ida, als ich zurückkam und meine Schultasche im Flur abstellte. An Schule war gar nicht mehr zu denken.

„Ich weiß es nicht. Es ist von Magnus.“

Ich stürzte schon beinahe in die Küche, um eine Schere aus der Schublade zu holen und schnitt in düsterer Vorahnung die Paketschnur durch. Gar nicht gut. Das hier fühlte sich absolut gar nicht gut an. Innerlich gehetzt fetzte ich das Papier auseinander wie ein Löwe seine Beute und bekam Atemnot, als das letzte schützende Papier zerriss und vor mir eine etwa 20 Zentimeter große, blaue Pappschachtel lag. Der Name eines bekannten Modeschmuckherstellers verzierte den Deckel in goldenen Buchstaben. Doch ich wusste, dass der Inhalt anderen Ursprungs war.

„Nein, nein, nein....“, rief ich betroffen und aufgewühlt ohne jeden Laut aus. „Das hat er nicht getan. Sag mir, dass er das nicht getan hat!“

Ida schwieg. Sie ahnte ebenso wie ich, was geschehen war. Der schreckliche Verdacht, den ich hegte, ließ meine Hände zittern, als ich mich anschickte, die Schachtel zu öffnen. Im nächsten Augenblick wurde mein Verdacht zur grausamen Gewissheit. Entsetzt schlug ich eine Hand vor meinen Mund und wich einen Schritt zurück, als vor mir tatsächlich jener goldene Halsring lag, der Ariax heißbegehrtes GdE enthalten sollte.

„Oh verdammt. Tante Ida, was hat er sich nur dabei gedacht?“ Ja, was? Und wo war er? Untergetaucht? In meiner Horrorvorstellung musste er sich entweder den Rest seines Lebens verstecken oder für diesen Diebstahl vor Gericht verantworten.

„Wahrscheinlich wollte er nur helfen“, entgegnete meine Tante unverhältnismäßig ruhig. Es war keine Ruhe, die sie sich wahrte, um einen kühlen Kopf zu behalten, nein, sie wirkte eher völlig entwaffnet. Wie ich hätte sie nicht im Traum gedacht, dass Magnus so etwas Dummes tun würde. Dass der keltische Halsschmuck – die Lösung unseres derzeitigen Problems – offen vor mir lag, interessierte mich nicht. Nur mein bester Freund und welche Folgen sein Handeln für ihn haben würde.

Im Deckel der Schachtel war ein Brief befestigt. *Sweety* stand auf dem Umschlag. Ohne zu zögern nahm ich ihn an mich und rannte die Treppe hinauf in mein Zimmer. Runa, die seit jenem Zwischenfall mit Ariax das Haus nicht mehr verlassen hatte, kam mir auf halbem Weg entgegen und fragte, was in mich gefahren sei. Doch ich ignorierte sie. Ich konnte es ihr im Augenblick nicht erklären. Ich hätte niemandem irgendetwas erklären können. Mein Kopf war voll von Panik, Sorge und quälenden Fragen. Hätte Magnus die gleiche Dummheit begangen, wenn Großmutter Mena nicht in seinem Hirn herumgepfuscht hätte? Das konnte ich mir nicht vorstellen. Es musste also zwangsläufig damit zu tun haben und somit war es – selbst wenn ich es in keinster Weise hätte beeinflussen können – auch meine Schuld. Ohne mich wäre der ganze Schlamassel erst gar nicht passiert.

Ich schlug die Tür hinter mir zu und setzte mich im Schneidersitz auf das Bett. Wohl wissend, dass sich dieser Wusch nicht erfüllen würde, schloss ich die Augen und hoffte, ehe ich zu lesen begann, noch ein letztes Mal inständig, dass sich hiermit alles aufklären und zum Guten wenden würde. Doch ich befand mich in der Realität, als ich sie wieder öffnete. Nicht in einer Traumwelt.

*Lilly, ich weiß, dass du jetzt wahrscheinlich am liebsten ausflippen und mir den Marsch blasen würdest, aber das würde auch nichts mehr ändern. *grins* Eigentlich bin ich gerade saufroh, dass du mich nicht in die Finger bekommen kannst. Da habe ich ja gerade noch mal Glück gehabt, was?*

Wahrscheinlich findest du das nicht besonders lustig. Ist es ja auch nicht. Aber, hey, du kennst mich doch!

Sweety, ich muss dir etwas beichten. Nicht das, was du jetzt, wo du den Brief hier liest, eh schon weißt, sondern etwas, das ich schon länger mit mir herumschleppe. Kannst du dich noch an die

Dokumentation über die Kampfsportschulen in Asien erinnern? Wir haben uns in der Schule darüber unterhalten. Zufall, dass wir es uns beide angeschaut hatten. Nach dieser Doku habe ich mich informiert. Manche dieser Klöster nehmen auch Ausländer auf. Gegen Bezahlung und nur für einen begrenzen Zeitraum. Keine Angst, ich werde jetzt nicht Mönch oder so 'n Scheiß. Ich will mich einfach nur verbessern. Kampfsportmäßig. Ich bin schon seit Monaten da angemeldet. Aber trotzdem war ich nicht sicher, ob ich fahren soll. Deinetwegen. Aber jetzt? Weißt du, wir haben darüber geredet, aber deswegen lösen sich meine Gefühle nicht in Luft auf.

Ich liebe dich, Lilly.

Klar, dass du das nicht von mir hören willst, aber es ist so. Und es ist auch nicht so ein Seelenverwandtschaftsding wie bei dir. Es ist Liebe. Ich bin jetzt auch nicht geflogen, um dich zu vergessen oder so 'n Scheiß. Die Idee kannst DU gleich mal wieder vergessen. Ich bin geflogen, weil es eine einzigartige Möglichkeit für mich ist. Und, weil ich mir in aller Ruhe darüber klar werden kann, ob ich nur wegen Menas absolut dämlicher, hirnverbrannter und verdammt hexenmäßiger Idee Gefühle für dich habe, oder ob es von mir kommt. Ich kann gar nicht sagen, was mir lieber wäre. Der Mist in meinem Hirn oder ich. Was wäre dir lieber? Oh Mann, ich glaub, das will ich gar nicht wissen. Angenommen, es ist das erste. Was, wenn dieser Mist in meinem Hirn so stark ist, dass ich gar nicht checke, wenn ich mich in jemand anderes verknalle? Ich muss einfach erst mal klarkommen.

Pass auf dich auf, Sweety. Sieh zu, dass du dich nicht unterkriegen lässt. Weder von der einen noch von der anderen Seite. Bleib du.

Bis in sechs Monaten. Und grüß mir Cat. Die wird auch sauer sein, weil ich ihr nichts erzählt hab.

Magnus

Ich legte den Brief zur Seite und ließ mich auf den Rücken fallen. Magnus war in Asien. Sechs Monate. Und nun war es an mir, mir einzugestehen, dass mich das intensiver schmerzte als ich gedacht hatte. Kein Wort hatte er über den Halsring verloren. Sehr klug. Es wäre praktisch ein Geständnis gewesen, hätte er es erwähnt. Und er konnte nicht mit Sicherheit davon ausgehen, dass der Junge mir das Päckchen brachte. Auch nicht für 50 Euro.

Es war erleichternd zu wissen, wo er war. Erleichternd zu wissen, dass es ihm gut ging ... irgendwie. Nichtsdestotrotz wollte ich jetzt natürlich unbedingt wissen, wie Magnus an den Schmuck gekommen war. Ich legte den Brief in meine Nachttischschublade und wollte gerade wieder runter gehen, als mein Handy in der Hosentasche vibrierte. Ich hatte es wegen der Schule schon auf stumm gestellt.

>>*Ich höre gerade Radio. Krass. Melde dich! Magnus ist auch nicht da!*<< Die sms kam von Cat. Sie musste sie noch schnell vor Unterrichtbeginn versendet haben. Ich drehte mich auf dem Absatz um und schaltete das Radio ein, das auf meinem Schreibtisch stand. Ein Geburtstagsgeschenk von Magnus. Seltsam. Dass ich es von ihm hatte, daran hatte ich jahrelang nicht gedacht.

Der Moderator befragte gerade irgendwen, der wohl niedergeschlagen worden war. Nach einigen Sätzen wurde mir klar, dass es sich um den Nachtwächter des Keltenmuseums handelte. Viel ging nicht aus den Nachrichten hervor, nur, dass ein Halsreif gestohlen worden war – eben jeder Reif, der nun in der blauen Pappschachtel in unserer Küche lag. Zweifellos würde das ein riesiges Aufsehen verursachen. Die Artefakte, welche am Glauberg gefunden worden waren, waren nicht nur für die Bewohner der Umgegend etwas Besonderes, sondern zogen sogar internationale Aufmerksamkeit auf sich. Die Besucherzahlen des Museum sprengten die Erwartungen um ein Vielfaches. Ich war sicher, dass der Raub spätestens heute Mittag auf sämtlichen Sendern thematisiert werden würde.

Ein erneuter Vibrationsalarm erinnerte mich an Cats Frage - und es war eine Frage, wenn man zwischen den Zeilen lesen konnte. Sie war nur vorsichtig mit dem, was sie schrieb. Wie sollte ich ihr antworten, ohne zu viel zu verraten? Man konnte ja nie wissen, in welche Richtung die Ermittlungen der Polizei führen würden. Doch weshalb sollten sie auf uns kommen? Aber vielleicht doch ... Ich schüttelte den Kopf, als versuchte ich damit Klarheit zu gewinnen und überschüssige Mutmaßungen abzustreifen. Die plötzliche Befürchtung erwischt zu werden, brachte ja schon beinahe eine Art Verfolgungswahn zu Tage. Auch die zweite Nachricht kam von meiner Freundin. >>*Was ist nun?*<<

>>*Hab es auch schon gehört,*<< tippte ich. >>*Wieso Magnus? Hast du etwa vergessen, dass er an dieser Schule in Asien angenommen wurde?*<<

Schon beim Schreiben war mir klar, dass Cat einen Grund finden würde, heute früher nach Hause zu müssen. Zwei Stunden. Länger würde es gewiss nicht dauern, bis sie vor unserer Tür stand.

Wie ich es mir gedacht hatte, war der Reif selbstverständlich auch zwischen Runa und meiner Tante Gesprächsthema gewesen. Wie wir ja inzwischen wussten, gab es keinen Grund zu versuchen, vor Runa noch etwas geheim zu halten - sofern es den, im Nachhinein betrachtet, je gegeben hat. Also konfrontierte Ida sie auch gleich mit Magnus Diebstahl, als Runa sie nach dem Grund fragte, aus dem ich so an ihr vorbeigestürzt war.

Als die Diele unter meinen Füßen knackte, wendeten sich beide zu mir um. Runa sah erschüttert aus. Die roten Ränder um ihre Augen zeugten von vergossenen Tränen. Man sah ihr an, dass die Dinge einen Lauf genommen hatten, mit dem sie überhaupt noch nicht klar kommen konnte in ihrem Alter. Geschweige denn sollte. Ich hasste es, dass nun auch sie in eine Welt hineingezogen wurde, die einen nur allzu häufig überforderte. War es nicht genug, dass sie sich nicht einmal mehr aus dem Haus traute? Dass sie Angst hatte zur Schule zu gehen? Musste nun auch noch einer der für sie wie für mich wichtigsten Menschen verschwinden?

In dem Augenblick, in dem mir dieser Gedanke durch den Kopf schoss, erkannte ich etwas. Ich war nicht der Grund für Magnus Entscheidung. Nicht ausschließlich. Es war auch nicht der Sport. Es war Runa. Er konnte es nicht mit ansehen, wie es ihr erging. Er konnte es nicht ertragen, dass sie so viel Angst davor hatte, auf Ariax zu stoßen, dass sie sich praktisch zu Hause einigelte. Wie oft hatte er versucht, sie zumindest in den Garten zu locken, sie durchs ganze Haus gejagt, doch an der Terrassentür in die Enge getrieben, hatte sie lieber aufgegeben und sich fangen lassen, als einen einzigen Schritt nach draußen zu wagen. Selbstverständlich gab es bereits Probleme mit der Schule, die sich nicht mehr länger mit Tante Idas Entschuldigungen abfinden wollte.

Doch was hätten wir tun können? Wir konnten ja schlecht einen Psychologen einschalten. Was hätte Runa dem denn erzählen sollen? Mal ganz davon abgesehen, dass sie ja das Haus nicht verließ und darum erst gar nicht hingegangen wäre. Wir versuchten wirklich alles, Runa zum Schulbesuch zu bewegen. Besonders Magnus verbrachte unglaublich viel Zeit damit, meine Schwester aufzubauen. Er zeigte ihr sogar Tricks, mit denen sie sich wehren konnte. Doch es half nichts. Wenn sie es doch einmal schaffte sich aufzuraffen, begann sie an der Türe zu zittern oder weinte. Es ging einfach nicht. Nach all den gescheiterten Versuchen und Bemühungen sah Magnus den Diebstahl des Halsrings als einzige Möglichkeit, um damit sowohl mein Problem zu lösen als auch dafür zu sorgen, dass Runa keine Angst mehr haben musste, als Druckmittel entführt werden zu können. Von klein auf hatte er Runa in sein Herz geschlossen. Sie war stets seine kleine Prinzessin, von der er sich erschrecken ließ, die er jagte, mit ihr tobte oder spielte. Er konnte gar nicht anders, als ihr zu helfen.

„Ihr braucht euch nicht um ihn zu sorgen", versuchte ich die beiden zu beruhigen, die mich – wissend, dass ich einen Brief erhalten hatte – erwartungsvoll ansahen. „Es wird kein Verdacht auf ihn fallen. Er ist seit Monaten zu einem halbjährigen Aufenthalt in einem Kloster in Asien angemeldet, hat aber nichts gesagt."

„Ein Kloster?", unterbrach Runa mich entsetzt, weil sie die falschen Schlüsse zog.

„Nur, um zu trainieren. Die sind dort super und er möchte sich weiter verbessern. Und was unser Problem betrifft ..."

„Da dachte er sich, er könnte gleich zwei Fliegen mit einer Klappe schlagen. Uns helfen, abhauen und jeden Verdacht von sich schieben, weil die Reise schon lange geplant war", vervollständigte Tante Ida seufzend meinen Satz und ließ sich kopfschüttelnd auf einem der Küchenstühle sinken.

„So ungefähr", stimmte ich ihr zu. „Und er will versuchen herauszufinden, was er fühlt und was ihm zu fühlen eingegeben wurde."

„Das war eh total gemein!", kommentierte Runa. „Ob er mich sieht, wenn ich ihn besuche?"

Verblüfft über diese spontane Idee sahen Ida und ich uns an. Wie selbstverständlich sie diese Fähigkeit anwendete. Ohne nachzudenken, ohne sie zu hinterfragen. Ein wenig beneidete ich sie um die Leichtigkeit, mit der sie ihre Begabung akzeptierte.

„Ich weiß nicht, mein Schatz. Vermutlich nicht. Aber wenn es dich beruhigt, hat er sicher nichts dagegen, wenn du hin und wieder nach ihm schaust", gab unsere Tante mitfühlend zurück. „Doch du solltest stets die Privatsphäre achten und dich aus Situationen, in denen du in Fleisch und Blut nicht zusehen würdest, umgehend zurückziehen, wenn du in eine solche hineinstolperst."

Runas Wangen begannen umgehend zu glühen und der verstohlene Blick, den sie mir erst zuwarf bevor sie verlegen unter sich schaute, ließ Ida wachsam aufhorchen. Hatte Ida sie nicht bereits bei unserem ausführlichen Gespräch gebeten, eben nicht einfach irgendwo hineinzustolpern? So wie Runa schaute, hatte sie sich daran wohl nicht ganz gehalten und da es inzwischen zu nichts gekommen war, dass sie bei mir und Daniel hätte sehen können, musste ihr Blick etwas anderes bedeuten. Es musste etwas sein, was sie an die Situation am Backöfchen erinnerte ... hmm ... also da waren Daniel und ich ... ich war so gut wie nackt ... Unwillkürlich musste ich husten, weil ich mich an meiner eigenen Spucke verschluckte, als die Erkenntnis mich traf. Es war Magnus. Die viele Zeit mit ihm, ihre Reaktion auf den Kuss damals. Meine Güte, sie schwärmte für ihn! Meine Schwester hatte ihn beobachtet und war dabei in eine Situation gestolpert, die sie lieber nicht hätte sehen sollen. Ob es ein Bad war? Oh Mann, ich hoffte, es war nur ein Bad. Mein Blick muss verraten haben, dass ich darauf gekommen war, denn Runas Röte vertiefte sich, als sie ihn auffing.

Tante Ida beobachtete unseren Austausch mit Argusaugen und ich ahnte, dass deswegen früher oder später ein Gespräch fällig sein würde. Doch nicht heute.

Entschlossen stand ich auf, nahm die dunkelblaue Pappschachtel an mich und machte mich auf in Tante Idas Vorratsraum. Ich würde sicher eine Pipette benötigen oder zumindest ein sauberes kleines Fläschchen, um das GdE darin abzufüllen und in dem an die Gesindeküche anschließenden Kämmerchen, welches Magnus schon oft grinsend als *Idas Elfenbude* bezeichnet hatte, war beides zu finden.

Um auf dem Schmuck keine Fingerabdrücke zu hinterlassen fischte ich mir zuerst ein paar Gummihandschuhe aus der Packung, die immer griffbereit direkt über dem Arbeitsbereich im Regal lag. Auf deren Vorrat war Verlass, denn Tante Ida achtete ganz besonders bei der Herstellung von ätherischen Ölen und pflanzlichen Essenzen darauf, nie in direkten Hautkontakt zu kommen. Deren starke Konzentration könnte sonst Reaktionen auslösen. Zum endgültigen Verbrauch wurden diese Öle darum auch nur verdünnt angewendet.

Dass ich nicht wusste, wie konzentriert das GdE in dem Halsring war, war ein zusätzlicher Grund für die Handschuhe. Ich wollte auf gar keinen Fall damit in Berührung kommen und irgendwie beeinflusst werden. Darum komplettierte ich diese Vorsichtsmaßnahme mit einem Mundschutz. Runa und unsere Tante waren mir gefolgt und standen in der Tür, um mir zuzusehen. Ich öffnete den Deckel und hob den Ring vorsichtig aus der Schachtel.

Ehrfürchtig betrachtete ich das uralte, behutsam restaurierte Stück. Wie filigran die Goldschmiede vor so langer Zeit bereits gearbeitet hatten! Die Kunstfertigkeit war bewundernswert. Im Nacken war der goldene Halsring völlig glatt und rund. Gewiss war er angenehm zu tragen. Den vorderen Teil bildeten zehn aufeinandergereihte Köpfe. Mir war, als bedeuteten sie etwas, doch es wollte mir einfach nicht einfallen. An den Seiten der drei Speerspitzen fanden sich zwei Menschenfiguren. *Ariax und Alveradis*, vermochte ich sie sofort zuzuordnen. Doch nicht die beiden trugen in sich, was ich suchte. Die mittlere Speerspitze barg das ersehnte Geheimnis, darin war ich mir sicher. Nur, wie sie zu öffnen war – dazu wollte sich einfach keine konkrete Erinnerung einstellen. Das konnte entweder bedeuten, dass sie im Zuge von Alveradis Bemühungen, das genuine Gedächtnis zu beseitigen, in Vergessenheit geraten war, oder aber, dass nicht sie, sondern jemand anderes das Nottröpfchen dort eingefüllt hatte. Vielleicht Ariax selbst und Alveradis hatte den Verschluss nie betätigt. Doch ich würde schon herausfinden, wie er funktionierte.

Auf einer tellergroßen, am Rande leicht gewölbten Keramikplatte, deren Lotuseffekt jede Substanz von sich abperlen ließ, legte ich den Halsring ab und besah mir die mittlere Spitze genauer. Vorsichtige Versuche, sie durch eine Links - oder Rechtsdrehung zu öffnen blieben erfolglos. Natürlich ließ sie sich auch nicht einfach abziehen. Nachdenklich besah ich mir das Stück und überlegte, welche Möglichkeiten es sonst noch geben könnte, doch ich fühlte mich, als hätte ich ein regelrechtes Brett vorm Kopf. Je mehr ich versuchte darüber nachzudenken, desto weniger wollte mir einfallen.

Ich lachte und schüttelte den Kopf wegen dieser Erkenntnis. Es war doch wirklich immer wieder das Gleiche, was mir im Weg stand. Wie so häufig entpuppte sich die Analytikerin in mir als Hemmnis. Loslassen. Das war des Rätsels Lösung. Ich schloss die Augen und gab mich der Energie hin, die alles und jeden durchdrang, tauchte ein in den Fluss und fühlte, wie meine Hände sich zu bewegen begannen, als mir das Wissen zur Öffnung einfach gegeben wurde. In diesem Augenblick erkannte ich mal wieder den Unterschied zwischen dem Einklang mit der Natur und dem Fluss an Kraft, diesem unsichtbaren Energieband. Waldelse lag richtig. Natürlich war es im Einklang mit der Natur bedeutend einfacher, die Begabungen zu nutzen. In diesem Zustand hatte ich einen bewussten Zugriff auf den Fluss gar nicht nötig und war unzweifelhaft sehr stark.

Doch wie meine im Wald hausende Vorfahrin vermutet hatte, vermochte man etwas Bestimmtes ohne das Energieband nicht: Aus Erfahrungen schöpfen, die nicht die eigenen – oder die eines meiner Ahnen - waren. Die Energie jedoch durchdrang alles und jeden. Immerwährend und durch alle Zeiten. Folglich durchdrang sie auch denjenigen, der einst den Verschluss öffnete, sowie denjenigen, der das Schmuckstück überhaupt erst schmiedete.

Ich konnte nicht sagen, ob diese Energie über eine Art Bewusstsein verfügte, doch zweifelsohne verfügte sie über Wissen. Jedes Wissen. Das gesamte Wissen des Universums vermutlich. Wo ich bei meinem ersten Einklang mit der Natur dachte, dass ich es eines Tages vielleicht gar nicht mehr nötig hätte, auf den Fluss an Kraft zuzugreifen, erkannte ich nun dessen unbestreitbaren Wert. Doch sogar Aleke und Tante Ida hielten den Einklang für wesentlich bedeutender. Weshalb? Warum schenkte Waldelse nie jemand Glauben? War ihnen der tatsächliche Wert des Flusses eventuell gar nicht bewusst? War ihnen nicht klar, dass er zu jeder erdenklichen Erkenntnis führen würde?

Oder war meine soeben erlangte Erfahrung, tatsächlich das Wissen eines anderen daraus zu beziehen, etwas gänzlich Neues? Etwas, das vorher noch niemandem gelungen war? Niemanden außer Eleoise natürlich, und das vermutlich nur fragmental. Innerlich schüttelte ich über mich selbst den Kopf. Man müsste schon eine verdammt begabte Elfe sein, um so etwas fertig zu bringen. Unweigerlich fragte ich mich, ob da gerade wieder etwas in mir durchging. Wieder so ein Gefühl von Überlegenheit. Verdammt, weshalb *schmeckte* das nur immer so gut? Doch weshalb war mir gerade etwas gelungen, wofür meine verschrobene Ahnin ihr halbes Leben üben musste? Dazu müsste man einfach eine enorm fähige E.L.F. sein. Überlegenheitsgefühl hin oder her. Eine Elfe von der Art, wie sie verboten war, vielleicht. Wie es uns zum Beispiel verboten war, ein innerfamiliäres Kind zu zeugen, weil dieses Kind zu stark werden würde. Doch meine Mutter war nicht einmal eine Elfe und mein Vater nicht außergewöhnlich begabt. Wie sollte also ausgerechnet mir so etwas einfach so gelingen?

Ein leises Klicken brachte meine Gedanken zurück zum Geschehen und ließ mich die Augen neugierig aufschlagen. Vor mir lag noch immer der fürstliche Halsschmuck, doch die goldene Speerspitze war nicht mehr daran befestigt. Sie lag offen davor und eine klare Flüssigkeit tropfte aus ihrem offenen Ende heraus. Schnell nahm ich den Halsring auf und legte ihn zurück in die Schachtel, damit er nicht benetzt werden konnte. Die Spitze jedoch klemmte ich vorsichtig zwischen Daumen und Zeigefinger und tippte das Ende mit der anderen Hand vorsichtig an, um den gesamten Inhalt auszugießen. Eine winzige Pfütze bildete sich in der Mitte der Keramikplatte. Wie unauffällig sie aussah. Wie klares, unschuldiges Wasser. Nichts deutete auf die enorme Wirkung hin, die sich hinter dieser unscheinbaren Fassade verbarg.

„Sei vorsichtig!“, ermahnte mich Ida, die sich wie meine Schwester bisher mucksmäuschenstill im Hintergrund gehalten hatte, besorgt. Doch es war unnötig. Nichts war mir bewusster als die Vorsicht, die im Umgang mit diesem Gebräu geboten war. Die Taten, welche Alveradis durch ihren vergifteten Geist begangen hatte, würden ewig in meinem Gedächtnis verankert sein. Meinen Geist würde es nicht vergiften. Meinen nicht! Ich legte die Spitze zum Rest des Schmucks in die Schachtel und griff nach der Pipette, die ich mir zuvor aus Idas sterilisiertem *Werkzeugkasten* herausgenommen hatte, um die Flüssigkeit damit aufzunehmen.

Nicht einmal drei Milliliter zeigten die kleinen blauen Striche auf der Scala der Pipette an. Zweifellos handelte es sich um eine sehr wirksame Substanz, denn wie sonst sollte es möglich sein, dass eine solch geringe Menge Ariax zufrieden stellt? Nicht auszudenken, welch fatale Folgen eine gefüllte Schnabelkanne hätte. Ich bekam Gänsehaut bei dem Gedanken, dass er damit eine ganze Armee für sehr lange Zeit hätte versorgen können. Was auch immer dazu geführt hatte, dass sie ohne Inhalt bei den Grabbeigaben gefunden wurde – ob sie nun jemand entleerte oder ob das GdE einfach durch einen Riss versickern konnte – ich war mehr als froh darüber. Zierte nicht der *Herr der dämonischen Wesen* den Rand der Schnabelkanne? Wäre sie gefüllt in Ariax Hände geraten, so wäre er zweifelsohne zu eben diesem geworden. Ein ganzes Heer abgestumpfter, im Herzen vergifteter Marionetten ohne Gewissen wäre ihm gefolgt. Wenn man den Schaden betrachtete, den allein er mit Alveradis anrichtete, war kaum auszumalen, was er mit dutzenden, wenn nicht sogar hunderten solcher Anhänger hätte anstellen können.

Ich sah mich nach einem geeigneten Behältnis für das GdE um und mein Blick viel auf eine kleine, kunstvoll in sich gedrehte gläserne Phiole, die verdeckt von den größeren Reagenzgläsern und Fläschchen eigentlich kaum zu entdecken war. Aus einem inneren Gefühl heraus nahm ich genau diese, gab fast die gesamte Menge der Flüssigkeit hinein und stellte sie sicher verschlossen neben die Schmuckschachtel. Einen einzigen, winzigen Tropfen jedoch gab ich auf einen Objektträger und schirmte ihn mit einem Deckglas ab, um später einen genaueren Blick darauf werfen zu können.

Das alles, beinahe jeder Handgriff, den ich seit Betreten des Vorratsraumes getätigt hatte, ging mir wie automatisch von der Hand. Ich tat einfach, was getan werden musste, spürte dabei weder körperliche noch emotionale Anspannung. Erst als ich die Kammer verlassen hatte und mich auf die alte Eichenbank plumpsen ließ, wurde ich mir meiner eigenen Erschöpfung bewusst. Verwundert darüber nahm ich den Mundschutz ab und registrierte die Schweißperlen auf meiner Stirn. Meine Hände waren kalt und zitterten, als ich mich der Handschuhe entledigte.

„Was ... was ist mit mir?“

Tante Ida nahm neben mir Platz, legte behutsam ihren Arm um mich und streichelte mir den Rücken, als wolle sie mir damit verlorene Kraft zurückgeben. Tatsächlich fühlte ich mich dadurch ein wenig besser.

„Auch wenn du es nicht gemerkt hast, so war das eben dennoch eine sehr angespannte Situation für dich, die dir höchste Konzentration abverlangte“, erklärte sie. „Wir wissen nichts über das Serum. Ist es explosiv, wenn es herunterfällt? Wirkt es schon beim Einatmen? Reagiert es mit anderen Komponenten? Du hast ganz instinktiv jede gebotene Vorsicht walten lassen. Das hat dich enorm angestrengt und diese Anstrengung fällt jetzt von dir ab.“

„Das ist alles?“

„Das ist alles.“

Erleichtert atmete ich auf. Eine ganz normale, menschliche Reaktion. Ida lächelte vielsagend. Es war unverkennbar, dass da etwas dahinter steckte.

„Was ist?“
„Die Phiole. Warum hast du sie gewählt?“
„Sie schien mir richtig zu sein.“
„Warum?“
„Keine Ahnung. War so ein Gefühl.“
„Ist dir ihre leichte Tönung aufgefallen? Sie ist von innen hauchdünn mit Epoxidharz ausgekleidet. Genau wie der Objektträger, den du benutzt hast. Ich habe auch andere, aber du hast zielsicher nach einem mit Epoxidharz gegriffen.“
„Das macht die Oberfläche hydrophob. Wasser perlt einfach davon ab wie bei einer Lotusblüte.“ Meine Gedanken machten einen Sprung. „Die Keramikplatte ... ist ebenfalls mit Epoxidharz beschichtet?“
„Ja. Ich habe auch eine andere. Die hat aber eine Teflonbeschichtung.“ Das auffordernde Lächeln meiner Tante zeigte mir, dass ich daraus schon Schlüsse ziehen konnte, noch ehe ich mir die Probe angesehen hatte. „Es reagiert nicht mit Epoxidharz ...“, ließ ich meinen Gedanken freien Lauf. „Mit Teflon jedoch vermutlich schon. Unbehandeltes Glas würde nicht genügen ... vielleicht, weil das Serum mit dem Quarz darin reagieren würde ... oder einem anderen Stoff. Aber das heißt ja, dass ich das schon vorher gewusst haben muss. Die Erinnerung daran ist also gar nicht vollständig verloren?“
„Sieht so aus. Ich glaube nicht, dass irgendetwas wirklich vollständig verschwinden kann. Das ist keinem Geschichtsschreiber gelungen, der zugunsten einer Siegermacht Aufzeichnungen führte und wird auch Alveradis nicht zur Gänze gelungen sein. Irgendwann kommt immer wieder etwas ans Tageslicht. Selbst nach Jahrhunderten. Es mögen nur Fragmente sein, doch sie zeigen, dass nichts für immer aus der Geschichte entfernt werden kann.“
Runa, die schon ungeduldig auf ihrem Platz hin und her zu rutschen begann, schaltete sich nun in das Gespräch ein.
„Wir haben jetzt das Zeug. Heißt das, wenn Ariax es bekommen hat, brauch ich keine Angst mehr zu haben und kann wieder zur Schule gehen?“
„Ja.“ Ich versuchte, sicher zu klingen, doch wie konnte ich das sein? War eine von uns jemals sicher vor Ariax, so lange er existierte? Nichtsdestotrotz musste das Leben weitergehen und Runa endlich wieder zur Schule.
„Cool. Dann sieh mal zu, dass er das Zeug bekommt!“

Ida war es wahrhaftig gelungen, den goldenen Halsring unbeobachtet in der Nähe des Museums zu platzieren. Sie hatte Recht, als unauffällige Spaziergängerin, von denen es hier täglich etliche gab, nahm kaum einer der Wachleute Notiz von ihr. Sie stellte in deren Augen keinerlei Bedrohung dar. Es dauerte keine halbe Stunde, da wurde das Schmuckstück gefunden und kaum noch einmal so lange, dann kam die Nachricht übers Radio. Also konnte ich davon ausgehen, dass Ariax es ebenso erfahren hatte. Ihm musste klar sein, dass ich mich an den geheimen Verschlussmechanismus zu erinnern vermochte und die letzte Notreserve seines ersehnten Serums nun darauf wartete, ihm übergeben zu werden.

Zur Sicherheit trug ich die kleine Phiole immer bei mir, egal, ob in der Schule, beim Training oder zu Hause. Daniel hatte versucht, Ariax zu kontaktieren, um mir ein Treffen mit ihm ersparen zu können, doch der ignorierte Daniels Anrufe, was nur bedeuten konnte, dass ihm an einen erneuten Zusammentreffen mit mir sehr gelegen war. Eine Schlussfolgerung, die ein mulmiges Gefühl verursachte und dafür sorgte, dass ich sogleich an meiner eigenen Stärke zu zweifeln begann. Ich hatte mich seiner Anziehungskraft bei unserer letzten direkten Begegnung kaum entziehen können – würde es mir erneut gelingen?

Ich hasste ihn. Für alles, was er getan hatte, alles, woran ich mich erinnerte und wegen allem, dessen ich Zeuge geworden war. Sogar das, was von Alveradis in mir steckte, hasste ihn. Doch eben dieser Teil fürchtete ihn auch und fürchtete die Wirkung, der sie sich bis zum Zeitpunkt ihrer Schwangerschaft nicht zu entziehen vermocht hatte – geschweige denn wollte. Es war kaum zu erklären und hätte man mir davon berichtet, hätte ich es vermutlich nicht für möglich gehalten, doch ich erfuhr diese Gefühle nicht von Dritten, sondern am eigenen Leib. Auch wenn ich meinen Geist noch so sehr in diesem Leben hielt und mich permanent der Gräueltaten des Fürsten besann, konnte ich dennoch die geradezu magische Anziehungskraft nicht verleugnen, die mich an ihn zog, wie sich die Mücke vom Licht angezogen fühlte und diesem Ruf selbst dann folgte, wenn es ihr Todesurteil war. Am liebsten hätte ich es jedoch getan – das Gefühl verleugnet.

Von Tag zu Tag wurde ich nervöser und schließlich vertraute ich Daniel den Grund dafür an. Es war sehr schwer für mich, mit ihm darüber zu reden. Nachdem ich ihm und Tante Ida nach jener Nacht davon berichtet hatte, wie Ariax auf mich wirkte, hatte Daniel das Thema nicht mehr angeschnitten, wofür ich ihm sehr dankbar war. Doch nun mussten wir darüber reden. Daniel verstand, dass ich mir diese Gefühle am liebsten selbst nicht eingestehen würde, doch er war der Ansicht, dass ich genau dies tun müsste. Ich sollte meinen inneren Feind kennen, um ihn bekämpfen zu können.

„Was ist es genau, das dich anzieht, Lioba?“, fragte er einfühlsam und streichelte mir sanft mit dem Daumen über die Wange.

„Ich ... ich weiß es nicht genau ...“, stammelte ich, doch meine sich rötenden Wangen verrieten, dass ich mehr wusste – oder ahnte – als ich zugab.

Daniel lächelte verständnisvoll und hob mein Kinn an, um den Blickkontakt wiederherzustellen, den ich verlegen beendet hatte. „Leelee, was immer es ist: Das warst nicht DU, die mit ihm gelebt hat. So rot wie du wirst gehe ich davon aus, dass es auf irgendeine Weise etwas sehr privates ist, was diese Anziehung verursacht. Aber es ist nicht DEINE Privatsphäre. Es ist die von Alveradis. Was auch immer da gelaufen ist, erlebte SIE, nicht DU.“ Daniels tiefblaue Augen flehten schon beinahe, als er mir zu vermitteln versuchte, was ich im Grunde wusste. Doch darin lag ja das Problem. Ich WUSSTE es, doch es fühlte sich anders an.

„So einfach ist das nicht, Daniel. Ich kann mir nicht einfach sagen: Das fühle ich und das fühlt Alveradis. Es vermischt sich, verstehst du? Ihre Gefühle sind ebenso real für mich wie meine eigenen. Es ist ...“ Seufzend wendete ich mich ab und verbarg den Kopf in meinen Händen.

„Es ist was?“

„Seine Autorität, glaube ich. Seine Art, zu bekommen, was er will.“

Als es an einer Reaktion fehlte, schielte ich vorsichtig zwischen zwei Fingern auf Daniels fragendes Gesicht. „Du magst es, dass er praktisch über Leichen geht, um seinen Willen zu erfüllen?“

„Nein, ich hasse es“, gab ich Teil eins meines Ringens zurück, um abermals errötend mit dem zweiten Teil fortzufahren. „Aber es fühlt sich ...“ Ich stockte.

„Es fühlt sich ...?“

„Na ja ... es fühlt sich irgendwie ... heiß an. Ich kann es nicht beschreiben. Ich begreife es ja nicht einmal. Aber zu wissen, dass er sich einfach nimmt, was er will und ... ähm ... dass ...“

„... es sich so anfühlt, als ob du es bist, die er will ...? Das fühlt sich heiß an?“

Das kleine Kissen hinter mir war gerade Recht, um mich dahinter zu verstecken. Wie sollte ich Daniel noch in die Augen sehen? Sanft versuchte er, mir das Kissen wegzunehmen.

„Leelee, schau mich an.“ Zögerlich, wohlwissend, dass ich da nun durch musste, senkte ich meinen Schutz und sah in Daniels Augen, in denen die Antwort viel klarer zu sein schien als in meinem Kopf. „Möchtest du denn, dass er nimmt, was er will? Möchtest du, dass er sich dich einfach nimmt?“

„Nein!“ Entsetzt schob ich diese Frage von mir, doch mir schien, als hätte Daniel die Antwort ohnehin schon gekannt. Er legte den Kopf schief und lächelte.

„Siehst du. Möchtest du, dass ich das tue? Möchtest du fühlen, dass ich nicht von dir lassen kann, spüren, dass ich mir über kurz oder lang einfach nehmen werde, was ich will, nämlich dich?“

Woooaaahhh, wo kam denn das jetzt her? Das war mit Abstand der schnellste Stimmungsumschwung, den ich je erlebte. Wo ich mich gerade noch zu erklären versuchte, tanzten plötzlich kleine Feen mit ihren winzigen Füßchen meine Wirbelsäule hinab und verursachten heftiges Kribbeln bis in die untersten Gefilde.

Diese Reaktion schien Daniel nicht verborgen geblieben zu sein. Sein Lächeln vertiefte sich und er schüttelte kaum merklich den Kopf, gerade so viel, dass seine Haarspitzen mein Schlüsselbein kitzelten, als er sich ganz dicht zu mir herab beugte, um mit seinem warmen Atem eine Spur exquisiter Verwüstung auf meiner Haut zu hinterlassen und mir mit diesem Minimum an Aufwand ein nicht zu unterdrückendes leises Keuchen zu entlocken.

„Ich fasse das als Zustimmung auf, Leelee“, raunte er mir ins Ohr und brachte mich zum Erschaudern. „Ich will dich. Und ich weiß, dass ich bekomme, was ich will. Die Frage ist nicht, ob oder wann ich es mir nehme. Die Frage ist, wie lange es dauert, bis du mich anbettelst, von dir abzulassen.“

Ohne ein weiteres Wort rückte Daniel nach dieser alles auf den Kopf stellenden Ansage von mir ab und hinterließ mich wie einen kurz vor der Eruption stehenden Vulkan, den man mit Warp 10 zur Abkühlung in die Eiswüste verfrachtet hatte.

„Atmen, Leelee. Atmen!“, ermunterte er mich grinsend mit dieser lebensnotwendigen Kleinigkeit fortzufahren, die ich wohl unabsichtlich komplett eingestellt hatte. Mir wurde schwindlig, als ich die Luft einsog.

„Und nun kannst Du es unterscheiden, oder?“

„Unterscheiden?“ Mein Gehirn hatte seine Denkfähigkeit noch nicht wieder zurückgewonnen. Daniel lachte.

„Ich liebe es, wenn du so auf mich reagierst. Weißt du, trotz all deiner Stärke und deinem Mut ist es nichts Peinliches zuzugeben, dass du gerne erobert werden möchtest. Ich bin ja nicht auf den Kopf gefallen. Ich habe schon längst bemerkt, dass dir das viel mehr unter die Haut geht, als wenn du selbst die Initiative zu ergreifen versuchst.“ Ein verschmitztes Grinsen huschte über sein Gesicht. „Hatten wir das mit der Beute nicht schon?“

Ich errötete und schlug verlegen die Augen nieder, doch Daniel hob mit den Fingern mein Kinn an und fing meinen Blick wieder ein. „Es ist O.K., Leelee. Ach, was rede ich da. Es ist mehr als O.K. Ich werde es sehr genießen, dir immer wieder den Atem zu rauben.“ Als ob ihm ein unaufgeforderter Gedanke durch den Kopf huschte, schüttelte Daniel den Kopf und legte die Hand in den Nacken. „Du hast ja keine Ahnung, was ich manchmal gerne mit dir ...“ Doch statt den Satz zu beenden unterbrach er sich selbst. Sehr zu meinem Leidwesen. Nur allzu gern hätte ich erfahren, welche Ideen ihn ab und an überfielen. Na ja, einen Einblick hatte ich ja schon an der Krömelbach bekommen ... doch ich hätte es einfach zu gern gehört. „Was ich eigentlich sagen wollte ...“, kam Daniel nun auf den Punkt zurück, auf den er hinaus wollte. „Du magst das Gefühl, unwiderstehlich begehrt zu werden, genau so sehr wie Alveradis. Aber nun kannst du es vielleicht unterscheiden.“

Ich dachte darüber nach. Die Gefühle waren sich sehr ähnlich. Doch es bestand tatsächlich ein eklatanter Unterschied: Die Furcht. Was auch immer Daniel mit mir tun würde – ich würde mich niemals davor fürchten ihm zu geben, wonach er sich sehnte. Ich wusste bis in die Tiefe meines Herzens, bis in die allerletzte Faser, dass ich ihm uneingeschränkt vertrauen konnte. Ich könnte mich selbst aufgeben und in seine Hände legen – mir würde nichts geschehen. Nichts, das ich nicht ebenso sehr wollte wie Daniel. Was Ariax betraf, war es völlig anders. Auch er hatte diese Wirkung und nutzte sie aus, wann immer ihm danach war. Doch ich fürchtete diese Wirkung. Ich fürchtete, ihm bereitwillig seinen Willen zu lassen, selbst wenn mir bewusst wäre, welchen Schaden dies verursachen würde. Für mich und andere. Jetzt erkannte ich, was Daniel meinte.

„Ich werde mich wehren können", antwortete ich ihm mit Tränen in den Augen, weil ich das endlich erkannte. „Ich kann es unterscheiden. Ich kann ihre Gefühle von meinen unterscheiden. Er wird es niemals schaffen, mich so zu manipulieren, wie er es mit Alveradis tat."

Nein, das konnte er nicht. Vielleicht wäre es ihm gelungen, wenn Daniel mir den Unterschied nicht bewusst gemacht hätte. Doch nun nicht mehr. Meine Nervosität legte sich und ich fühlte mich Stunde um Stunde sicherer, Ariax entgegentreten zu können. Doch so schnell wie ich dachte, geschah das nicht. Es verging viel Zeit. Tage, in denen sich ganz langsam und unbemerkt der Alltag wieder einschlich.

Der Alltag und die Ereignisse, die – wenngleich früher für uns selbstverständlich – wegen all dem Neuen beinahe in Vergessenheit geraten waren. Darum fiel es mir auch wie Schuppen von den Augen, als Runa, die endlich wieder am Leben teilnahm, mir erzählte, sie hätte Herrn Keller mit seinem kleinen Traktor fahren sehen. Natürlich informierte ich sofort meine Freundin Cat und schon eine Stunde später standen wir bei Kellers vor der Haustür.

„Cat? Lioba?", begrüßte uns Magnus Mutter verwundert.

„Guten Tag Frau Keller", grüßte ich sie. „Runa hat ihren Mann auf dem Traktor gesehen und da haben wir uns gefragt, ob er schon dabei ist, Brennholz zu schlagen."

„Ja ... das macht er ... aber ...", gerührt schlug sie sich die Hand vor den Mund, was mir doch etwas unangenehm war. So etwas Besonderes war das nun wirklich nicht. „Meine Güte, ihr wollt trotzdem helfen? Obwohl Magnus gar nicht da ist?"

„Natürlich", erwiderte Cat. „Jetzt kann ihr Mann bestimmt erst Recht Hilfe brauchen, oder?"

Frau Keller bat uns auf einen Kakao herein. Sie war wirklich sehr froh über unser Angebot, ihren Mann bei der schweren Arbeit zu unterstützen. Er war schon einmal draußen gewesen, hatte jedoch so ganz allein kaum etwas geschafft. Wenn wir zusammen im Wald waren, dann sägte er nur, während wir drei die Meterstücke spalteten und auf den Hänger luden. Allein musste er alles selbst machen und kam kaum vorwärts. Liegen lassen wollte er aber auch nichts, da es leider immer wieder zu Diebstählen kam. Was für ein Ärger, wenn man in den Wald zurückkam und die Arbeit eines ganzen Tages gestohlen war! Gleich am nächsten Samstag wollte er wieder raus und wir versprachen, gleich morgens um sieben bereit zu sein.

Als ich Daniel davon erzählte, wollte er ebenfalls mithelfen und so fuhren wir schließlich - zwar in anderer Besetzung, jedoch mit gewohnter Truppenstärke - hinten auf Herrn Kellers Anhänger in den Wald hinaus. Wie immer schlugen wir das Holz in der Nähe der Krömelbach. Ein seltsames Gefühl, nachdem ich nun so viel mehr über diesen Ort wusste.

„So ganz erlaubt ist das aber nicht", bemerkte Daniel, als er mir die Hand reichte, um mir vom Anhänger zu helfen. „Auf dem Anhänger mitzufahren, meine ich."

„Oh, bestimmt erlaubter als das, was die Latène so treiben, nicht wahr?", konterte Cat, während sie sich auf seiner Schulter abstützte, um herunterzuspringen.

„So etwas wie *erlaubter* gibt es nicht."

„Möchtest du darüber eine Grundsatzdiskussion führen?" Herausfordernd blinzelte sie ihn an, doch Herr Keller, der inzwischen den Motor abgestellt hatte und nun die Kettensäge ablud, rettete Daniel aus dieser Situation.

„Junger Mann, das würde ich lassen. Nur ein guter Rat. Grundsatzdiskussionen mit Fräulein Sage sind nicht zu gewinnen."

„Aber sie ist im Unrecht", widersprach Daniel, der wirklich keine Ahnung hatte, worauf er sich da beinahe einließ.

„Das spielt keine Rolle. Sie gewinnt." Mit diesen Worten kehrte er uns den Rücken zu und steuerte auf die markierten, bereits am Boden liegenden Baumkronen zu, die auf etwa fünfzig Meter verstreut zu unserer Linken das Waldbild ziemlich verändert hatten.

Cat stemmte die Hände in die Hüften und hob triumphierend das Kinn, worauf Daniel die Augen verdrehte. „Ist gut. Keine Grundsatzdiskussion."

Ich lachte. „Ich glaube, du bist ihr Magnus-Ersatz. Irgendwen muss sie einfach sticheln. Fühl dich geehrt. Das heißt, sie mag dich."

„Daniel schüttelte stirnrunzelnd den Kopf. „Na dann ..."

„Hier", drückte ich ihm ein paar Arbeitshandschuhe in die Hand, weil man ihm deutlich anmerkte, dass er sich hier auf etwas eingelassen hatte, von dem ihm jede Ahnung fehlte. „Zieh die über und komm einfach mit. Vergiss aber die Micky Maus nicht." Auf seinen ratlosen Blick hin reichte ich ihm auch noch den Gehörschutz. „Große Ohren, Micky Maus", erklärte ich grinsend. Es machte ziemlichen Spaß, ihn mal so unbeholfen und ratlos zu erleben.

„Bringt ihr die Wendy und die Kluppy mit?“, rief Cat uns über das Gedröhn der Kettensäge hinweg zu. „Hab ich vergessen.“

„Wendy und Kluppy?“

„Erkläre ich später.“

Inzwischen war es für eine Unterhaltung einfach viel zu laut geworden. Ich dämmte das Dröhnen mit meiner eigenen Micky Maus. Wir nahmen die Werkzeuge vom Anhänger und stießen zu den anderen. Der Umgang mit Kluppy – oder besser gesagt, der Messkluppe - war schon immer Cats Ding hier im Wald und ich grinste in mich hinein, als Daniel staunend bemerkte, wie schnell und geschickt sie damit die Stämme meterweise anriss. Wir legten die Spaltäxte und Keile erst einmal ab und ich zeigte Daniel, wie er mit dem Wender die größeren Stämme ganz leicht so drehen konnte, dass Herr Keller auch von der Unterseite her sägen konnte. Das klappte auf Anhieb ziemlich gut. Ich wartete, bis die beiden ein paar Meter entfernt waren und nahm mir die Spaltaxt und hieb mit Schwung in den Stamm hinein. Als sie stecken blieb, nahm ich mir, wie Magnus es mir schon vor Jahren gezeigt hatte, zwei Keile und schlug sie mit dem dicken Hammer in den entstandenen Spalt. Knackend gab das Holz nach und ich konnte die Axt wieder herausziehen. Noch vier beherzte Schläge und das dicke Stück war der Länge nach halbiert.

Die ersten Schweißtröpfchen sammelten sich auf meiner Stirn. Ich wischte sie mit dem Rücken des Handschuhs ab – eine Angewohnheit, die mich hinterher immer aussehen ließ, als hätte ich den Waldboden mit dem Gesicht umgraben wollen – und schaute zum ersten Mal, seit ich mit der Arbeit begonnen hatte, wieder auf zu den anderen. Herr Keller schnitt dicke Äste vom Stamm ab, die Cat sogleich wieder in Meterstücke einteilte. Aber das war nicht der Grund, weshalb mir im nächsten Augenblick zur gleichen Zeit heiß und kalt wurde. Nein, dafür war natürlich mal wieder mein Freund zuständig. Der stand nämlich da, den Wender lässig mit der einen Hand über die Schulter gelegt und die andere in die Hüfte gestemmt und schaute ... na sagen wir ... sehr genussvoll. Ein Schmunzeln umspielte seine Lippen und ich konnte sogar auf diese Entfernung den Blick deuten, der mir unpassender Weise sogar jetzt direkt in Regionen fuhr, die gerade absolut nicht in Aufruhr versetzt werden sollten. Sofort schossen mir Erinnerungen an unseren letzten Waldausflug in den Kopf. Ich spürte Hitze in meinen Wangen aufsteigen. *Hallo ... Holz hacken ... immer schön an die Arbeit denken.* Doch diese Ermahnung an mich selbst nutzte nicht allzu viel, wenn Daniel mich weiter so anschmachtete.

„Was?“ fuhr ich ihn schließlich an, obwohl er mich wahrscheinlich gar nicht hören konnte, um dem Ganzen ein Ende zu setzen. Im Ernst, wo sollte das hinführen?

Was er nun tat führte dazu, dass ich den gesamten Rest des Vormittages das Gefühl hatte, in meiner dicken Schnittschutzjacke eingehen zu müssen, weil ich mich immerzu fragte, ob er gerade in meine Richtung schaute und was er dabei denken könnte. Er formte seine Lippen zu einem lautlosen Satz, den ich sogar auf hundert Meter Entfernung hätte lesen können: Du bist so sexy. Und dann drehte er sich um, als hätte er nicht mal wieder mein Gefühlsleben auf den Kopf gestellt und arbeitete weiter, als sei nichts geschehen!!! Ohhhh ...

Wie gesagt gelang es mir danach nicht besonders gut, mich auf das Wesentliche zu konzentrieren und ich beschloss nach einer guten Stunde, es ihm mit gleicher Münze heimzuzahlen. Doch vorerst bot sich dazu keine Gelegenheit. Gegen 11.00 Uhr war Herr Keller mit dem Sägen fertig. Froh, schon so weit gekommen zu sein, packte er die Motorsäge zurück auf den Traktor und kam mit der Kühltasche zurück.

„Mittag!“, rief er und erntete dafür erleichterte Seufzer von uns Dreien. Wir waren ziemlich geschafft und konnten die Pause gut gebrauchen. Cat war – nachdem sie alles angerissen hatte - schon seit einer guten Stunde an meiner Seite und Daniel hatte, wann immer Herr Keller ihn nicht brauchte, das gespaltete Holz auf den Anhänger geladen. Uns allen stand ein mörderischer Muskelkater bevor, doch das wussten Cat und ich ja schon aus den Jahren zuvor. Nur für Daniel würde es eine neue Erfahrung sein. Nicht dass ich dachte, er hätte nie einen Muskelkater gehabt, nein, das nicht. Aber bestimmt noch nie einen, bei dem du am liebsten nicht einmal den Arm heben würdest, um dein Frühstücksbrötchen zum Mund zu führen. Da kam mir endlich die passende Idee zur kleinen Rache.

„Daniel ...“, säuselte ich zuckersüß, als ich mich neben ihn auf einen der Stämme setzte und achtete darauf, dass der Hauch meines Atems dabei sein Ohr streifte. Schon allein, dass sich seine Nackenhärchen dabei aufstellten war mir Genugtuung genug, doch ich wollte es keinesfalls dabei bewenden lassen.

„Hmm?“

Hmm? Ich kicherte. Hat es dem Mann etwa schon die Sprache verschlagen? Flüsternd kam ich ihm noch ein Stück näher. „Morgen bin ich bestimmt total erledigt. Kennst du zufällig jemanden, der Lust hätte, noch vor dem Frühstück meinen Körper mit entspannendem Öl einzureiben? Jeden Zentimeter?"

Ganz langsam, so als müsste er sich erst einmal darüber klar werden, ob ich das wirklich sagte, drehte er seinen Kopf zu mir um und verschlang mich mit seinen ozeanblauen Augen. O.K., ich gebe zu, gerade in diesem Moment wünschte ich, die Sache mit dem Öl würde wirklich stattfinden, doch ich war sicher, Daniel würde sich morgen nicht rühren können. Der Gedanke daran, der sollte ihn jedoch den Rest des Tages verfolgen.

„Ja, ich kenne da jemanden", raunte er schließlich in dieser Tonlage, die mir den Atem raubte. Es kostete alle Mühe, jetzt wie geplant fortzufahren.

„Gut. Dann schick ihn vorbei", gab ich keck zurück, fing die Sandwiches, die Magnus Vater mir zuwarf und gab eines Daniel. Der schüttelte nur den Kopf wegen des plötzlichen Stimmungsumschwungs, packte sein Brot aus und ließ es sich schmecken.

Nachdem der erste Hunger gestillt und der schlimmste Durst gelöscht war meinte Cat, es sei Zeit für Geschichten und Herr Keller stimmte zu. Geschichten in der Mittagspause waren Tradition beim Holzmachen seit dem allerersten Mal. So hatte ich ja auch von der ehemaligen Siedlung an der Krömelbach erfahren. Die besten Geschichten erzählte stets Herr Keller, doch wie immer waren wir anderen zuerst dran. Cat erfand aus dem Stegreif eine gruselige Geschichte über einen Verrückten im Wald, der Holzfällern die Axt stahl, um sie dann zu erschlagen, wenn sie danach suchten. Ich spann eine Story um die Irrwische, die in einem dunklen Wald Menschen in die Irre führten, um sich einen Spaß daraus zu machen und Daniel, für den das ja alles noch neu war, erzählte uns etwas holprig von einer Räuberbande, die von einem Riesen verjagt wurde.

„In Ordnung, dann bin ich wohl dran", meinte Herr Keller schließlich, nahm noch einen Schluck Wasser und begann zu erzählen. „Was ich euch heute erzähle, soll sich ganz in der Nähe abgespielt haben. Es wird euch vielleicht Einiges bekannt vorkommen, doch Manches ist anders. Mein Opa hat immer gesagt, wenn an jedem Märchen etwas Wahres dran ist, dann ist das hier der wahre Kern. Es war gegen Ende des 30jährigen Krieges. Die Menschen waren vom Elend gezeichnet. Unzählige hatten ihr Leben auf den Schlachtfeldern verloren und von den Übrigen nagte der Großteil am Hungertuch. In einem Dorf, nicht weit von hier, traf man auf kaum einen Menschen zwischen vierzehn und fünfundzwanzig. Nur die faltigen, krummen Alten sah man noch auf den Bänken vor ihren Häusern sitzen und nach den Allerkleinsten sehen, die mit ein paar Nussschalen spielten oder einfach hungrig in ihren bescheidenen Bettchen lagen und sich in den Schlaf weinten. Deren Eltern waren den ganzen Tag unterwegs und sorgten unter größten Anstrengungen für den Lebensunterhalt. Dabei gelang es ihnen nur selten, wenigstens das Nötigste beizuschaffen."

„Wo waren die Jüngeren?", unterbrach Cat übereifrig. „Sind sie entführt worden? Von Werwölfen?"

Ich musste spontan loslachen. „Werwölfe? Im Ernst? Und ich dachte, Runa wäre die mit dem Faible für solche Wesen."

„Jetzt lasst doch mal den Mann seine Geschichte erzählen", forderte Daniel, der von Herrn Kellers Art zu erzählen anscheinend so mitgerissen war, dass ihn diese Unterbrechung ärgerte.

Der holte sich jedoch erst noch einmal ganz gemächlich ein weiteres Sandwich aus der Box. „Junger Mann", meinte er, „sie werden noch feststellen, dass die Damen hin und wieder richtige Schnattergänse sein können."

„Hey", protestierten wir wie aus einem Mund und lachten. Schließlich war es schon Jahre her, dass wir vor lauter Reden das Arbeiten vergaßen. Das war damals, als Cat sich zum ersten Mal in einen Jungen verguckt hatte.

„In den Nachbarorten entstanden Gerüchte", fuhr Magnus Vater schließlich fort. „Meinten die einen mitleidig, die Jungen wären allesamt dem Kriege oder dem Hunger zum Opfer gefallen, behaupteten böse Zungen, die Bewohner hätten sie verkauft. Doch nichts davon stimmte. Tatsächlich waren sie einfach gegangen. In ihrer Not suchten sie das Glück in der Ferne, wollten in großen Städten oder auf reichen Gehöften arbeiten und ihre Familien unterstützen. Doch niemals, wirklich kein einziges Mal, erreichte die Familien auch nur ein winziges Lebenszeichen der Ausgezogenen. Der Schankwirt, der mit seiner Frau und seinen beiden Töchtern in dem bedauernswerten Dorf lebte, fürchtete bald, auch seine Tochter Greta könnte auf die Idee kommen, es den anderen gleichzutun. Aus Angst, sie nie wiederzusehen versprach er Greta darum an ihrem 16. Geburtstag dem Sohn des Amtmannes. Der Amtmann gehörte zum hanauer Amtsbezirk und hatte einen schlechten Ruf. Man munkelte, er hätte öffentliche Gelder abgezwackt, um seinen Sohn studieren zu lassen.

„Soso, Veruntreuung ist also keine Modeerscheinung", war es diesmal Daniel, der unterbrach, sich jedoch nach einem doppelten „Pschscht!" von uns zurücklehnte und sich eines weiteren Kommentars enthielt.

„Der Sohn war sehr von sich selbst eingenommen und ein dementsprechend unangenehmer Zeitgenosse. Auf Greta hatte er nur ihrer Schönheit wegen ein Auge geworfen und das auch nicht um ihretwillen, sondern um sich damit brüsten zu können, die schönste Frau der Gegend zu haben. Greta war sehr unglücklich deswegen, denn sie liebte schon lange heimlich den Sohn des Holzfällers. Hans empfand genauso für das Mädchen und darum beschlossen die beiden, in der nächsten Nacht gemeinsam fortzugehen."

Gut, spätestens an dieser Stelle wusste ich, um welches Märchen es sich handelte. Auch, wenn die beiden in dieser Version keine Geschwister waren. Ich nahm mir das letzte Sandwich aus der Box, kuschelte mich in Daniels Arm und hörte gespannt zu.

„Sie mieden die Straßen, wo man sie hätte finden können, und beschlossen, lieber den Wald zu durchqueren. Immer weiter liefen sie hinein. Bald waren sie tiefer im Wald, als es Hans je zu Tageszeiten mit seinem Vater gewesen war. Sie verloren vollkommen die Orientierung und als sie schon dachten, nie wieder heraus zu finden, graute endlich der Morgen. Sie fanden eine kleine Lichtung, über und über mit den schönsten Blumen geschmückt und ein kleiner Weg führte direkt zu einem Häuschen hin, aus dessen Schornstein es einladend qualmte.

„Ob wir dort wohl etwas zu essen bekommen können?", fragte Greta, deren Magen schon seit Stunden unerbittlich knurrte. Hans, dem es nicht besser ging, schlug vor, einfach zu fragen. Mehr als fortjagen konnte man sie nicht. Sie gingen also hin, klopften an der Türe und staunten nicht schlecht, als eine wunderschöne junge Frau ihnen öffnete. Ihre pechschwarzen Haare hingen seidig glänzend über ihre wohlgerundeten Hüften. Niemand sah so aus in dieser Zeit. Rundungen hatten die Frauen längst nicht mehr und von Glanz in den Haaren konnten sie bestenfalls träumen. Diese Frau konnte niemals Hunger gelitten haben und so wagte es Hans, nach einer bescheidenen Mahlzeit zu fragen.

Die Frau lachte. „Wenn ich von allem so viel hätte wie vom Essen!“, trällerte sie. „Kommt nur herein und seid meine Gäste.“ Und schon bald kochte sie zusammen mit Greta die leckersten Speisen. Sie war sehr freundlich und bot den beiden an, eine Weile zu bleiben, um zu Kräften zu kommen.

Schon nach wenigen Tagen fühlten Hans und Greta, dass die Lebensgeister in ihre ausgemergelten Körper zurückkehrten. Sie fühlten sich wohler denn je. Dennoch wollte Greta bald weiterziehen. Sie hatte längst bemerkt, dass Lurley – so hieß ihre Gastgeberin – ein Auge auf ihren Hans geworfen hatte. Doch Hans wollte davon nichts hören. Er fühlte sich wohl bei Lurley und wollte gern bei ihr bleiben. Unglücklich zog Greta sich immer wieder zurück und weinte. Sie konnte nicht verstehen, was in ihren Hans gefahren war.

Doch eines Abends, als sie das Essen auf den Tisch trug, erwischte sie Lurley dabei, ein paar Tropfen eines geheimnisvollen Trankes auf Hans Teller zu geben. Da erkannte das Mädchen, dass es sich um eine Hexe handelte, die ihren Hans verzaubert hatte. Von da an überlegte sie, wie sie ihn retten könnte.

Als sie eines Tages im Garten das Unkraut jätete, machte sie eine grausige Entdeckung. Direkt unter dem Kräuterbeet stieß sie auf die Knochen eines Menschen.“

„Igitt, da sind ihr Schnittlauch und Petersilie bestimmt vergangen“, entfuhr es Cat, die angewidert das Gesicht verzog.

Herr Keller nickte. „Aber das war noch nicht alles, was sie fand. Neugierig geworden, grub das Mädchen hier und da und stieß immer wieder auf menschliche Überreste in verschiedenen Verwesungsstadien. Zuerst dachte sie, die Hexe muss sie aufgegessen haben, doch dann stieß sie auf die Leiche ihrer Freundin Maria, die das Dorf erst verlassen hatte, kurz bevor Greta mit Hans geflohen war. Entsetzt wollte sie weglaufen, besann sich aber eines Besseren und legte den gesamten Leichnam frei, um ihre These von der menschenfressenden Hexe beweisen und Hans damit endlich die Augen öffnen zu können. Doch so sehr sie auch suchte: Sie fand nichts. Noch nicht einmal die Würmer hatten begonnen, an Maria zu nagen. Völlig unversehrt lag das Mädchen im feuchten Boden und nichts als der von Todesangst gezeichnete Gesichtsausdruck ließ auf ein gewaltsames Ende ihres jungen Lebens schließen. Ein paar Äderchen waren ihr um die Augen herum geplatzt, welche nicht geschlossen waren, wie die der anderen Verstorbenen, die Greta in ihrem Leben schon hatte sehen müssen. Sie waren weit aufgerissen und sahen aus, als wären sie in Panik hervorgetreten. Die Hexe hatte ihr das Leben genommen, da war sich Greta sicher. Nur wie, das konnte das Mädchen nicht erkennen. Doch wenn sie sie nicht aß, dann nährte sie sich bestimmt auf andere Weise von ihren Opfern, denn Greta war längst aufgefallen, dass Lurley von all den köstlichen Speisen, die sie zubereitete, kaum etwas zu sich nahm. Viel zu wenig, um so auszusehen."

„Brachten die Beweise Hans nun endlich wieder zur Vernunft?", fragte ich, denn irgendwie mussten die beiden ja gewiss entkommen sein und Hans wäre wohl kaum gefolgt, wenn er weiter unter dem Bann der Hexe gestanden hätte. Oma Menas Manipulation kam mir in den Sinn und ich fragte mich unwillkürlich, wie viel Wahrheit wirklich in dieser Geschichte steckte.

Herr Keller schüttelte den Kopf. „Greta konnte ihm nicht trauen, solange Lurley ihn vergiftete. Da es keine deutlichen Spuren von Gewalteinwirkung gab, hätte es sein können, dass Hans Greta keinen Glauben schenkte. Also erzählte sie ihm nichts von ihrer Entdeckung. Als sie am Abend einen leckeren Braten zubereiten sollte, stellte sie sich absichtlich etwas dumm an und heizte den Ofen nicht genug ein. Natürlich wurde das Fleisch nicht gar und so konnte die Hexe Hans an diesem Abend ihr Gift nicht unterjubeln, denn er verabscheute halbrohen Braten. Das hatte ihn sein Vater so gelehrt, um ihn vor dem Fuchsbandwurm und anderen Krankheiten zu bewahren. Am nächsten Tag wiederholte sich das Spiel. Greta tat, als ob sie alles versuchte, hielt jedoch in Wirklichkeit die Flamme klein. So konnte an diesem Tag nicht einmal das duftende Zwiebelbrot backen, welches Hans so gern in die leckere Specksoße tunkte.

Lurley wurde wütend und beschloss, sich selbst um das Essen zu kümmern. Noch ein, zwei Mahlzeiten und Hans würde sie nie wieder verlassen. Auch dann nicht, wenn er mit ansehen müsste, wie Lurley das Leben seiner geliebten Greta einfach ihrem hinzufügte. Also stellte sie sich selbst an den Ofen und schimpfte Greta aus, weil nur noch ganz hinten eine winzige Flamme brannte. Greta sollte glühende Kohlen von der offenen Feuerstelle, über der die Soße langsam köchelte, in einen Eimer schaufeln, damit Lurley das Feuer wieder anfachen konnte. Als Lurley sich tief in den Ofen hineinbeugte, um den kleinen Scheid, der noch brannte, etwas nach vorn zu ziehen, gab Greta ihr einen

Stoß, warf die glühenden Kohlen hinterher und verschloss die Ofentür. Lurleys Rock fing sofort Feuer und die Hexe schrie entsetzlich.

Hans, der die Schreie vernahm, stürzte herein und wollte der Hexe helfen, so sehr stand er noch immer unter dem Einfluss des Giftes. Doch Greta nahm die Schippe, mit der sie gerade noch die Kohlen aus dem Feuer geholt hatte, und schlug ihren verzauberten Hans nieder. Es sollte noch weitere zwei Tage dauern, bis Hans wieder bei Sinnen war. Greta blieb bei ihm. Sie fesselte ihn und gab ihm reichlich Wasser, um das Gift aus ihm heraus zu schwemmen. Wieder er selbst, packte er mit Greta alles ein, was in der Hütte von Wert war und zog mit ihr weiter. Sie wurden nie wieder gesehen, doch hin und wieder fand der Holzfäller vor seiner Türe ein kleines Bündel. Mal war es ein Laib Brot, mal ein paar Münzen. Ja, und einmal, da war es sogar ein kleines, blaues Babystrümpfchen."

„Schönes Ende", entfuhr es mir seufzend. Zu guter Letzt hatten die beiden ihr Glück doch noch gefunden.

„Stimmt", gab mir Cat mit einem Unterton Recht, der trotzdem ein Veto verhieß. „Aber von wegen *wahrer Kern*. Wenn da etwas Wahres dran sein sollte, dann wäre man doch mit Sicherheit irgendwann auf die ganzen Leichen gestoßen."

„Vielleicht ist das ja geschehen", fuhr Magnus Vater fort und hatte damit sofort wieder unsere ungeteilte Aufmerksamkeit. „Als Bekannte von mir ein altes Haus renovierten, stießen sie auf eine Zeitung, die einst als Makulatur unter der Tapete angebracht worden war. Sie war vom 15. Oktober 1831. Ein Artikel, der leider nicht mehr ganz zu entziffern war, handelte vom Fund eines Massengrabes. Man vermutete, es stamme aus der Zeit des 30jährigen Krieges, doch es verwunderte, dass nicht ein einziger der Knochen gebrochen oder verletzt zu sein schien."

„Wo soll das gewesen sein?", fragte Daniel und nahm mir damit das Wort aus dem Mund.

„Das konnte man nicht mehr erkennen. Doch es kann nicht weit weg sein. Schließlich war es das „Frankfurter Journal" und die beiden anderen Artikel auf der entsprechenden Seite drehten sich um den Bau der Straßen, die die Dörfer und Städte teilweise noch heute miteinander verbinden. Der eine Bericht befasste sich mit der bereits abgeschlossenen Strecke von Selters bis Altenstadt und der zweite mit weiteren geplanten Abschnitten in der Gegend. Also kann

man davon ausgehen, dass es sich auch bei dem Massengrab um eine lokale Berichterstattung handelte.

„Gruselig“, stellte Cat fest.

„Was glaubst du, wie viel Wahres dran ist?“, fragte ich Daniel, der ziemlich nachdenklich wirkte, als wir unsere Handschuhe wieder anzogen, um an die Arbeit zurückzugehen.

„Alles“, sagte er völlig ernst und sah mich mit einem Blick an, der bei mir jeglichen Zweifel am Wahrheitsgehalt der Geschichte wegwischte. Ein eisiger Schauer lief mir den Rücken hinab bei dem Gedanken, dass eine abtrünnige E.L.F zu so etwas fähig sein könnte. Wieder einmal wurde mir klar, wie wenig ich noch immer von den Begabungen wusste. Und zum ersten Mal, seit sie um meinetwillen gegangen war, wünschte ich, Aleke wäre hier.

Leider war mein Plan, Daniel damit aufzuziehen, dass er gar nicht fähig sein würde, mich mit Öl einzureiben, nicht aufgegangen. Naja, zumindest nicht ganz. Geplant war nämlich, dass ich mich schon am

Abend nach der Arbeit mit Tante Idas Wundermittelchen einreiben würde, um das Schlimmste zu verhindern und meinen leidenden Kopfverdreher ordentlich necken zu können.

Doch zu meinem Erstaunen war Ida gar nicht zu Hause, als wir dort ankamen und die entsprechende Salbe war aufgebraucht. Zwar hatte ich in der Zwischenzeit genug Erfahrung sammeln können, um das Mittel selbst herzustellen – es meiner Tante gleich zu tun entwickelte sich vom Wunsch seit der Traubengeleesache ganz allmählich zur Realität – doch ich war einfach viel zu erschöpft dafür. Nicht einmal Runas aufgeregt vorgetragene Mitteilung, mein Trainer sei vorbeigekommen und habe Tante Ida spontan zu einer Vorstellung der örtlichen Kleinkunstbühne eingeladen, konnte mich von der bleiernen Müdigkeit befreien, die meine Augen bei jedem Schritt kleiner werden ließ.

So kam es dann, wie es kommen musste: Am nächsten Morgen waren wir beide außer Gefecht gesetzt.

„Au“, stöhnte Daniel, als er langsam erwachte und seinen Arm, in dem ich eingeschlafen war, von mir herunternehmen wollte. „Leelee, ich glaube, dass mit dem Einölen wird heute nichts.“ Stumm kicherte ich in mich hinein ... dachte ich zumindest. „Sag mal, grinst du etwa?“ Oh ...

„Nein, natürlich nicht!“, versuchte ich möglichst entsetzt zu klingen und richtete mich – ebenso stöhnend wie er – ein wenig auf, um ihn anzusehen. Er zog die Brauen hoch und sah mich an, als ob er mir das nicht abnahm.

„Verträgst du keine Retourkutschen?“, murmelte ich und küsste ihn zärtlich.

„Oh doch“, schnaubte er lächelnd, „und gerade im Augenblick hätte ich die größte Lust, dir eine zu verpassen, die du so schnell nicht wieder vergisst.“ Der Übermut blitzte in seinen Augen auf und er versuchte sich aufzurichten und mich dabei zurück aufs Bett zu drücken, doch zahlreiche Schmerzenslaute – sowohl von ihm, als auch von mir – brachen diesen Versuch ab.

„Wir sind ziemliche Weicheier, was?“, stellte ich fest, als ich es endlich geschafft hatte, aufzustehen.

„Auf jeden Fall“, gab Daniel mir Recht und zog das Kissen unter seinem Kopf heraus, um gerade zu liegen. „Dabei hätte ich das wirklich nicht gedacht. Wir sind doch ziemlich gut in Form.“

„Ich weiß“, stimmte ich zu. „Aber ich kenn das schon. Das waren halt einfach völlig andere Bewegungsabläufe als beim Training. Komm, lass uns schauen, ob Tante Ida schon auf ist. Sie hat da eine Salbe, die wirkt Wunder, glaub mir.“

Wir schleppten uns nach einer Katzenwäsche nach unten und fanden Tante Ida in der Kammer an der Gesindeküche, wo sie bereits eifrig damit beschäftigt war, besagtes Mittel anzurühren.

„Guten Morgen ihr Zwei. Na, sehr schlimm?“, begrüßte sie uns summend. SUMMEND! Dann drehte sie sich einfach wieder um, als wären wir gar nicht da, summte und zwitscherte vor sich hin und ich könnte schwören, sogar gehört zu haben, wie sie in sich hinein kicherte. Ratlos sah ich Daniel an, der mir grinsend zuflüsterte: „Der Trainer?“

Oh, ja, jetzt erinnerte ich mich. Das spontane Date.

„Du warst wohl gestern zu beschäftigt, das zuzubereiten?“, neckte ich und ließ mich umständlich auf der obersten Stufe nieder. Sie tat zwar, als würde sie mich gar nicht hören, doch mir entging nicht, dass ihr Summen ganz kurz verstummte – gefolgt von äußerst teenagerhaftem *in sich hinein Gekichere*. Da sie nicht gewillt zu sein schien darüber zu reden, beschloss ich, sie mit ihrem Glücksgefühl in Ruhe zu lassen und wechselte das Thema. „Herr Keller hat uns wieder eine tolle Geschichte erzählt.“

„Ja?“ Neugierig drehte sie sich um. Sie fand seine Geschichten immer ziemlich aufschlussreich.

Also erzählten wir sie ihr, während sie die fertige Salbe in Tiegel abfüllte, und folgten ihr dann in die Küche, wo sie uns erst einmal einen leckeren Kakao machte.

Sie teilte Daniels Ansicht, dass die Geschichte weitestgehend der Wahrheit entsprechen könnte, konnte jedoch nicht viel dazu sagen, weil solche Dinge unter den E.L.F. nicht gern erwähnt wurden und es darum in gewisser Weise an Aufklärung mangelte. Ich fand das ziemlich rückständig. Wenn so etwas wirklich einmal vorgekommen war, hätte man schon allein aus Präventionsgründen daraus lernen müssen, statt es totzuschweigen. Naja, es war lange her. Vermutlich würde das heute ohnehin nicht mehr passieren. Ich entschied für mich, die Geschichte einfach in der Märchenecke zu lassen, um mir nicht unnötig den Kopf über etwas zu zerbrechen, das mit unseren aktuellen Schwierigkeiten ohnehin nicht im Zusammenhang stand. Mag sein, dass uns unsere Muskeln wehtaten, doch einmal für einen einzigen Tag von diesen Problemen komplett abzuschalten, war es wert.

Wir sollten aber schon bald feststellen, dass es noch viele weitere Tage geben sollte, an denen wir davon abschalten konnten. Und mit jedem dieser Tage wurde es einfacher, nicht daran zu denken. Zuweilen genügte dafür schon ein Kinobesuch mit der Clique oder eben das ganz normale Leben.

Daniel vermutete, dass genau dies der Plan war. Ariax wollte, dass unsere Aufmerksamkeit nachließ. Doch das war gar nicht zu vermeiden. Mal abgesehen von Daniel, der mir nicht von der Seite wich und sogar vor der Schule auf mich wartete, statt während des Unterrichts etwas anderes zu erledigen, blieb dem Rest von uns nichts anderes übrig, als den Dingen im Leben nachzugehen, die notwendig und unumgänglich waren. Ich weiß nicht, vielleicht ist das ja immer so, dass man unvorsichtiger wird, wenn die Gefahr nicht mehr unmittelbar präsent ist. Oder besser gesagt: Vielleicht ist einem die unmittelbare Präsenz der Gefahr nur nicht mehr so bewusst wie sie sein sollte. Ging man noch mit dem gleichen mulmigen Gefühl über die breite Straße wie beim ersten Mal? Oder rannte man zuweilen auch mal schnell drüber, um noch den Bus zu erreichen, weil man glaubt, die Situation richtig einschätzen zu können?

Bei uns jedenfalls hatte sich ein solcher Schlendrian unbemerkt eingeschlichen. Als ob wir uns täglich sicherer fühlten in einer Situation, in der es gar keine Sicherheit gab. So war dann die kurze besorgte Frage, was wäre, wenn Ariax nun käme, recht schnell mit einem laxen: „Warum sollte er ausgerechnet heute auftauchen?“ abgetan, als der Tag kam, an dem wirklich jeder von uns etwas anders zu tun hatte und unseren Zusammenhalt damit schwächte. Da Tante Ida ein großer Event am Wochenende bevorstand, musste sie dringend in die Großmarkthalle. Daniel hatte wegen der ersten Inspektion seines Melkus einen Termin in der Werkstatt, Runa war zu einer Geburtstagsfeier eingeladen, Cat musste mit ihren Eltern zu einer Wohltätigkeitsveranstaltung, Sav hatte sich, nachdem sie unvermeidbar Einblick in meine Welt erhalten konnte, ja sowieso wieder von uns zurückgezogen – glücklicherweise ohne anderen davon zu berichten – und ich war aufgrund einer Eignungsprüfung für eine weiterführende Schule mit dem Schwerpunkt Chemie ohnehin bis zum späten Nachmittag in der Schule beschäftigt. Jeder von uns war also inmitten von anderen Menschen mit etwas beschäftigt. Keiner war allein. Niemand bot ein besonders gutes Ziel. Was sollte also passieren?

Ich hatte gerade den dritten Bogen aus dem Umschlag geholt, als es begann. Ein unbestimmter Schauer zunächst. Nichts Greifbares. So, als stünde es noch nicht fest, ob es Grund zur Sorge gab oder nicht. Doch als ich gerade ein kniffliges Problem in einer Aufgabe zu lösen hatte, präzisierte sich dieser Schauer und wurde zu der nicht von der Hand zu weisenden Gewissheit, dass mir etwas bevorstand. Was sollte ich tun? Von diesem Test hing meine Zukunft ab. Handys waren nicht erlaubt und die Aula durfte zwischendurch nicht verlassen werden. Mein Blick fiel auf die Uhr. Noch zwanzig Minuten bis zur Pause. Dann wurden die ausgefüllten Bögen eingesammelt und der Test ging eine Stunde später zum praktischen Teil über. Ariax würde wohl kaum so auffällig handeln und den Saal stürmen. Also riss ich mich zusammen und versuchte, mich noch bis zur Pause auf den Test zu konzentrieren. Mir schien, der Sekundenzeiger hätte seine Lautstärke verzehnfacht. Wie ein unaufhaltsamer Countdown zählte er herunter und machte es mir beinahe unmöglich, bei der Sache zu bleiben. Die Glocke hatte kaum zu läuten begonnen, da stürmte ich aus der Aula in die Pausenhalle, schaltete mein Handy ein und rief Daniel an.

„Was ist los?", meldete er sich sofort besorgt, denn ihm war bewusst, wie wichtig mir der Test war und dass ich mich nur in absolutem Notfall durch einen Anruf davon ablenken würde.

„Ich glaube, es ist Ariax. Ich fühle es."

Daniel grollte am anderen Ende wütend. „Ich hätte dich nicht allein lassen dürfen! Er muss auf eine solche Gelegenheit gewartet haben! Bleib wo du bist. Ich bin schon auf dem Heimweg, kurz vor Eisenach und in einer guten Stunde bei dir."

„O.K., ich bleibe. Daniel ..."

„Ja?"

„Ich liebe dich."

„Sag es nicht, als würde es das letzte Mal sein, hörst du? Ich liebe dich auch. Und du wirst das noch hunderte Male von mir hören." Die Verzweiflung in seiner Stimme machte die große Sorge um mich offenbar.

„Das ist gut. Beeil dich.“

Aufgewühlt klappte ich das Handy zu. Eisenach. Wenn er es in einer Stunde schaffen wollte, würde er fliegen müssen. Warum musste er mit seinem Wagen auch unbedingt zum Hersteller nach Dresden zur Inspektion? Das beklemmende Gefühl verstärkte sich und mir wurde von Sekunde zu Sekunde klarer, dass es keine Stunde mehr dauern würde, bis sich etwas tat. Und tatsächlich ertönte kurz darauf das sms- Signal. Ich zuckte zusammen und las mir die Nachricht durch, die ein Ausmaß aufdeckte, dass ich nie in Erwägung gezogen hatte.

Liebste Blume, ich danke dir für dein Entgegenkommen. Schön, dass du es uns beiden so einfach machst. Nun komm, ich warte auf dich, meine Liebste. Komm, ehe in der Großmarkthalle ein Feuer ausbricht oder es zu einer Massenkarambolage auf der Autobahn kommt. Beehre mich mit deiner Anwesenheit, ehe ein verrückter Amokläufer ein Blutbad auf einer Wohltätigkeitsveranstaltung anrichtet oder ein unheimlicher Zauberer auf einer Geburtstagsfeier die Kinder verschwinden lässt. Bring mir, was ich begehre, ehe ein gewisser Freund nie wieder aus dem Kloster zurückkehrt.<<

Bis ins Herz hinein zitterte mein Körper, als ich, unfähig zu jedweder Reaktion, auf das Display starrte, als würde sich dadurch irgendetwas verändern. Tiefe Furcht und eisige Kälte durchzogen jede Faser und lähmten mich. Er hatte sie im Blick! Jeden einzelnen! Er bedrohte das Leben jedes Menschen, den ich liebte. Entwaffnet akzeptierte ich, dass mir keine andere Wahl blieb als zu tun, was Ariax verlangte. Ich allein, ohne Schutz, ohne Rückendeckung.

Es dauerte einige Minuten, Minuten, in denen die Erde still zu stehen schien, ehe mir bewusst wurde, dass mir gar kein Ziel genannt worden war. Wohin sollte ich gehen? Ohne zu spüren, dass meine Beine mich überhaupt trugen, rannte ich durch den Vordereingang hinaus und registrierte sofort den dunklen Wagen am Rande der Treppe. An seiner Beifahrerseite lehnte ein Mann, dessen düstere Aura mir auch ohne seine Aufmachung sofort klar gemacht hätte, dass es sich um einen Latène handelte.

Ich schnaubte. Natürlich brauchte Ariax mir nicht mitzuteilen, wohin ich kommen sollte. Ich musste nur einsteigen. Niemand würde erfahren, wo ich war. Keine Hilfe. Gar nichts. Doch ich hatte keine Wahl. Die Einzige mir noch als sinnvoll erscheinende war, Ariax sms an Daniel weiterzuleiten. So war er zumindest gewarnt und konnte vielleicht auch dafür sorgen, dass die anderen Vorsicht walten ließen. Dann ließ ich das Handy zurück in meine Tasche gleiten und ergab mich den Wünschen des Keltenfürsten.

Der Latène öffnete mir kommentarlos die Tür zum Fond des Wagens und ich war nicht überrascht, mich neben Kyla wiederzufinden. Ihre Begabung war spürbar, doch ich würde ihr gewiss nicht erliegen. Es bedurfte keiner großen Mühe, sie zu blockieren. „Dass wir uns schon so bald wiedersehen würden", säuselte sie mit falschem Lächeln. „Wer hätte das gedacht?"

Ich erwiderte weder ihren Blick noch ihre Worte und starrte stattdessen aus der getönten Scheibe um herauszubekommen, wohin es ging.

„Dann eben nicht", kommentierte Kyla unbeeindruckt und steckte ihre Hand aus. „Dein Mobiltelefon bitte!"

„Was?"

„Dein Handy! Du verstehst schon. GPS. Befehl von Ariax."

Widerwillig gab ich ihr, was sie verlangte und musste zusehen, wie sie es aus dem Fenster warf. An GPS hatte ich nicht einmal gedacht. Ariax wollte anscheinend auf jeden Fall vermeiden, bei der Übergabe gestört zu werden. Und ganz langsam stellte sich eine bedrückende Unsicherheit ein. Würde ich zurückkehren? Der Fahrer steuerte zu meiner Überraschung in die Ortenberger Richtung. Eigentlich hatte ich damit gerechnet, dass man mich weg von hier bringen würde. Doch warum? Ariax hatte nichts von mir zu befürchten. Er hatte mich praktisch entwaffnet und konnte sich demnach auch ebenso gut vor meiner eigenen Haustür mit mir treffen, statt mich an einen geheimen, gut geschützten Ort zu bringen.

Am Friedhof bogen wir auf den Weißen Weg ab, der seinen Namen dem ehemaligen Transport von Kaolinsand verdankte, welcher ihm, herabrieselnd, besagte Färbung verliehen hatte. Eigentlich war dieser Weg nur für land- und forstwirtschaftlichen Verkehr freigegeben, doch einem Latène war das offensichtlich völlig egal. Der einzige Lichtblick, der sich mir dadurch bot, war die Auffälligkeit unseres Fahrzeugs, welches mit seinen getönten Scheiben, breiten Reifen und sauber polierten Felgen eher in einen billigen Mafiafilm als in eine Kleinstadt – und noch weniger auf einen Feldweg – passte. Einen Spaziergänger, der zur Seite treten müsste, wäre er ein Dorn im Auge und es könnte gut sein, dass er sich die Nummer notieren würde.

Doch das war mal wieder zu weit und zu viel gedacht. Keine Menschenseele kam uns an diesem feuchtkalten Tag entgegen. An der Fischerhütte hielt der Fahrer an und der Latène vor mir stieg aus, um mir die Tür zu öffnen. Der Wind pfiff ganz schön kalt. Ich zog meine Jacke etwas enger um mich und schaute in den nebelverhangenen Wald, der sich den Hügel hinauf bis zum Schloss zog. Das Buschkett sollte es also sein. Nicht gerade einer meiner Lieblingsorte. Irgendwo dort wartete er auf mich. Ich fühlte es. Seit Monaten war der Schlosspark für Besucher wegen Waldarbeiten gesperrt. Ariax konnte also recht sicher sein, dort ungestört zu bleiben. Nur wenige Spaziergänger trotzten diesem Verbot hartnäckig.

Keiner meiner drei Begleiter folgte mir, als ich mich auf den Weg in den Nebel machte, ohne dazu aufgefordert zu werden. Ich wusste, wohin und ihnen war durchaus klar, dass Ariax mich in der Hand hatte und ich keine Probleme machen würde. Stattdessen wendeten sie und fuhren wieder davon. Ich spürte, dass ich, statt auf dem Weg zu bleiben, einen älteren, unwegsamen Pfad wählen sollte und kam dem nach. Meine Tritte schmatzten im matschigen Untergrund und kündigten mein Kommen an. Die feuchte Luft schmeckte nach uraltem Wald. Unheimlich war es hier. Als ob der Ort über eine eigene Ausstrahlung verfügte. Eine dunkle Ausstrahlung. Zwar spürte ich die Natur, doch sie hatte nicht die gleiche beruhigende oder auch atemberaubende Wirkung auf mich wie die Sandkaute oder an der Krömelbach. Hier war sie eher als Bedrohung wahrzunehmen. Als ob sie mich warnte. Dennoch setzte ich meinen Weg fort und hatte das Gefühl, mit jedem Schritt in eine Art seelenloser Dunkelheit gezogen zu werden.

Ich kletterte über einen alten, modernden Stamm, der den Weg versperrte und erblickte sogleich Ariax, der lässig am Fuße eines alten Basaltturmes lehnte und sich zu keiner Regung herabließ, obgleich er mich natürlich kommen hörte. Die Arroganz, die daraus sprach, machte mich wütend. Bedrohliche Warnrufe eines Uhus ertönten, als wollten sie mich in letzter Instanz zur Umkehr bewegen oder schreien *Weißt du, worauf du dich einlässt?* Ariax fehlende Reaktion forderte einen Gesprächsanfang meinerseits. Was sollte ich sagen? So, da bin ich? Das sah er selbst. Ich beschloss also, einfach in meine Tasche zu fassen, die Phiole mit seinem ersehnten *Geheimnis der Elfen* herauszuholen und sie ihm in die Hand zu drücken – das alles in der

Hoffnung, dann einfach wieder gehen zu können. Doch tat ich das? Nein – jedenfalls nicht ganz so. Stattdessen fühlte ich mich von Ariax falschem Lächeln derart provoziert, dass mir einfach bissig aus dem Mund flog, was mir gerade durch den Kopf schoss.

„Bitteschön, euer Hoheit. Du hättest es auch ohne Erpressung bekommen, aber zu normaler Kommunikation scheinst du ja nicht fähig zu sein." Sofort bereute ich meine Worte und biss mir auf die Lippen, um nicht noch mehr herauspurzeln zu lassen. Was war geschehen? Ich spürte so etwas wie Lob oder Genugtuung für meine Worte. Das Gefühl kam von außerhalb, von allem, was mich umgab. Wie konnte das sein? Dieser düstere Ort, begünstigte er negatives Verhalten? Ariax stutzte zuerst überrascht, doch dann schienen ihn meine Worte zu amüsieren.

„Es ist äußerst erfrischend, immer wieder meiner Blume zu begegnen, wenn ich dich sehe, Lioba Alveradis. Wie viel von dir in ihr steckt ist beglückend." Er lachte und trat einen Schritt auf mich zu. Ich zuckte unwillkürlich, als er mir die Locken aus dem Gesicht schob und dabei meine Wange berührte. „Nein, hab keine Angst vor mir, Liebste", verlangte er mit gehauchter Sanftheit und hob mein Kinn an, weil ich meinen Blick von ihm abwendete. „Sieh mich an." Da war es wieder. Nur ein einziger Wunsch, doch so konsequent, so unbeugsam aus seinem Munde, dass mir nichts übrig blieb, als ihm zu gehorchen. Als ob er mir meinen Platz zeigte und ich mich einfach einfügte. So wie Alveradis einst, doch mit einem Unterschied. Sie liebte es, das für ihn zu tun. Ich hingegen hasste es. Hasste meine unwillkürliche Reaktion. Ich würde an dieser Stelle gern behaupten, nur gehorcht zu haben, um die Meinen nicht zu gefährden, doch war das wirklich der Grund? Ich wusste es nicht. Vertrauter Moschusduft hüllte mich ein und kitzelte Sinne wach, die nicht die meinen waren. Doch glücklicherweise vertiefte er seine Wirkung nicht, sondern kam auf meine freche Äußerung zurück. „Weißt du, Todesdrohungen nehme ich ziemlich ernst, wenn ich weiß, dass mein Gegner dazu imstande ist, sie umzusetzen. Und ich hege keinen Zweifel daran, dass du es tun würdest, wenn ich dir nur die Gelegenheit dazu böte."

„Also hast Du von vornherein dafür gesorgt, dass das nicht geschehen würde."

„Wie schön, dass du deine Absichten nicht leugnest", kommentierte er gelassen und ging endlich wieder einen Schritt zurück, was mir half, Alveradis Schwärmerei für den Augenblick zu verbannen.

„Es ist so erfrischend, dass wir beide ehrlich miteinander umgehen können. Weißt du, Ehrlichkeit ist ein Gut, das einem nur selten begegnet, wenn man an der Spitze steht."

„Dann solltest du dich vielleicht nicht mit Speichelleckern umgeben." Noch immer hielt ich die Phiole in der Hand. Ariax hatte sie bisher ignoriert.

Er lachte. „Damit könntest du Recht haben, meine Liebste. Interesse, das zu ändern?" Grinsend streckte er die Hand nach der Phiole aus und hielt sie bewundernd dem wenigen Licht entgegen, das durch den Nebel drang.

Das ändern? Meinte er etwa, an seiner Seite bleiben? Es lag mir auf der Zunge ihn zu fragen, ob er noch ganz dicht sei, doch ich schaffte es, mich zu beherrschen und stattdessen dankend abzulehnen. „Das hatte ich auch nicht erwartet, meine Blume. Noch nicht."

Noch nicht? Wohl eher niemals. Dieser Mann war so sehr von sich selbst überzeugt, dass es tatsächlich nur die Angst um meine Liebsten war, die mich gerade davon abhielt, ihn mit einer Schockwelle gegen die Mauer zu drücken bis ihm die Knochen brachen. Der Gedanke schmeckte so süß wie erschreckend. Vor meinem geistigen Auge formierte sich das Bild eines geschlagenen Fürsten, der sich mühsam wieder aufrappelt – und ich empfand boshaftes Gefallen an diesem Bild. Abermals registrierte ich, dass meine Umwelt ein solches Empfinden geradezu forcierte und versuchte darum, es von mir abzuschütteln und mich zu konzentrieren.

„Mehr war es nicht", erklärte ich, als Ariax die Phiole hin und her schüttelte, als wolle er sich ein Bild von der Menge des Inhaltes machen. „Und, nimmst du gleich einen Schluck?" Die Fältchen um seine Augen, welche bei unserem letzten Treffen noch nicht zu sehen waren, waren mir sofort aufgefallen. Ariax war sichtbar um einige Jahre gealtert. Kein Wunder, dass es ihm so dringlich war, an das Serum zu gelangen.

„Sei nicht albern, meine Liebste. Du weißt, dass es verdünnt werden muss. Diese Tröpfchen werden mir für die nächsten achtzig Jahre dienen." Ich versuchte, meine Überraschung zu verbergen. Nein, das wusste ich nicht. Hätte ich es gewusst, so hätte ich ihm viel weniger davon gegeben, um den Rest als eine Art Trumpf zu behalten.

„Und dann?", fragte ich, um von meiner Überraschung abzulenken. „Was tust du nach den achtzig Jahren?"

Sein vielsagendes Lächeln deutete mir, dass dafür schon längst Pläne vorlagen. Doch statt mir zu antworten bot er mir den Arm an.

„Komm, Liebste. Ich denke, wir haben deine Beherrschung lange genug auf die Probe gestellt. Übrigens: Wieder einmal bin ich sehr beeindruckt."

Ich zögerte, hatte ganz sicher nicht vor, seiner Einladung zu folgen und mich bei ihm einzuhaken. Meine Beherrschung auf die Probe gestellt? Das hieß, Ariax war sich der Wirkung, die das Buschkett auf mich hatte, bewusst? Als hätte er meinen Gedankengang verfolgen können, wandelte sich sein Lächeln in einen festen, prüfenden Blick. Noch einmal hielt er mir energisch den Arm hin.

„Du dachtest doch wohl nicht, es sei Zufall gewesen, dass ich diesen Ort wählte?", flüsterte er unheilversprechend. „Und nun hör auf, dich zu zieren. Es wäre sehr enttäuschend, wenn ich doch noch einen Befehl geben müsste ... wen soll es treffen? Ich würde dir die Wahl lassen ... oder folgst du lieber meiner Bitte?"

„Du bist so was von armselig", gab ich schon wieder das Erste preis, das mir durch den Kopf ging. Doch ich beugte mich seinem Willen und hakte mich ein. Er schien es sichtlich zu genießen, wie ein Paar durch den Schlosspark zu schlendern und es kostete mich mehr Anstrengung als gedacht, meine Selbstbeherrschung zu wahren.

„Es ist den bedauerlichen Umständen zuzuschreiben, dass du mich nicht auf die gleiche Weise sehen kannst wie es meiner Blume vergönnt war", ließ er mich mit einem Ausdruck des Bedauerns wissen.

Wie es ihr vergönnt war? Oh Mann, ich musste wirklich fort von diesem Ort, sonst würde ich dem Fürsten schon allein für seine Überheblichkeit die Augen auskratzen müssen. „Und welche Weise sollte das wohl sein?", fragte ich, um mich nicht über das „vergönnt sein" aufzuregen.

„Alveradis verstand meine Visionen und hatte den Weitblick, der nötig war, um zu tun, was getan werden musste", geriet er geradezu ins Schwärmen. Ich hatte das Gefühl, als sprudelten die Worte nur so aus ihm heraus und war froh, etwas gefunden zu haben, das ihn von seinem Interesse an mir abzulenken schien. Voller Inbrunst begeisterte er sich für die Ideen aus längst vergangenen Tagen. „Wäre ich erfolgreich gewesen, so sähe die Welt heute anders aus."

„Anders?" Kaum zu glauben, doch seine Schwärmerei weckte meine Neugierde.

Es gäbe keine unterschiedlichen Ideologien, keine fundamentalistischen Ideen, keine Unterschiede, die zu Kriegen und Zerwürfnissen führen würden. Alle wären gleich. Vereint unter einer Herrschaft."

„Deiner, nehme ich an."

„Selbstverständlich."

Ich hielt die Luft an und biss mir auf die Zunge, um dem nichts zu entgegen, doch Ariax war das leider nicht entgangen.

Er blieb stehen – vermutlich um meine Reaktion noch unter dem Einfluss des Buschketts zu erhalten - und lächelte. „Nur zu, meine Liebste. Ich bin sehr interessiert an deiner Meinung."

O.K., spätestens beim nächsten Atemzug wären diese Worte wahrscheinlich ohnehin herausgepurzelt. „Hast du schon mal davon gehört, dass jeder selbst entscheiden kann, was er glaubt, wie er lebt oder was er tut? Du kannst den Menschen doch nicht einfach deinen Stempel aufdrücken!", ereiferte ich mich und hätte dafür explodieren können, dass Ariax bei meinen Ausführungen nur den Kopf zur Seite neigte und vielsagend lächelte, als hätte er das alles schon einmal gehört. „Das haben schon andere versucht und sind an Revolutionären oder Freiheitskämpfern gescheitert", bekräftigte ich meine Ansicht. „Ich brauche dir da ja jetzt bestimmt keine Liste zu machen, oder?"

Oh, oh ... dieser dunkle Ort nahm meiner Zunge jede Vorsicht. Glücklicherweise überging Ariax das einfach. Das hörte sich aber auch so was von größenwahnsinnig an. Die Weltherrschaft? Ariax? Wie gut für uns alle, dass er gescheitert war.

„Und dann zwängen wir uns alle in schwarzes Latex und leben in Kuben", flog mir nach diesem Gedankengang dieser trekkiemäßige Vergleich mit einem Bienenschwarm aus dem Mund, den ich zweifellos Magnus zu verdanken hatte. Erschrocken über meine Äußerung flogen meine Augen weit auf und ich starrte Ariax mit offenem Mund an. Das war mit Sicherheit zu viel. Was würde er nun tun? Die Angst vor seiner Reaktion ließ mein Herz rasen.

Es fühlte sich an, als würde mir sämtliches Blut in die Füße sacken, als er tatsächlich zu lachen begann.

„Und dann nähen wir uns gelbschwarze Kleider und leben in Bienenstöcken", sagte er kopfschüttelnd und fügte, wohl meines ratlosen Gesichtsausdruck wegen, hinzu: „Das war es, was meine Blume sagte, als ich ihr das erste Mal meine Ideen nahe brachte."

Mir lag schon wieder ein bissiger Kommentar auf den Lippen, weshalb ich ausgesprochen froh war, dass sich der Zwang legte, ihn unbedingt ausspeien zu müssen, als wir den Wald am Tor zum fürstlichen Rentamt verließen. Am Friedhof wartete der schwarze Wagen, der mich abgeholt hatte. Endlich zog Ariax den Arm zurück. Ich hoffte, dass unser Treffen nun beendet sei, doch stattdessen schritt er zum Wagen, öffnete die Beifahrertür und deutete mir, einzusteigen. Seufzend senkte ich den Blick. So schnell würde er mich nicht vom Haken lassen. Gehorsam stieg ich ein. Von den anderen Latène war niemand hier. Ariax nahm auf dem Fahrersitz Platz und startete unverzüglich den Motor.

„Wo bringst du mich hin?" Von der starken, frechen Stimme im Wald war gerade nicht besonders viel übrig.

„Hör auf dich zu fürchten, Lioba Alveradis." Wie immer sprach er meinen Nachnamen in einer Weise aus, dass es alte Erinnerungen ungebeten hervorrief. „Wir fahren einfach nur ein wenig, sonst nichts. Ich werde dich wohlbehalten nach Hause bringen und ich werde mir nichts stehlen, das nicht zum Diebstahl bereit ist. Nicht einmal einen Kuss. Vertraust du mir?"

„Nicht eine Sekunde."

Ariax lachte. „Doch, das tust du. Sonst hätten dich meine Worte nicht beruhigt. Und das haben sie. Ich habe ein gutes Auge für so etwas."

Zugegebenermaßen war das wirklich so. Aber es war kein Vertrauen. Es war eher so, dass ich ihm in diesem Fall Glauben schenkte.

„Ariax?"

„Ja?"

„Da wird nie etwas zum Stehlen bereit sein. Ich liebe Daniel und das weißt du. Ich bin Lioba und nicht Alveradis." Das wollte ich noch einmal klar gestellt haben. Ich war in der Lage, die Gefühle zu unterscheiden.

Ariax lächelte vielsagend und bog ab in Richtung Bergheim. „Für den Moment magst du Recht haben, meine Liebste. Doch was dich und Alveradis betrifft – da irrst du dich. Und zwar sehr."

„Wie meinst du das?"

„Du bist mehr sie als du ahnst. Glaub mir, ich erkenne sie in dir. Doch das ist es nicht ausschließlich, was mich überzeugt hat."

„Was meinst du damit?"

„Und schon sind wir beim Thema", sinnierte Ariax kopfschüttelnd. „Wie meine Blume. Immer gerade heraus und sofort auf den Punkt. Weißt du, ich habe dir etwas zu erzählen. Sagen wir eine *Geschichte*. Nur das ist der Grund unseres kleinen Ausflugs."

„In Ordnung. Ich höre zu."

„Als Alveradis mich verlassen hat, war ich zuerst sehr wütend. Ich habe sie gesucht. Jahrzehnte. Erfolglos. Irgendwann habe ich erfahren, dass sie verstorben war und gemerkt, dass ich längst nicht mehr wütend gewesen bin. Ich war ..."

„Traurig?" Ich nahm ihm diese Beichte ab und war ziemlich überrascht. Das bedeutete ja, dass er wirklich etwas für sie empfunden und sie nicht nur jahrelang manipuliert und benutzt hatte. Na gut, wahrscheinlich tat er das, doch er liebte sie trotzdem. Seltsame Art von Beziehung.

„Ja, ich glaube, das war ich. Es folgten viele Jahre, in denen ich dachte, alles von ihr sei für immer verschwunden, doch dann stieß ich im Mittelalter auf den Familiennamen Alveradis und wurde neugierig. Es sah tatsächlich so aus, dass meine Blume irgendwann, nachdem ich sie aus den Augen verloren hatte, ein Kind gebar! Von wem es war, habe ich nie herausgefunden – zu seinem Glück. Wie gesagt erfuhr ich erst viel später davon und Unterlagen existierten nicht. Keine Geburtsregister. Gar nichts.

Doch das Mädchen mit deinem Familiennamen wuchs in der Elfenburg auf und musste demnach von ihr abstammen. Meine Informantin erfuhr, dass es bereits die dritte Person mit diesem Namen war, die dort lebte."

„Deine Informantin?"

„Oh Liebes, was denkst du, wo ich meine Hexen wohl herbekomme?"

„Du verführst sie auf deine Seite." Ariax bestätigte das nicht. Doch da er es auch nicht dementierte, lag ich wohl richtig.

„Über die Jahre gab es viele Nachkommen und große Familien. Ich hatte immer ein Auge auf sie. Hin und wieder gab es eine Frau, die meiner Blume ein wenig ähnelte, doch keine verfügte über solch außergewöhnliche Begabungen wie sie. Ich fragte mich, weshalb die E.L.F sich das Potential, welches in der Familie steckte, entgehen ließen. Sie ließen zu, dass sich das Blut weiter vermischte, statt durch innerfamiliäre Verbindungen dafür zu sorgen, dass starker Nachwuchs geboren würde. Ich erfuhr, dass es sogar verboten war. Wusstest du das?"

„Ja."

Ariax wirkte überrascht. „Tatsächlich? Dann weiß du sicher auch, weshalb."

„Weil es ein Kind hervorbringen könnte, dass stärker ist als Alveradis je war. Es wäre nicht einzuschätzen, welcher Schaden entstehen könnte, wenn sich dieses Kind für die falsche Seite entscheiden würde."

„Nun, ob etwas ein Schaden war oder etwas Gutes, entscheidet doch immer die Sichtweise der Sieger, nicht wahr? Wie auch immer, du hast Recht. Das Kind wäre außergewöhnlich. Und die Elfen achteten akribisch auf die Einhaltung dieses Verbotes. Umso überraschter war ich, als du eines Tages den Weg zu mir gefunden hast."

„Wie meinst du das?"

„Liebste, öffne deine Augen. Du bist Alveradis Ebenbild. Du bist stärker und talentierter als jede Elfe, die mir bisher begegnete. In dir schlummern ungeahnte Potentiale. Streite es nicht ab, ich weiß es. Ich bin sicher, deine Eltern hatten ein Geheimnis zu wahren. Das Geheimnis um ihre Tochter."

„Das ist nicht wahr. Meine Mutter war keine E.L.F. Du musst dich irren!“, versuchte ich mehr mich selbst als den Fürsten von der Unsinnigkeit seiner Worte zu überzeugen.

„Möglich. Ich vielleicht. Doch Flugtickets, Aufenthaltsgenehmigungen und Heiratsurkunden irren sich nicht. Mach das Handschuhfach auf und lies selbst.“

War es die Wut auf ihn, weil er etwas so Unvorstellbares behauptete, die mich dazu brachte, seiner Aufforderung zu folgen um ihm zu beweisen, wie falsch er lag? Oder war es der Funke an Zweifel, den er gesät hatte? Was erwartete ich in dem braunen Umschlag zu finden, der mir entgegen fiel, als ich das Handschuhfach öffnete?

Das ungute Gefühl, welches mich mit dem Empfang des Umschlags überkam, ließ mich wissen, dass mir der Inhalt nicht gefallen würde. Ein Blick zu Ariax und seine überhebliche Siegerfratze verdeutlichte mir, dass er mich genau da hatte, wo er mich haben wollte. Zweifelnd, meiner Selbst und meiner Wurzeln mit einem Male nicht mehr so sicher wie noch vor Minuten. Irgendwie ... angreifbar. Und das gefiel mir ganz und gar nicht. Was immer sich in dem Umschlag befand: Ich beschloss, dass das Ergebnis Ariax keinen Angriffspunkt liefern würde und versuchte, ihn einfach auszublenden, als ich hineingriff und verschiedene lose Zettel und Dokumente hervorholte.

Zuerst hatte ich sehr zu meinem Erstaunen meine eigene Geburtsurkunde in der Hand – ein Dokument, welches ich kannte. Natürlich fragte ich mich, wie Ariax da rangekommen war, doch er hatte seine Mittel und Wege. Geburtsdatum am ersten Februar, Geburtsort, Eltern – alles stimmte. Stirnrunzelnd fragte ich mich, was mir das sagen sollte.

Das nächste war die Bestätigung zweier Flugtickets auf meinen Vater und Tante Ida. Sie waren drei Monate vor meiner Geburt von Frankfurt zum Kennedy Airport in New York geflogen. O.K., dass Tante Ida meinen Vater begleitet hatte war mir zwar neu, entsprach jedoch nicht gerade jener Sensationsmeldung, die Ariax Andeutungen verhießen. Wahrscheinlich hatte Dad noch ein paar letzte Habseligkeiten gepackt, ehe sein neues Leben mit eigener Familie los ging und seine Schwester begleitete ihn, um ihre Schwägerin kennenzulernen.

Die Sterbeurkunde, die ich als nächstes in den Händen hielt, brachte da schon mehr durcheinander. Sie bescheinigte den Tod einer gewissen Katie Alveradis, von der ich noch nie etwas gehört hatte. Sie starb vor über 25 Jahren und hinterließ eine Tochter namens Ida. Ida? Ich wagte es kaum, den Schlussfolgerungen Raum zu geben, die sich automatisch zu formen begannen. Aber ... aber Oma Mena war doch meine Großmutter väterlicherseits – und damit auch Idas Mutter. Ich versuchte mich zu erinnern, ob Ida sie jemals als Mama oder Mutter bezeichnete, doch mir wollte nur *deine Großmutter* einfallen. Was sollte das bedeuten? Sie und Daddy waren gar keine Geschwister?

Wie in Trance nahm ich das nächste Dokument, um Licht in das verwirrende Dunkel zu bringen. Adoptionspapiere. Ich konnte es nicht fassen. Es waren tatsächlich Adoptionspapiere die besagten, dass Mena Ida, die Tochter ihrer Cousine Katie, adoptiert hatte.

„Aber warum hat sie mir das nicht gesagt?“, entfuhr es mir fassungslos und offenbarte dem Keltenfürsten damit eindrucksvoll, dass seine Aktion die gewünschte Wirkung nicht verfehlte.

„Lies weiter und du wirst es verstehen, meine Liebste.“

Ich hatte das Gefühl, er steuerte innerlich auf einen Triumph zu. Ich hasste ihn dafür, dass er sich mal wieder an meinem Leid zu ergötzen schien, doch inzwischen war ich viel zu verunsichert von all dem, was ich erfahren hatte, als dass ich hätte aufhören können.

Das Nächste war ein Zettel, auf dem handschriftlich das Datum der Hochzeit meiner Eltern notiert war. Nur wenige Tage vor meiner Geburt. In Las Vegas. Nun, ich wusste, dass es eine dieser Schnellhochzeiten war. Mom und Dad hatten sich Hals über Kopf dazu entschlossen, noch vor meiner Geburt zu heiraten. Mom war ja ein sehr sachlicher Mensch und hatte mir damals, als sie mir das einzige Bild davon zeigte, erklärt, dass sie mit Dad zu dem Schluss gelangt sei, es wäre doch sinnvoller, wenn ein Kind in der Ehe geboren wird. Zwar ein ziemlich später Schluss, aber immerhin noch rechtzeitig. Trotz ihrer Erklärung hatte ich dennoch als Kind immer das Bild im Kopf, dass die beiden aus Liebe einfach nach Vegas durchgebrannt seien. Eine romantisch verklärte Ansicht, wie mir nun schien.

Das letzte Dokument im Umschlag war die Kopie eines Rückflugtickets. Tante Ida – oder sollte ich sagen Großcousine Ida? – flog bereits einen Tag nach meiner Geburt zurück nach Deutschland. War ihr Visum abgelaufen oder weshalb flog sie ausgerechnet nach meiner Geburt so schnell ab? Moment ... das bedeutete ja, sie war während der Hochzeit meiner Eltern dort! Davon hatte mir nie jemand erzählt. In meinem Gehirn schwappte ein heilloses Durcheinander, welches ich mühsam zu ordnen versuchte und dabei gar nicht bemerkte, dass wir längst wieder in Ortenberg waren. Unbekümmert hielt Ariax direkt vor unserem Grundstück.

„Erkenne deine Gefühle, Lioba Alveradis. Sie werden dich die Wahrheit enthüllen lassen. Und nun geh. Sie werden bald zu Hause sein."

In meiner Verwirrung versäumte ich es sogar, mich Ariax Handkuss, mit dem er sich verabschiedete, zu entziehen. Benommen stieg ich aus, drehte mich jedoch noch einmal um und schaute in den Wagen, ehe ich ging.

„Du ... du belügst mich doch, nicht wahr?", versuchte ich schwach ihn dazu zu bringen mir zu gestehen, dass er sich nur einen üblen Scherz mit mir erlaubte um mich zu quälen.

Ariax seufzte und schüttelte den Kopf. „Liebste, weißt du noch immer nicht, wie sehr ich die Ehrlichkeit zwischen uns schätze? Ich würde dich nie belügen. ICH nicht."

Ich nickte, schlug die Tür zu und hörte Ariax davonbrausen, noch ehe ich das quietschende Tor aufgeschoben hatte. Fragen und Äußerungen verschwammen in meinem Kopf zu einem Rauschen, bis er dröhnte. *Nicht meine Tante ... zusammen nach Amerika ... gleich nach der Geburt zurück ... Las Vegas ... Wann haben sie sich überhaupt kennengelernt? ... die Geburtsurkunde ... die Schrift ...*

Stutzend zog ich das Dokument wieder aus dem Umschlag, als mir im Nachhinein eine winzige Kleinigkeit ins Bewusstsein sickerte. Etwas, dass man nur allzu leicht übersehen konnte – und sollte. Mit der Schreibmaschine war sie verfasst. Wie alle amtlichen Papiere dieser Zeit. Dicke Lettern prägten sich fast überall kraftvoll in das Papier hinein. Ja, fast überall. Die einzige Ausnahme bildete der Name meiner Mutter. Als hätte der Beamte gezögert, ihn einzutragen. Unbewusst. Als ob ihm bewusst war, dass er log.

Ich bekam keine Luft mehr. Das Blatt fiel mir aus der Hand. *Nicht meine Tante ... Ich würde dich nie belügen. ICH nicht ... adoptiert ... Alveradis Ebenbild ... verbotenes Kind ... Schnellhochzeit ... nicht meine Tante ...*

In welchem Zustand ich mich befand, als die Haustür sich öffnete und ich Ida gegenüberstand, konnte ich später nicht mehr sagen. Ich spürte nur noch vage die wild um meinen Kopf peitschenden Haare und die Ohnmacht, der ich mich erlegen fühlte. Und nur als wäre es in einem weit entfernten Traum geschehen erinnere ich mich an meine eigenen Worte.

„Hallo ... Mutter.“

Quellen:

Die Geschichte "Die Elfenburg von Dhun Gharsain" stammt aus dem Buch "Keltische Märchen aus Schottland", erschienen beim Albatros Verlag.

Die Sage vom unterirdischen Gang stammt aus Emma Kauschats "Geschichten und Sagen um den Glauberg".

Der Amtmann aus Herrn Kellers Geschichte, der sich einen schlechten Ruf einhandelte, weil er angeblich Gelder abzwackte um seinen Sohn studieren zu lassen, stammt aus "Ortenberger kleine historische Schriften Heft 2" von Michael Schroeder, herausgegeben 2014 vom Kulturkreis Altes Rathaus.

Den "Fluch des Tantalos" habe ich auf Wikipedia gegoogelt.

Die nähere Beschreibung des Halsrings ist aus "Das Rätsel der Kelten am Glauberg", Konrad Theiss Verlag 2002.

Die Sage von der Nonne habe ich aus mündlicher Überlieferung. Eine Version findet sich aber in "Märchen, Sagen und andere Geschichten aus der Großgemeinde Ortenberg und Umgebung Teil 2", herausgegeben 2012 von der Arbeitsgemeinschaft Regionalgeschichte Lißberg von Manfred Redling und Rudolf Beck.

Die Geschichte geht weiter!

Keltâ

Dhun Gharsain

[die Elfenburg]

„Gib mir jetzt endlich die Fernbedienung!“ Mir war absolut schleierhaft, weshalb diese kleine Nervensäge einfach nicht verstehen wollte, dass die Dokumentation über das Vorgehen am Glauberg wesentlich wichtiger war als ihr dämliches Pilates.

„Nein!“, schrie sie und steckte die Fernbedienung tatsächlich in ihre Hose!

Verblüfft schüttelte ich den Kopf und fuhr sie barsch an. „Sag mal, hast du sie noch alle?“

„Ja, hab ich!“, gab sie zurück und baute sich demonstrativ mit verschränkten Armen vor mir auf. „Und ich war zuerst hier. Dein Mist steht morgen doch eh in der Zeitung. Also warts ab.“

Ich fühlte die Wut in mir aufkochen. Hatte meine Schwester denn nicht die geringste Ahnung, wie schwer es war, dies zu kontrollieren? Besonders wenn ich mich unterlegen fühlte und gerade im Augenblick war das so. Ich kannte Runa. Und ich kannte ihre Entschlossenheit. Sie war stur wie verrückt und ich hatte keine Chance, mich jetzt im Augenblick gegen sie zu behaupten. *„Ich wünschte, ich könnte ihr diese Stärke einfach nehmen“* schoss es mir durch den Kopf und mit einer absolut unerwachsenen Aktion schubste ich meine kleine Schwester. Sie sollte einfach auf dem Boden landen und die Klappe halten. Basta.

Und genau so kam es auch. Doch statt auf dem Hintern zu landen und *„Autsch“* zu quieken, brach Runa zu meinem Schrecken in sich zusammen. Geschockt starrte ich sie für einen Moment einfach nur an, war völlig handlungsunfähig und nicht imstande zu verstehen, was geschehen war.

Dieses Geräusch! Meine Haut wurde von einer Sekunde auf die andere von Gänsehaut überzogen. Pfeifend, zischend versuchte meine Schwester ein- oder auszuatmen, vermochte jedoch weder das eine noch das andere. Todesangst spiegelte sich in ihrem Gesicht, als sie hilfesuchend ihre Hand nach mir ausstreckte. Endlich löste sich meine Starre. Ich kniete mich zu ihr hinunter, hatte jedoch nicht die geringste Ahnung, was ich tun sollte.

„Ida!", schrie ich verzweifelt und versuchte Runa aufzurichten, um ihr das Atmen zu erleichtern. Doch es half nichts. Sie verdrehte die Augen, ihr Kopf sackte zur Seite. „Mutter! Daniel! Hilfe!!!"

„Oh mein Gott, was ist passiert?", fragte Ida erregt, stürzte sofort auf meine kleine Schwester und öffnete ihre Lider, um in die Augen sehen zu können. Daniel nahm sie mir ab und brachte sie in die stabile Seitenlage. „Sie hat kaum noch Puls. Was passiert ist, hab ich gefragt!"

Keltâ

Lubiias

[die du liebst]

ist der erste Band der Romanreihe Keltâ von Yvonne Taddeo.

Lioba lebt mit ihrer kleinen Schwester Runa bei ihrer Tante Ida im oberhessischen Ortenberg. Als sie eines Tages mit ihren Freunden Cathérine und Magnus den Kalten Markt besucht, trifft sie einen Fremden, der sie gleichzeitig magisch anzieht und in Todesangst versetzt.

Sie gerät in eine uralte Fehde, die mit ihrer eigenen Herkunft zu tun hat. Doch die Menschen, die ihr Auskunft über ihre besondere Gabe geben könnten, bleiben stumm. So begibt sie sich auf die Suche nach Antworten und merkt schnell, dass sie sich auf eine lebensgefährliche Mission eingelassen hat.

Keltâ - Lubiias
Geschichtswerkstatt Büdingen 2011
ISBN 978-3-939454-64-9
12,00 €

Keltâ

Diligentir

[dass sie verbunden sind]

Der zweite Band der Romanreihe Keltâ von Yvonne Taddeo.

Lioba lebt seit dem Tod ihrer Eltern bei ihrer Tante in Ortenberg. Eigentlich wollte sie die Sommerferien nutzen, um die Spuren des sagenhaften Ganges vom Glauberg zum Kloster Konradsdorf zu finden, doch dann taucht ihre alte Freundin Aleke wieder auf.

Mit Alekes Hilfe bietet sich Lioba die Möglichkeit, ihre Fähigkeiten zu erkennen und auszubauen. Auf der Suche nach den Hintergründen für ihre seltsamen Vorahnungen und Begabungen lernt sie Stück für Stück mehr über die Geschichte ihrer keltischen Vorfahren und wird dabei immer tiefer in eine uralte Fehde hineingezogen.

In dieser turbulenten Zeit offenbart ihr Daniel ein Geheimnis, an dem ihre Liebe zu zerbrechen droht.

Keltâ - Diligentir
Geschichtswerkstatt Büdingen 2012
ISBN 978-3-939454-73-1
10,00 €